ELLE KENNEDY E SARINA BOWEN

Ele

QUANDO
RYAN
CONHECEU
JAMES

Tradução
LÍGIA AZEVEDO

1ª reimpressão

Copyright © 2015 by Elle Kennedy e Sarina Bowen

Tradução publicada mediante acordo com Taryn Fagerness Agency
e Sandra Bruna Agencia Literaria, SL.

A Editora Paralela é uma divisão da Editora Schwarcz S.A.

*Grafia atualizada segundo o Acordo Ortográfico da Língua Portuguesa de 1990,
que entrou em vigor no Brasil em 2009.*

TÍTULO ORIGINAL Him
CAPA E FOTO DE CAPA Paulo Cabral
PREPARAÇÃO Antonio Castro
REVISÃO Adriana Bairrada e Renata Lopes Del Nero

Dados Internacionais de Catalogação na Publicação (CIP)
(Câmara Brasileira do Livro, SP, Brasil)

Kennedy, Elle
    Ele : quando Ryan conheceu James / Elle Kennedy, Sari-
na Bowen ; tradução Lígia Azevedo. — 1ª ed. — São Paulo :
Paralela, 2018.

    Título original: Him.
    ISBN 978-85-8439-120-2

    1. Ficção erótica 2. Homens gays — Ficção I. Bowen, Sa-
rina. II. Título.

18-16158   CDD-813

Índice para catálogo sistemático:
1. Ficção : Literatura inglesa   813

Maria Paula C. Riyuzo — Bibliotecária — CRB-8/7639

[2021]
Todos os direitos desta edição reservados à
EDITORA SCHWARCZ S.A.
Rua Bandeira Paulista, 702, cj. 32
04532-002 — São Paulo — SP
Telefone: (11) 3707-3500
www.editoraparalela.com.br
atendimentoaoleitor@editoraparalela.com.br
facebook.com/editoraparalela
instagram.com/editoraparalela
twitter.com/editoraparalela

ELE:
QUANDO RYAN CONHECEU JAMES

1

WES

Abril

A fila do café está um pouco longa, mas sei que não vou me atrasar. Tem semanas em que as coisas simplesmente dão certo.

No fim de semana, meu time de hóquei universitário venceu as duas primeiras partidas dos play-offs, e agora vamos para as semifinais. De alguma maneira tirei sete em um trabalho de história que escrevi num estado de coma induzido pelo cansaço. E meu sexto sentido me diz que o cara na minha frente não vai pedir nada muito complicado. Posso dizer por suas roupas que ele não é muito imaginativo.

Está tudo dando certo para mim. Estou numa boa. O gelo está liso e as lâminas dos patins estão afiadas.

A fila avança e chega a vez do Sem Graça de pedir. "Um café preto. Pequeno."

Viu?

Um minuto depois é a minha vez, mas quando abro a boca para falar, a jovem barista dá um gritinho de fã. "Ai, meu Deus! Ryan Wesley! Parabéns!"

Eu não sei quem ela é. Mas a jaqueta que estou usando faz de mim um rockstar, pelo menos esta semana. "Valeu, linda. Me vê um expresso duplo?"

"É pra já!" Ela grita meu pedido para a colega, acrescentando: "E capricha! Temos um campeonato pra ganhar!". E adivinha só: ela recusa minha nota de cinco dólares.

Eu a coloco no pote de gorjetas, então me arrasto para fora e me dirijo ao rinque.

Estou com um humor maravilhoso quando entro na sala de projeção das incríveis instalações do time, no campus da Northern Mass. Adoro hóquei. Porra, como amo! Vou me tornar profissional em poucos meses e mal posso esperar.

"Senhoras", cumprimento meus colegas de time enquanto me dirijo ao meu lugar de sempre. As cadeiras estão dispostas em semicírculo, viradas para o enorme telão na frente da sala. São de couro acolchoado. Pois é, o melhor do luxo da primeira divisão.

Olho para Landon, um dos calouros. "Você tá meio verde, cara." Dou um sorriso. "Sua barriguinha ainda tá doendo?"

Ele me mostra o dedo do meio, mas sem muita vontade. Parece mal pra caramba, o que não me surpreende. Da última vez que o vi, estava bebendo uísque de um jeito que parecia querer fazer a garrafa gozar.

"Cara, você tinha que ter visto ele quando a gente estava voltando pra casa", um aluno do segundo ano chamado Donovan diz. "Só de cuequinha, encoxando a estátua na frente da biblioteca."

Todo mundo em volta começa a rir, incluindo eu — porque, a menos que esteja errado, a estátua em questão é um cavalo de bronze. Eu o chamo de Seabiscuit, mas acho que é só uma homenagem a algum ex-aluno cheio da grana que chegou à equipe olímpica de hipismo uma centena de anos atrás.

"Você tentou montar o Seabiscuit?", pergunto para o calouro, sorrindo.

O rosto dele fica vermelho. "Não", ele diz, sério.

"Sim", Donovan corrige.

A barulheira continua, mas agora estou distraído pelo sorriso disparado na *minha* direção, cortesia de Shawn Cassel.

Acho que dá para dizer que ele é meu melhor amigo. De todos os caras do time, é aquele de quem sou mais próximo, e a gente até faz coisas juntos fora do hóquei, mas "melhor amigo" não é um termo que costumo usar. Tenho amigos. Uma porrada de amigos, na verdade. Posso dizer honestamente que algum deles me conhece de verdade? Muito provável que não. Mas Cassel chega bem perto disso.

Reviro os olhos. "Que foi?"

Ele dá de ombros. "Landon não foi o único que se divertiu ontem à noite." Cassel baixou a voz, mas nem precisava. O pessoal está ocupado demais tirando sarro de Landon por causa das brincadeirinhas com o cavalo.

"O que você tá querendo dizer?"

A boca dele se contorce. "Vi você desaparecer com aquele idiota. Vocês ainda não tinham voltado quando a Em me arrastou para casa às duas da manhã."

Levanto uma sobrancelha. "E qual é o problema?"

"Nenhum. Só não sabia que você estava convertendo héteros agora."

Cassel é o único cara do time que sabe da minha vida sexual. Já que sou o único jogador de hóquei gay que conheço, tento ser discreto. Quer dizer, se alguém tocar no assunto, não vou correr para o armário, mas também não vou ficar falando sem motivo.

A verdade é que minha orientação sexual deve ser o segredo mais mal guardado do time. Os caras sabem. O técnico sabe. Eles só não se importam.

Cassel se importa, mas de um jeito diferente. Ele está pouco se fodendo se gosto de transar com outros homens. Mas o cara se importa *comigo*. Me disse mais de uma vez que acha que estou desperdiçando a minha vida passando de um encontro anônimo para outro.

"Quem disse que ele é hétero?", pergunto, brincando.

Cassel parece intrigado. "Sério?"

Levanto uma sobrancelha de novo, o que o faz rir.

A verdade é que eu duvido que o cara da fraternidade com quem fiquei ontem seja gay. No máximo bi, e não vou mentir: foi isso que me atraiu. É mais fácil ficar com aqueles que vão fingir que você não existe na manhã seguinte. Uma noite de diversão sem compromisso, uma chupada, uma trepada, o que quer que a bebida permita que experimentem, e então eles desaparecem. Agem como se não tivessem passado horas sonhando com minhas tatuagens e minha boca no pau deles. Como se não tivessem passado suas mãos ávidas pelo meu corpo inteiro e implorado para eu tocar o deles.

Sair com caras gays é bem mais complicado. Eles podem querer mais. Compromisso. Promessas que não sou capaz de cumprir.

"Calma aí", digo quando me dou conta do que ele acabou de falar. "Como assim a Em arrastou você pra casa?"

Cassel aperta a mandíbula. "Exatamente isso. Ela apareceu na festa e me arrastou." Seu rosto relaxa um pouco. "Mas só estava preocupada comigo. Meu telefone ficou sem bateria, então não respondi a nenhuma das mensagens dela."

Não digo nada. Desisti de tentar fazer Cassel cair na real quanto a essa garota.

"Eu teria ficado mal pra caramba se ela não tivesse aparecido. Então... é, acho que foi legal da parte dela ter vindo antes disso."

Mordo a língua. Não, não vou me envolver no relacionamento do cara. Só porque Emily é a mina mais pegajosa, possessiva e *doida* que já conheci, não tenho o direito de interferir.

"Além disso, sei o que ela acha de eu sair sozinho. Nem devia ter ido..."

"Você não é casado, porra", deixo escapar.

Merda. Isso porque eu ia ficar de bico calado.

Cassel parece aflito.

Volto atrás depressa. "Desculpa. Ah, esquece que eu disse isso."

Ele suga as bochechas, seus maxilares se apertando como se estivesse triturando os molares. "Não, você tá certo. Que merda. Não sou casado." Ele murmura alguma coisa que eu não consigo entender.

"Quê?"

"Ainda não, eu disse."

"Ainda não?", repito, horrorizado. "Porra, cara, por favor, *por favor* fala que você não ficou noivo dela."

"Não", ele responde rápido. Então baixa a voz de novo. "Mas ela sempre diz que quer que eu faça o pedido."

Pedido? Isso me deixa arrepiado. Merda, vou ser padrinho do casamento deles. Tenho certeza.

Será que dá para fazer um brinde sem mencionar a noiva?

Por sorte, o treinador O'Connor entra na sala antes que essa conversa maluca faça minha mente girar ainda mais rápido.

Todo mundo fica em silêncio. O treinador é... autoritário. Esquece. *Assustador* é melhor. Tem quase dois metros, está o tempo todo com a testa franzida e sempre raspa a cabeça — não porque esteja ficando careca, mas porque isso o deixa ainda mais amedrontador.

Ele começa nos lembrando — um a um — do que fizemos de errado no último treino. O que é completamente desnecessário, porque ainda não tive tempo de esquecer as críticas de ontem. Me confundi no *faceoff*, errei passes sem motivo, perdi um gol fácil. Foi um daqueles treinos merdas em que tudo dá errado, e eu já tinha me comprometido a fazer melhor hoje.

Faltam só mais dois jogos da pós-temporada, o que significa que preciso estar no meu melhor. Tenho que me manter *focado*. A Northern Mass não vence o campeonato há quinze anos e, como o maior pontuador, estou determinado a conseguir essa vitória antes de me formar.

"Muito bem, vamos lá", o treinador anuncia quando termina de nos dizer como somos péssimos. "Primeiro o jogo entre Rainier e Seattle da semana passada."

Quando a imagem congelada de uma arena universitária aparece no telão, um dos nossos quatro alas esquerdas franze a testa. "Por que vamos começar com Rainier? Vamos jogar com North Dakota."

"Depois focamos em North Dakota. É com a Rainier que estou preocupado."

O treinador toca no laptop em cima da mesa e a imagem na telona descongela. O som da torcida ecoa pela sala.

"Se a gente pegar esses caras na final, temos que estar preparados para sofrer", ele diz, sorrindo. "Quero que vejam esse goleiro. O garoto é atento como um falcão. Precisamos descobrir qual é a fraqueza dele."

Presto atenção no jogo em andamento, me concentrando no goleiro com uniforme preto e laranja segurando o taco. Ele é bom. Seus olhos avaliam o jogo o tempo inteiro, sua luva se fecha quando ele para o disco vindo em sua direção. Ele é rápido. Está sempre alerta.

"Vejam como ele controla o rebote", o treinador ordena quando o time adversário tenta outro gol. "Fluido. Sereno."

Quanto mais vejo, mais desconfortável fico. Não consigo explicar. Não sei por que os pelos na minha nuca estão arrepiados. Mas algo no goleiro dispara meus instintos.

"Ele posiciona o corpo com perfeição." O treinador parece pensativo, quase impressionado.

Também estou impressionado. Eu tinha parado de acompanhar os times da Costa Oeste. Estava ocupado demais concentrado nas equipes na nossa liga, estudando as gravações de seus jogos para encontrar um jeito de vencer. Mas, agora que estamos na pós-temporada, é hora de conhecer os times que podemos enfrentar se chegarmos à final.

Continuo vendo. Continuo estudando. Droga, gosto de como ele joga. Não, eu *conheço* o jeito como ele joga.

Me dou conta no exato momento que o treinador diz: "O nome do garoto é...".

James Canning.

"... James Canning. Está no último ano."

Merda.

Puta merda.

Já não estou mais arrepiado, e sim tremendo. Eu sabia que Canning estudava na Rainier, mas na temporada passada estava na reserva, e no lugar dele entrou um novato que supostamente era impecável.

Quando ele voltou a ser titular? Não vou mentir — eu costumava stalkear o cara. Mas parei quando comecei a ficar meio obsessivo. Tipo, com certeza ele não queria saber nada da *minha* vida, não depois que eu fiz a idiotice de estragar nossa amizade.

A memória das minhas atitudes egoístas é como um soco no estômago. Merda. Fui um péssimo amigo. Uma péssima pessoa. Era tão mais fácil lidar com a vergonha quando Canning estava a milhares de quilômetros de distância, mas agora...

Sinto o medo subir pela garganta. Vou ver o cara em Boston durante as semifinais. Provavelmente vou até jogar contra ele.

Já faz quase quatro anos que a gente não se fala. O que vou dizer para ele? Como você pede desculpa por cortar uma pessoa da sua vida sem nenhuma explicação?

"O jogo dele é perfeito", o treinador diz.

Não, perfeito não. Ele recua rápido demais — isso sempre foi um problema, voltar à rede quando um jogador adversário se aproximava da zona ofensiva, dando a ele um ângulo melhor para o tiro. E confiava demais em suas defesas com o corpo, criando oportunidades de rebote para o ataque.

Tenho que morder os lábios para não dizer isso. Parece... errado, acho. Revelar as falhas de Canning aos meus colegas. Eu deveria fazer isso, imagino. É a porra do campeonato que está em jogo.

Mas faz anos que não entro no gelo com Canning. O jogo dele pode ter mudado de nível desde então. Talvez nem tenha mais esses pontos fracos.

Eu, por outro lado, tenho os mesmos pontos fracos de sempre. Continuam lá enquanto olho para o telão. Enquanto assisto a Jamie Canning parar outro tiro vertiginoso. Enquanto admiro a precisão graciosa e mortal com que se move.

Minha fraqueza é *ele*.

2

JAMIE

"Você tá bem mais quieto que o normal." Os dedos de Holly descem pelas minhas costas, terminando sua jornada na minha bunda pelada. "Tá com a cabeça no campeonato?"

"É." Não é *exatamente* mentira. Tenho certeza de que a viagem de sexta para Boston está na cabeça dos outros vinte e quatro jogadores esta manhã. E na de um zilhão de fãs.

Só que tenho mais do que a vitória em mente. Agora que estamos nas semifinais, é hora de encarar o fato de que podemos enfrentar Northern Mass, cuja estrela do time não é ninguém menos que Ryan Wesley, meu ex-melhor amigo.

"O que tá rolando, lindo?" Holly se apoia em um cotovelo e me estuda. Ela não costuma passar a noite comigo, mas ficamos transando até as quatro, e eu ia me sentir um babaca se a deixasse pegar um táxi àquela hora.

Não tenho certeza de como me sinto com ela aconchegada na cama ao meu lado. Apesar do sexo matinal espetacular de hoje, sua presença me deixa desconfortável. Nunca menti para Holly sobre o que somos — e o que não somos. Mas tenho experiência suficiente com garotas para saber que, quando elas concordam com uma amizade colorida, uma parte delas espera que eventualmente a coisa acabe em um namoro.

"Jamie?"

Deixo de lado esses pensamentos inquietantes e me concentro em outros. "Você já foi demitida por uma amiga?", eu me ouço perguntar.

"Quê? Tipo... por um amigo que também era seu chefe?" Ela tem olhos azuis e grandes, que sempre me levam a sério.

Balanço a cabeça. "Não. O jogador principal da Northern Mass era meu melhor amigo na escola. Sabe aquele acampamento de hóquei em que eu trabalhava no verão?"

"O Elites?", ela pergunta.

"Isso, bem lembrado! Antes de ser técnico lá, eu costumava ir só pra curtir mesmo. Wes também. Ele era *maluco*." Dou risada sozinho, só de lembrar a cara dele. "Ele topava qualquer coisa. Tem um tobogã no centro da cidade, e no inverno você pode escorregar por ele até um lago congelado. Mas no verão fica fechado, com uma cerca de quase quatro metros em volta. E ele veio, tipo: 'Cara, depois que apagarem as luzes, vamos escalar aquele negócio'."

Holly passa a mão macia no meu peito. "E vocês escalaram?"

"Claro. Eu tinha certeza de que a gente ia ser pego e expulso do acampamento. Mas ninguém descobriu. Mas só o Wes foi esperto o bastante pra levar uma toalha para escorregar. Fiquei com a parte de trás das coxas queimada de descer naquela porra."

Holly sorri.

"E nem sei quantos turistas tiveram que apagar as fotos que haviam tirado do lago. Sempre que ele via alguém com uma câmera, baixava as calças."

Ela dá uma risadinha. "Ele parece divertido."

"E era. Até que deixou de ser."

"O que aconteceu?"

Cruzo as mãos atrás da cabeça, tentando parecer casual apesar da onda de desconforto descendo pelas minhas costas. "Não sei. Sempre fomos competitivos. No último verão ele me desafiou..." Paro, porque nunca conto a Holly coisas de fato pessoais. "Nem sei o que aconteceu, na verdade. Ele só cortou o contato comigo depois daquilo. Parou de responder às minhas mensagens. Simplesmente... me demitiu."

Ela beija meu pescoço. "E você ainda tá bravo..."

"Tô", eu me surpreendo dizendo.

Se você me perguntasse ontem se tinha alguma coisa no meu passado que me incomodava, eu teria dito que não. Mas, agora que o imbecil do Ryan Wesley voltou à minha mente, estou nervoso de novo. Filho da mãe. Isso é a última coisa que eu precisava tendo os dois jogos mais difíceis da minha vida pela frente.

"E agora você vai jogar contra ele", Holly comenta. "É muita pressão." Ela está acariciando meu quadril agora. Imagino que tenha planos para nós dois envolvendo outro tipo de pressão. Está a fim de uma segunda rodada, mas não tenho tempo para isso.

Pego sua mão e dou um beijo nela. "Tenho que levantar. Foi mal, linda. Vamos ver um vídeo em vinte minutos." Jogo as pernas para fora da cama e viro para dar uma olhada no corpo de Holly. Minha amiga colorida é sexy pra caralho, e meu pau dá até uma levantadinha, grato pela diversão que tivemos.

"Que pena", Holly diz, virando de maneira convidativa. "Não tenho aula até a tarde." Ela passa as mãos pela barriga até os peitos. Com os olhos colados em mim, brinca com os mamilos e lambe os lábios.

Meu pau não deixa de notar.

"Você é malvada e eu te odeio." Pego a cueca no chão e desvio o olhar antes que fique duro de novo.

Ela ri. "Também não gosto muito de você."

"Aham, tá bom. Continue dizendo isso pra você mesma." Então fecho a boca. Seis semanas antes da formatura, não me parece nada esperto começar nem mesmo uma conversa de brincadeira sobre quanto gostamos um do outro. Não era para ser nada sério, mas ultimamente ela tem repetido que vai sentir minha falta quando o ano acabar.

De acordo com Holly, são só setenta quilômetros de Detroit, onde estarei no ano que vem, até Ann Arbor, onde ela vai estudar medicina. Se ela começar a falar em apartamentos para alugar no meio do caminho, não sei o que vou dizer.

É. Nem um pouco ansioso para essa conversa.

Sessenta segundos mais tarde, já estou vestido e indo para a porta. "Tudo bem se eu deixar você sozinha?"

"Claro." Sua risada me impede de sair. "Não tão rápido, bonitão."

Holly levanta para me dar um beijo, e eu me forço a ficar parado um segundo e retribuir.

"Até mais", sussurro. É minha despedida-padrão. Mas fico me perguntando se hoje ela não espera ouvir algo a mais.

Quando a porta fecha, minha cabeça já está em outro lugar. Jogo a mochila no ombro e saio para a manhã nevoenta de abril. Em cinco dias vou estar na Costa Leste, ajudando meu time a ganhar o campeonato nacional. Cara, vai ser uma correria — sei porque já participei da rodada dos quatro melhores antes. Dois anos atrás, quando eu era o goleiro reserva.

Não joguei e não ganhamos. Gosto de pensar que as duas coisas estão relacionadas.

Dessa vez vai ser diferente. Vou estar na frente do gol, a última linha de defesa entre o ataque do time adversário e o troféu. É pressão o suficiente para fazer o goleiro mais tranquilo do esporte universitário pirar. Mas o fato de a estrela do outro time ser meu ex-melhor amigo que do nada parou de falar comigo é muito pior.

Encontro alguns colegas de time na calçada em frente ao rinque. Estão rindo das palhaçadas de alguém no ônibus ontem à noite, brincando e se empurrando enquanto atravessam as portas de vidro e entram no corredor iluminado.

A Rainier reformou totalmente o rinque há alguns anos. É como um templo do hóquei, com flâmulas dos campeonatos vencidos e fotografias do time nas paredes. E isso só na área aberta ao público. Paramos na frente de uma porta trancada, então Terry, um atacante do segundo ano, passa sua carteirinha no leitor. A luz vermelha fica verde e entramos na luxuosa área de treinamento.

Ainda estou de boca fechada, mas não sou falante que nem o resto do time, então ninguém estranha.

Na copa, pego um café e um muffin de blueberry. Esse lugar me faz sentir como um garoto mimado, mas vem bem a calhar quando acordo atrasado.

Dez minutos depois estou na sala de vídeo, assistindo a um jogo e ouvindo a análise do treinador Wallace. Ele está no palco, usando um microfone que garante que sua voz chegue até o fundo. Mas não o ouço. Estou ocupado demais vendo Ryan Wesley cruzar o gelo. Imagem após imagem, eu o vejo cruzar a linha de defesa como fumaça, criando oportunidades de gol com nada além de rapidez no gelo e no pensamento.

"É o segundo atacante do país. O garoto é corajoso", o treinador admite de má vontade. "E é tão rápido que faz os adversários parecerem velhinhas de noventa e sete anos."

Cada lance — um mais improvável que outro — balança a rede. Na metade do tempo, o Wes na tela nem tem a decência de parecer surpreso. Ele só patina com a graça e a facilidade de quem praticamente nasceu com lâminas sob os pés.

"Como a gente, Northern Mass teria chegado às finais no ano passado se não tivesse lidado com lesões na pós-temporada", diz o treinador. "É o time a ser batido..."

A filmagem é impressionante. A primeira vez que vi Wes patinar foi no verão depois do sétimo ano. Com treze, a gente já se achava foda só de estar no Elites, o acampamento de hóquei de primeira linha em Lake Placid, Nova York. Éramos os melhores de nossos times meia-boca, quem todo mundo queria derrotar nos joguinhos improvisados em lagos congelados.

Éramos ridículos.

Mas até o meu eu adolescente idiota já conseguia ver que Wes era diferente. Fiquei meio impressionado com ele no primeiro dia no Elites. Bom, pelo menos até descobrir o babaca convencido que ele era. Depois disso, fiquei com raiva dele, mas caímos no mesmo quarto, o que dificultou que eu continuasse a odiá-lo.

Por seis verões seguidos, as melhores partidas de hóquei que joguei foram contra aquele garoto de olhar afiado e pulso de aço. Passava os dias tentando acompanhar seus reflexos rápidos e seus tiros certeiros.

Quando o treino terminava, ele era um desafio ainda maior. Quer subir até o topo da parede de escalada? Wes topa. Precisa de um parceiro para ajudar a atacar a geladeira à noite? Wes é o cara.

A cidade de Lake Placid provavelmente ficava aliviada sempre que o acampamento acabava. Todo mundo podia finalmente voltar à vida normal, sem um Wes pelado toda manhã para seu ritual de mergulho diário.

Senhoras e senhores: Ryan Wesley.

O treinador se desloca na frente da sala enquanto Wes e seus companheiros fazem sua mágica na tela. Nunca me diverti tanto num rinque quanto com ele. Não que Wes nunca me irritasse. Acontecia o tempo inteiro. Mas olho para trás e constato com honestidade que seus desafios e provocações me tornaram um jogador melhor.

A não ser pelo último desafio. Que eu nunca deveria ter aceitado.

"Último dia", ele disse, patinando de costas mais rápido que a maioria de nós conseguia patinar para a frente. "Você tem medo de me encarar em um tiro livre, né? Ainda está choramingando por causa da última vez."

"Claro que não." Eu não tinha medo de Wes. As pessoas costumavam ter. Mas era difícil defender um tiro livre, e eu já estava devendo uma caixa de cerveja para ele. O problema era que eu não tinha dinheiro. Me mandar para aquele acampamento caro era tudo o que meus pais podiam fazer para o mais novo de seis filhos. O dinheiro que eu ganhara cortando grama tinha sido gasto com sorvete e contrabando.

Se eu perdesse uma aposta, não teria como pagar.

Wes patinou em volta de mim tão rápido que me lembrou do Taz. "Mas não vamos apostar cerveja", ele disse, lendo meus pensamentos. "Já estou com o estoque cheio graças à aposta que ganhei de Cooper ontem. Tem que ser outra coisa." Ele deu uma risada maligna.

"Tipo o quê?" Conhecendo Wes, eu sabia que envolveria algum tipo de humilhação. *O perdedor canta o hino nacional enquanto mostra o pau na doca da cidade.* Algo do tipo.

Fiz uma fileira de discos e me preparei para atirar. O primeiro desviou de Wes quando ele passou como um borrão. Fui para o segundo.

"O perdedor paga um boquete pro outro", ele disse, enquanto eu dava a tacada.

Errei a porra do disco. De verdade.

Wes começou a rir e parou de patinar.

Porra, o cara sabia como foder com a minha cabeça. "Você é hilário."

Ele ficou lá, ofegante, depois de ter patinado tão rápido. "Acha que vai perder? O prêmio não deveria fazer diferença se você estiver confiante."

Comecei a suar de repente. Ele tinha me colocado numa posição difícil, e sabia disso. Se eu recusasse, ele ganhava. Se aceitasse, já tinha me deixado nervoso antes mesmo de o primeiro disco voar na minha direção.

Fiquei lá como um idiota, sem saber o que fazer. "Você e seus joguinhos psicológicos", murmurei.

"Ah, Canning..." Wes riu. "Hóquei é noventa por cento mental. Já faz seis anos que estou tentando te ensinar isso."

"Beleza", eu disse entredentes. "Vamos nessa."

Wes comemorou por trás da máscara. "Você já parece assustado. Isso vai ser incrível."

Ele só está mexendo com sua cabeça, eu disse a mim mesmo. Eu era capaz de defender um tiro livre. Eu viraria o jogo — mas recusaria o prêmio, claro. Então poderia jogar na cara dele o fato de que me devia uma chupada. Por *anos*. Era como se uma lâmpada tivesse se iluminado sobre a minha cabeça, digna de um desenho animado. Eu também podia jogar aquele jogo. Por que nunca tinha me dado conta daquilo?

Fui para o terceiro disco e o acertei com força para que passasse bem perto do sorriso arrogante de Wes. "Vai ser moleza", eu disse. "Que tal eu acabar com você logo depois do almoço? Antes da última partida?"

Por um breve momento sua confiança pareceu abalada. Tenho certeza de que vi — um brilho repentino de *merda*. "Perfeito", ele acabou dizendo.

"Tá." Peguei o último disco do gelo. Então patinei para longe assoviando, como se não tivesse nenhuma preocupação no mundo.

Aquele foi o último dia da nossa amizade.

E eu nem imaginava.

Na tela, está passando um novo vídeo, com a estratégia de ataque de North Dakota. O treinador não está mais pensando em Ryan Wesley.

Mas eu estou.

3

WES

Boston surge na minha janela do ônibus bem antes que eu esteja pronto.

São só noventa minutos da Northern Mass para o TD Garden. As finais do campeonato são sempre disputadas em um rinque neutro, mas se alguém tem a vantagem de jogar em casa este ano sou eu. Nasci em Boston, então jogar na arena do Bruins é tipo um sonho de criança se tornando realidade.

Pelo visto, também é o sonho do babaca do meu pai. Não só ele se animou a convidar todos os amigos idiotas para o jogo como parece um verdadeiro herói sem precisar gastar tanto dinheiro. É só pagar por uma limusine, em vez de um jatinho particular.

"Sabe do que eu mais gosto nesse plano?", Cassel pergunta da poltrona ao meu lado enquanto olha o itinerário que o gerente do time entregou.

"Que esse evento tem as animadoras de torcida mais gostosas?"

Ele ri. "Isso também. Mas o que eu ia dizer é que eles vão botar a gente em um hotel legal, e não num muquifo à beira da estrada."

"Verdade." Embora o hotel, qualquer que seja, não chegue aos pés da mansão da minha família em Beacon Hill, a alguns quilômetros de distância. Mas eu nunca diria isso. Não sou esnobe, porque sei que dinheiro não compra felicidade e cultura. Pode perguntar à minha família.

Passamos a próxima meia hora presos no trânsito, porque Boston é assim. São quase cinco horas quando estamos finalmente descendo do ônibus.

"O equipamento fica!", o assistente grita. "Levem só as malas!"

"Não precisamos nem descer o equipamento?", Cassel comenta. "Fala sério, agora sim. Vai se acostumando, Wes." Ele me dá uma cotovelada.

"No ano que vem, em Toronto, quando virar profissional, você provavelmente vai ter um assistente só pra carregar seu taco pra todo canto."

Tenho medo de que falar sobre um contrato com a NHL antes das finais dê má sorte, então mudo de assunto. "Vai ser ótimo, cara. Adoro quando outro cara segura meu taco."

"Deixei essa fácil pra você, né?", ele pergunta, enquanto pegamos nossas malas na calçada, onde o motorista cansado as jogou.

"Ô se deixou." Dou licença para que Cassel entre pela porta giratória primeiro, para que eu possa segurar a maçaneta em seguida e prender o cara lá dentro.

Ele vira para mim e me mostra o dedo do meio. Quando não solto, Cassel vira de costas e começa a tirar o cinto, se preparando para baixar a calça e mostrar a bunda para mim e para qualquer cidadão que estiver passando na frente do hotel naquela sexta-feira fria de abril.

Dou uma leve empurrada na porta, para que bata na sua bunda ainda vestida.

Ah, jogadores de hóquei. Não dá para sair de casa com a gente.

Entramos no saguão resplandecente. "O que achou do bar?", pergunto.

"Tá aberto", Cassel responde. "É tudo o que importa."

"Verdade."

Encontramos um lugar onde ficar que não atrapalha ninguém enquanto o gerente do time faz o nosso check-in. Vai levar um tempo. O saguão está cada vez mais cheio. O lugar onde estamos adquire uma tonalidade verde e branca, com jaquetas da Northern Mass por toda parte.

Mas do outro lado uma cor diferente chama minha atenção. Laranja. Especificamente o laranja e preto da jaqueta de outro time. Estão entrando pelas mesmas portas por que acabamos de passar, se empurrando e exalando testosterona. É muito familiar.

Então o chão parece tremer quando meu olhar recai sobre uma cabeça loira. Só preciso de uma visão parcial para reconhecer seu sorriso.

Caralho. Jamie Canning vai ficar neste hotel.

Meu corpo inteiro fica tenso enquanto espero que ele vire a cabeça. Que olhe direto para mim. Mas ele não faz isso. Está muito envolvido na conversa com um de seus companheiros, rindo de algo que um cara acabou de dizer.

Jamie costumava rir desse jeito comigo. Não me esqueci do som da sua risada. Profunda e rouca, melódica, despreocupada. Nada deixava Jamie Canning para baixo. Ele era o típico californiano, descontraído e relaxado.

Não tinha me dado conta do quanto senti sua falta até este momento.

Vai falar com ele.

A voz na minha cabeça é persistente, mas eu a silencio desviando o olhar. A culpa colossal no meu peito deixa mais evidente que nunca o quanto preciso me desculpar com ele.

Mas não estou pronto para isso. Não aqui, com todo mundo em volta.

"É tipo a porra da Grand Central Station aqui", Cassel murmura.

"Cara, preciso fazer um negócio. Quer vir junto?" Uma ideia ótima acaba de surgir na minha cabeça.

"Sério?"

"Porta dos fundos", digo, acenando para uma saída próxima.

Do lado de fora, me dou conta de quão perto estamos do Faneuil Hall, cheio de quinquilharias para os turistas. Perfeito. "Vem." Empurro Cassel para a primeira fileira de lojinhas.

"Esqueceu a escova de dente?"

"Não. Tenho que comprar um presente agora mesmo."

"Pra quem?" Cassel levanta a mochila no ombro.

Hesito. Nunca dividi as lembranças de Canning com ninguém. Porque são *minhas*. Por seis semanas todo verão, *ele* era meu.

"Um amigo", admito. "Um dos jogadores da Rainier."

"Um amigo." A risada de Cassel é baixa e sórdida. "Tá tentando arranjar uma trepada pra depois do jogo de amanhã? Pra que tipo de loja você tá me levando?"

Filho da puta. Devia ter deixado o Cassel no saguão lotado. "Cara. Não é nada disso." *Mesmo que eu quisesse.* "Eu era bem próximo do Canning, o goleiro." Então acrescentei, relutante: "Até que eu estraguei tudo sendo um babaca".

"Você? Quem diria, hein?"

"Né?"

Corro os olhos pelas lojas da frente. Estão cheias das besteiras para turistas que normalmente são invisíveis para mim: lagostas de pelúcia, flâmulas dos Bruins, camisetas da Trilha da Liberdade. Algo aqui deve servir para o que tenho em mente.

"Anda." Faço Cassel entrar em uma das lojas mais cafonas e começo a percorrer as prateleiras. Tudo é meio ridículo. Pego um boneco, mas desisto em seguida.

"Isso aqui é engraçado", Cassel diz, segurando uma caixa de camisinhas do Red Sox.

Dou risada, então penso melhor a respeito. "Verdade, mas não é bem o que estou procurando." Independente da minha escolha, não pode ter nada a ver com sexo. Costumávamos mandar todo tipo de presente de brincadeira um para o outro — quanto mais sacana melhor.

Mas desta vez não.

"Posso ajudar?" A vendedora está com traje colonial completo, com os peitos apertados em um vestido rodado, igualzinha à mulher que fez a primeira bandeira dos Estados Unidos, Betsy Ross.

"Com certeza, querida." Eu me inclino no balcão do jeito mais convencido possível, e ela arregala um pouco os olhos. "Tem alguma coisa com gatinhos?"

"Gatinhos?" Cassel tenta segurar a risada. "Que merda é essa?"

"Porque eles são os 'tigres' da Rainier." Dã.

"Claro!" Betsy Ross se anima com o pedido, provavelmente porque está morrendo de tédio. "Um segundo."

"O que tá rolando?" Cassel joga as camisinhas na mesa. "Você nunca compra nada pra mim."

"Canning e eu ficamos amigos no acampamento de hóquei. Bem próximos, mas a gente só se via seis semanas por ano." Seis semanas muito intensas. "Você já teve alguma amizade assim?"

Cassel balança a cabeça.

"Nem eu. Nem antes nem depois. A gente ficava o ano inteiro sem se falar. Só mandava mensagens e uma caixa."

"Caixa?"

"É..." Coço o queixo. "Acho que começou no aniversário dele. Devia estar fazendo... catorze?" Minha nossa. A gente já tinha sido tão jovem? "Mandei uma saqueira roxa ridícula pra ele. Coloquei dentro de uma caixa de charutos cubanos do meu pai."

Eu ainda me lembrava de ter embrulhado a caixa em papel pardo e torcer para que chegasse inteira. Queria que a abrisse na frente dos amigos e morresse de vergonha.

"Aqui estão!" Betsy Ross reaparece e espalha um monte de objetos no balcão à minha frente. Ela achou um estojo da Hello Kitty, um gato grande de pelúcia usando uma camiseta dos Bruins e uma cueca branca com estampa de gatinhos.

"Essa aqui." Passo a cueca para ela. Não estava pensando em roupas íntimas, mas os gatinhos tinham até o tom certo de laranja. "Agora, pra ficar melhor, preciso de uma caixa. Parecida com uma de charutos, se possível."

Ela hesita. "Cobramos o embrulho à parte."

"Não tem problema." Dou uma piscadela e Betsy Ross fica ligeiramente vermelha. Sei que está olhando para minhas tatuagens, aparecendo pela gola V da camiseta. Não posso culpar a garota. A maioria das mulheres gosta disso. E, melhor ainda, alguns homens também.

"Vou ver o que consigo encontrar." Ela sai correndo.

Viro para Cassel, que está mascando chiclete e assiste a tudo como se aquilo não fizesse sentido. "Ainda não entendi."

Vamos lá. "Bom, alguns meses depois, recebi a mesma caixa pelo correio. Sem nenhum bilhete. Cheia de Skittles roxas."

"Que nojo."

"Não, cara. Eu amo Skittles roxas. Levei um mês pra acabar com elas. Era muita coisa. Mas uma hora terminei tudo e mandei a caixa de volta."

"Com o quê?"

"Não tenho ideia. Nem lembro."

"Quê?", grita Cassel. "Achei que essa história fosse chegar em algum lugar."

"Na real, não." Hum. Eu não tinha me dado conta de que o presente dentro da caixa não era tão importante quanto o ato de mandar. Eu era como qualquer outro adolescente: ia da escola para o treino e depois fazia a lição de casa, e quando me comunicava era só por e-mail, mensagem de texto ou monossílabos. Mas, quando a caixa chegava em casa sem ser anunciada, era como o Natal, só que ainda melhor. Eu sabia que ele tinha pensado em mim e se esforçado para aquilo.

Conforme ficamos mais velhos, as brincadeiras ficaram ainda mais ridículas. Cocô de mentira. Almofadas de peido. Uma placa que proibia peidos. Peitos de borracha. O presente não era nem de perto tão importante quanto o fato de que estávamos dando algo para o outro.

Agora Betsy Ross voltou com uma caixa que era mais ou menos do tamanho certo, ainda que não abrisse como uma caixa de charutos. "Serve", eu digo, mesmo estando decepcionado.

"Então..." Cassel olhou em volta, parecendo entediado. "Você vai mandar nessa aí?"

"É. A antiga está em algum lugar na minha casa." Se eu não fosse um babaca, saberia onde. "Parei com a brincadeira há alguns anos. Então essa vai ter que servir."

"Vou mandar uma mensagem para o gerente e ver se ele já está com a chave do nosso quarto", Cassel diz.

"Boa." Fico olhando enquanto Betsy Ross embrulha a cueca de gatinhos em papel de seda e a guarda na caixa.

"Precisa de um cartão?", ela pergunta, lançando um sorriso para mim e oferecendo uma boa visão dos seus peitos.

Não funciona comigo, querida. "Por favor."

Ela me passa um e uma caneta. Escrevo uma única palavra nele e a coloco na caixa. Pronto. Vou mandar o presente para o quarto de Jamie assim que voltarmos para o hotel.

Então, quando pudermos ficar a sós em um lugar tranquilo, vou me desculpar. Não há como desfazer a merda que aprontei quatro anos atrás. Não posso retirar a aposta ridícula que o forcei a aceitar ou o seu resultado desconfortável. Se pudesse voltar no tempo e segurar meu eu idiota de dezoito anos, faria isso num piscar de olhos.

Mas não posso. Só posso agir como homem, apertar a mão dele e dizer que é bom vê-lo de novo. Posso encarar aqueles olhos castanhos que me desarmam e pedir desculpas por ser um imbecil. Depois posso pagar uma bebida e tentar puxar um papo sobre esportes ou qualquer outro assunto seguro.

O fato de Jamie ter sido o primeiro cara que amei e que fez com que eu encarasse verdades assustadoras relacionadas a mim mesmo... Bom, nesse assunto não vou tocar.

E então meu time vai acabar com o dele na final. E é assim que deve ser.

4

JAMIE

A noite está tranquila no hotel — algo que, tenho certeza, a maior parte dos meus colegas de time está odiando. Principalmente os mais novos, que estão nas finais pela primeira vez e esperavam se divertir pra caramba no fim de semana. Mas o treinador acabou com essa ideia em dois minutos.

Ele jogou a real antes que pudéssemos pegar o cardápio no jantar — toque de recolher às dez e nada de bebidas, drogas ou escapadinhas.

Nós, os mais velhos, já esperávamos por isso, então não parecemos especialmente chateados quando pegamos o elevador para o terceiro andar, onde ficam nossos quartos. Amanhã é dia de jogo. Isso significa que hoje à noite é melhor ficar de boa e dormir cedo.

Terry e eu estamos no quarto 309, perto da escada, então somos os últimos no corredor quando chegamos à porta.

Congelamos imediatamente.

Tem uma caixa no chão. Azul-clara. Sem embrulho, com um cartão escrito *Jamie Canning* em letra cursiva floreada.

Que merda é essa?

O primeiro pensamento que me passa pela cabeça é que minha mãe mandou algo da Califórnia, mas, se tivesse feito isso, teria um endereço, um selo e a caligrafia seria *dela*.

"Hum..." Terry vacila antes de colocar as mãos na cintura. "Será que é uma bomba?"

Dou risada. "Não sei. Vai até lá e me diz se escuta um barulho de relógio."

Ele ri de volta. "Ah, entendi agora. Muito amigo você, Canning, me colocando na linha de fogo. Pode esquecer. É o seu nome naquela porra."

Olhamos para o pacote de novo. É do tamanho de uma caixa de sapatos.

Ao meu lado, Terry contorce o rosto em uma expressão de terror forçada e diz: "*O que tem na caixa?*".

"Boa imitação de *Seven*, cara", eu digo, genuinamente impressionado.

Ele sorri. "Você não sabe há quanto tempo estou esperando por uma oportunidade dessas. *Anos.*"

Abaixo e pego a caixa, porque, por mais divertido que seja, nós dois sabemos que é inofensiva. Coloco embaixo do braço e espero Terry passar o cartão para abrir a porta, então entramos no quarto. Ele acende a luz e vai direto para sua cama, enquanto sento na beirada da minha e abro a caixa.

Franzindo a testa, desfaço o embrulho com papel de seda e tiro o tecido macio de dentro.

Do outro lado do quarto, Terry diz: "Cara... que porra é essa?".

Não tenho a menor ideia. Estou olhando para uma cueca branca cheia de gatinhos laranja, incluindo um bem na virilha. Quando a seguro na cintura, outro cartão cai, com uma única palavra escrita.

MIAU.

E, puta merda, agora reconheço a caligrafia.

Ryan Wesley.

Não posso evitar. Dou risada tão alto que Terry levanta as sobrancelhas. Ignoro meu amigo, achando graça e desnorteado demais com o significado daquilo.

A caixa. Wes tinha ressuscitado nossa velha caixa de pegadinhas. Só que não tenho a menor ideia do motivo. Eu tinha sido o último a mandar alguma coisa. E me lembro de ter me achado muito esperto pelo presente que havia escolhido: um pacote de pirulitos. Porque, bom, não dava pra resistir.

Wes não tinha mandado nada de volta. Tampouco ligado, mandado mensagem, carta ou pombo-correio. Três anos e meio de silêncio.

Até agora.

"De quem é?" Terry está sorrindo para mim, visivelmente achando graça no presente ridículo nas minhas mãos.

"Holly." Digo o nome dela de forma tão natural que fico surpreso. Não sei por que menti. Não havia problema em dizer que a cueca era de um velho amigo, um rival, o que fosse. Mas, por alguma razão, não consigo dizer a verdade a Terry.

"É uma piada interna ou algo do tipo? Por que ela te mandou uma cueca de gatinhos?"

"Ah, você sabe, porque ela me chama de gatinho às vezes." *Que merda é essa?*

Terry não deixa isso passar despercebido. "*Gatinho?* Sua namorada te chama mesmo de *gatinho?*"

"Ela não é minha namorada."

Mas não faz diferença, porque Terry está se contorcendo de rir, e eu quero me socar por lhe dar munição que sem dúvida vai ser usada contra mim em algum momento. Eu devia ter dito que era de Wes.

Por que não disse?

"Ah, desculpa", ele diz, ainda gargalhando enquanto se dirige à porta.

Aperto os olhos. "Aonde você vai?"

"Não esquenta, gatinho."

Me seguro para não soltar um suspiro. "Você vai bater na porta de todo mundo pra contar, né?"

"Certeza." Terry vai embora antes que eu consiga protestar, mas, sinceramente, nem me importo muito. Beleza, o pessoal do time vai ficar me enchendo por causa dessa história. Mas qualquer hora outro cara vai fazer algo ridículo e se tornar o alvo.

Depois que a porta se fecha atrás de Terry, volto a olhar para a cueca, com um sorriso involuntário surgindo no rosto. Filho da puta. Não sei bem o que isso significa, mas ele deve saber que estou na cidade para o campeonato. Talvez seja seu jeito de pedir desculpas. Estender uma bandeira branca.

De qualquer maneira, fico curioso demais para ignorar o gesto. Ligo para a recepção e fico à espera ao som de uma versão de "Roar", da Katy Perry. Isso me faz rir, porque, bom, *roar*. Miau.

Quando a recepcionista atende, pergunto o número do quarto de Ryan Wesley. Tenho certeza de que está hospedado aqui, com o mar de jaquetas verdes e brancas que vi no saguão.

"Não posso passar o número do quarto de outro hóspede, senhor."

Isso me intriga por um segundo, porque é óbvio que alguém passou o número do *meu* quarto. Mas é o Wes. Ele provavelmente mostrou o tanquinho para a recepcionista em troca.

"Senhor? Posso ligar para ele, se quiser."

"Ótimo, obrigado."

Toca, mas ninguém atende. Merda. Tenho mais uma opção. Pego o celular para ver se ainda tenho seu número nos meus contatos. Lá está. Acho que não fiquei chateado o bastante para apagar. Mando uma mensagem, com três palavras apenas: *continua um sacana*.

Quando meu celular toca um segundo depois, fico achando que minha mensagem voltou. Que Wes mudou de número há muito tempo, e não tenho como entrar em contato.

Algumas coisas não mudam, dizia a mensagem.

Não posso evitar responder na minha cabeça: *Mas outras sim*. Não sei por que fiquei tão irritado de repente. Qual é o sentido disso? Então só mando: *É um presente de boas-vindas ou um vai se foder, babaca, vamos acabar com vocês?.*

Os dois?, ele responde.

Fico sorrindo para o telefone, ainda sentado na cama do hotel. Estou realmente mais feliz que o normal. É a nostalgia de um tempo mais simples, quando a maior decisão que eu tinha que tomar era que sabor de pizza pedir e que tipo de coisa ridícula ia mandar pelo correio para um amigo.

De qualquer jeito, me sinto bem, e deve ser por isso que minha próxima mensagem é: *Acho que vou dar uma descida pro bar.*

Já tô aqui, ele diz.

Claro que está.

Coloco o celular no bolso e abro a mochila. Vou para o chuveiro e fico alguns minutos embaixo da água para tirar o longo dia do corpo. Preciso me recompor. E deveria fazer a barba.

Ou talvez esteja enrolando.

Não sei o que esperar de Wes. Com ele, *nunca* dá para saber o que vai acontecer, o que era uma das coisas de que eu tanto gostava nele. Ser amigo dele era uma aventura. Ele me arrastava para uma situação maluca atrás da outra, e eu ficava feliz em participar.

Eu era tão leal. Até aquele fim esquisito.

No chuveiro do hotel, respiro fundo em meio ao vapor. Holly tinha razão. Ainda estou bravo. Porque, se eu e Wes tivéssemos brigado ou algo assim, o fato de ele ter virado as costas para mim pelo menos faria sentido.

Mas não tínhamos brigado. Ele só tinha me desafiado para um tiro livre. E naquele dia — o último no acampamento — tínhamos alinhado os discos com perfeição. Ele deu cinco tiros, e eu dei outros cinco.

Tiros livres nunca são fáceis. E, quando se está defendendo o gol contra Ryan Wesley, o patinador mais rápido contra o qual já joguei, é ainda mais intenso. Mas já tínhamos feito aquilo várias vezes, o bastante para que eu conseguisse antecipar seus movimentos rápidos. Eu me lembro de rir depois de defender os três primeiros tiros. Depois ele deu sorte, me driblando e acertando um tiro improvável.

Talvez outro cara tivesse entrado em pânico ao se dar conta de que tinha tomado dois gols. Mas eu era tranquilão. Por fim, foi Wes quem fraquejou. Ele não estava acostumado a ser goleiro, mas tampouco eu estava acostumado a dar tiros. Acertei minhas duas primeiras tentativas. Ele defendeu as outras duas.

Tudo se resumia à última quando eu vi medo em seus olhos. Então soube que podia fazer aquilo.

Ganhei, de forma irrefutável. O disco passou por seu ombro e fez um barulho leve ao tocar o fundo da rede.

Pelas três horas seguintes, deixei o cara pirar — durante todo o jantar e a cerimônia de premiação que sempre acontecia no fim do acampamento. Wes ficou quieto o tempo todo, o que não era comum para ele.

Esperei até que a gente voltasse ao quarto para libertá-lo.

"Acho que vou pegar meu prêmio no ano que vem", eu disse, com toda a indiferença que um garoto de dezoito anos consegue reunir. "Em junho, talvez. Ou julho. Te aviso, tá?"

Achei que ele fosse dar um suspiro aliviado ou algo do tipo. Fazer Wes suar uma vez na vida tinha sido divertido. Mas seu rosto não entregava nada. Ele pegou uma garrafa de metal de bolso e abriu devagar. "Última noite no acampamento, cara", Wes disse. "É melhor a gente celebrar." Ele deu um belo gole e passou para mim.

Quando peguei, seus olhos brilharam de um jeito que eu não consegui ler.

O uísque queimou ao descer. No primeiro gole, pelo menos. Até então, não tínhamos bebido mais que uma cerveja ou duas, escondidos no vestiário. Ser pegos com álcool ou drogas seria um problema de verdade. Por isso, eu era bem fraco para qualquer bebida na época. Senti o líquido me aquecer por dentro enquanto Wes dizia: "Vamos ver um pornô".

Quase quatro anos depois, estou tremendo no banheiro de um hotel. Desligo a água e pego a toalha.

Acho que é hora de descer e ver se nossa amizade pode ser consertada. O que aconteceu naquela noite foi meio maluco, mas não exatamente digno de nota. Eu esqueci sem grandes dificuldades.

Mas Wes não esqueceu. Nada mais explica o fato de ele ter me cortado de sua vida.

Espero que ele não toque no assunto. Às vezes é melhor deixar as coisas quietas. Do jeito que vejo, uma noite de bebedeira não deveria pôr um fim a uma amizade de seis anos.

Mesmo assim, estou estranhamente nervoso cinco minutos depois, quando pego o elevador, e odeio a sensação na minha espinha, porque não costumo ficar ansioso. Devo ser a pessoa mais relaxada que você já conheceu, o que com certeza tem a ver com o fato de que minha família é a própria definição de californianos tranquilões.

O bar está lotado quando eu entro. Nenhuma surpresa. É sexta à noite e o hotel está cheio por causa das finais. Todas as mesas estão ocupadas. Tenho que ficar de lado para passar, e não consigo ver Wes em lugar nenhum.

Talvez tenha sido uma ideia idiota. "Com licença", eu digo. Tem uma rodinha de executivos bloqueando o caminho entre o bar e as mesas. Eles estão rindo de alguma piada, completamente alheios ao fato de que estão atrapalhando.

Estou prestes a voltar para o quarto quando ouço.

"Idiotas."

É só uma palavra, mas reconheço a voz de Wes na hora. Profunda e meio rouca. Volto para os tempos de escola no mesmo instante, durante todos aqueles verões em que ouvi sua voz me zoando, me desafiando, pegando no meu pé.

Uma risada coletiva se segue ao comentário, e eu viro a cabeça para encontrá-lo em meio a um grupo de jogadores de hóquei próximos à parede oposta.

Wes vira a cabeça no mesmo momento, quase como se sentisse minha presença. E, merda, é como se eu viajasse no tempo. Ele está igual. E diferente. As duas coisas ao mesmo tempo.

Ainda tem o cabelo escuro todo bagunçado e uma barba por fazer, mas está maior. Com músculos definidos e ombros largos, definitivamente mais forte que quando tinha dezoito anos. Ainda tem a tatuagem tribal no bíceps esquerdo, mas agora muitas outras podem ser vistas em sua pele dourada. Uma no braço direito. Outra de inspiração celta saindo pelo decote da camiseta.

Wes continua falando com os amigos enquanto observa minha aproximação. É claro que está rodeado de gente. Tinha esquecido como é magnético. Como se brilhasse mais forte que o resto de nós.

O piercing em sua sobrancelha reflete a luz quando ele vira a cabeça, um brilho de prata só um pouco mais claro que seus olhos cinzentos, que se estreitam quando eu finalmente chego até ele, depois de atravessar o mar de pessoas.

"Que merda, cara, você fez luzes no cabelo?"

Faz mais de três anos que a gente não se vê e *essa* é a primeira coisa que ele me diz?

"Não." Reviro os olhos enquanto sento ao lado dele. "É do sol."

"Ainda surfa toda semana?", Wes pergunta.

"Quando dá tempo." Levanto uma sobrancelha. "Continua baixando a calça e mostrando seu pau por aí sem nenhum motivo?"

Seus colegas de time começam a rir, e o som reverbera no meu peito. "Cacete, ele sempre foi assim?", alguém pergunta.

Um sorriso surge no canto da boca de Wes. "Nunca privei o mundo dos atributos que Deus me deu." Ele põe a mão no meu ombro e aperta. Em um segundo a retira, mas ainda posso sentir o calor no ombro. "Pessoal, esse é Jamie Canning, um velho amigo e goleiro dos manés da Rainier."

"E aí", eu digo, meio bobo. Então olho em volta, procurando alguém para me atender. Preciso de um copo na minha mão, nem que seja de refrigerante. Mas o lugar está lotado, e não tem nenhum funcionário por perto.

Dou uma olhada no copo na mão de Wes. Contém algo gasoso — coca, talvez. Também deve estar proibido de beber álcool.

Wes levanta a mão no ar e em um instante uma atendente vem na nossa direção. Ele aponta para o copo e ela assente como se fosse uma ordem divina. Wes lança um sorriso para ela, sua moeda favorita para pagar favores. Então noto outro brilho metálico.

Ele tem um piercing na língua. Esse também é novo.

E *agora* estou pensando em sua língua. Porra. Os quase quatro anos de silêncio entre nós de repente começam a fazer sentido. Talvez uma noite de bebedeira possa mesmo acabar com uma amizade.

Ou talvez seja tudo besteira, e se tivéssemos continuado amigos aquilo teria ficado para trás há muito tempo.

De qualquer maneira, está quente demais no bar. Se a atendente me trouxer um refrigerante, vou ficar tentado a jogá-lo no rosto. O silêncio entre mim e meu antigo amigo fica cada vez mais constrangedor.

"Lotado", consigo dizer. Com dificuldade.

"Pois é. Quer um gole?" Ele me oferece seu copo.

Nossos olhos se encontram por cima do copo enquanto tomo um belo gole. Ele parece um pouco menos confiante. Seu olhar me faz uma pergunta: *Será que vamos sobreviver à próxima meia hora?*

Engulo e tomo uma decisão. "Uma pena que os Bruins foram destruídos pelos Ducks mês passado."

Vejo sua arrogância retornar na velocidade da luz. "Foi pura sorte. E aquela marcação *péssima* do juiz no último período. Seu ala tropeçou nos próprios pés de pato."

"Com uma pequena ajuda do seu defensor."

"Até parece. Aposto vintão que os Ducks não vão passar nem da primeira fase este ano."

"Só vinte? Pelo jeito você tá com medo. Vinte paus e um vídeo no YouTube proclamando minha superioridade."

"Beleza, mas quando você perder vai ter que fazer o vídeo com uma camiseta dos Bruins."

"Claro." Dou de ombros. E, simples assim, a noite fica mais fácil.

A atendente aparece com dois copos e um sorriso animado para Wes. Ele passa uma nota de vinte para ela. "Obrigado, linda."

"Me chame se precisar de *qualquer* coisa", ela diz, exagerando um pouquinho. *Nossa.* Jogadores de hóquei não têm muita dificuldade de trepar, mas meu velho amigo claramente se aproveita disso. E ela é bem gata. Peitos e sorriso bonitos.

Wes nem olha para sua bunda perfeita quando ela vai embora.

Ele abre os braços e sorri para o grupo de jogadores de hóquei à sua volta. "Merda, somos um bando de manés... Refrigerante numa sexta à noite. Alguém chama a polícia. Precisamos pelo menos jogar dardos ou algo do tipo."

"Hóquei de mesa!", alguém sugere. "Tem no salão de jogos."

"Cassel!" Wes dá um soquinho no cara ao seu lado. "E quem foi que ganhou o último jogo?"

"Você, imbecil. Porque roubou nos tiros livres."

"Quem, eu?"

Todo mundo ri. Mas minha mente para no "tiros livres".

Claro.

5

WES

A faculdade reservou uma suíte executiva no TD Garden, uma espécie de camarote privado chique pra caramba com uma janela do chão ao teto que dá para a arena lá embaixo. As garrafas de Dom Pérignon, no entanto, são cortesia do idiota do meu pai. O babaca está comemorando nossa vitória como se ele próprio tivesse jogado hoje à tarde — até o ouvi se gabando para um dos amigos que foi ele quem me ensinou a finta tripla que usei para marcar o gol da vitória no terceiro período.

Mentira. O velho não me ensinou porra nenhuma. Assim que consegui segurar um taco sozinho, ele começou a pagar técnicos e qualquer pessoa que pudesse ajudar a transformar seu único filho em uma estrela. O único crédito que posso dar ao cara é que ele é ótimo para assinar cheques.

O time de Canning está no gelo agora, encarando a mesma pressão que enfrentamos mais cedo. O treinador deixou que cada um de nós tomasse uma taça de champanhe. A final é amanhã à noite, e ele quer todo mundo alerta. Mas nem tem que se preocupar comigo. Estou tomando refrigerante. Não só porque foi meu pai quem mandou o champanhe, mas porque sinto o estômago embrulhar enquanto assisto ao jogo, e o álcool só ia deixar tudo pior.

Quero que Rainier vença.

Quero enfrentar Canning na final.

Quero fingir que não sinto mais nada pelo cara.

Acho que vou ter que me contentar com duas dessas três coisas. Porque *não consigo* fingir que não gosto mais dele. Encontrá-lo ontem à noite tornou isso impossível.

Porra, ele estava lindo. Muito lindo. Em toda a sua gostosura californiana, grande, loiro e sexy pra caralho. Com aqueles olhos castanhos intensos — surpreendentes num cara loiro. Mas é uma beleza subestimada. Jamie Canning nunca deu muita bola para a própria aparência. Às vezes acho que nem tem ideia de quão gato é.

"Aaaah, merda", um dos veteranos diz quando um jogador da Rainier acerta o adversário.

É um bloqueio legal, mas faz com que o jogador de Yale bata no acrílico como uma bola de borracha e caia de cara no gelo.

A Rainier veio para ganhar. São agressivos e ficam o tempo todo no ataque. Acho que Yale não deu mais que doze tiros para o gol, e o terceiro período já está acabando. Canning só não defendeu um, quando o disco bateu na trave e foi para a rede depois que o central adversário pegou o rebote. Quase deu para ouvir o barulho do disco raspando na luva dele, um nanossegundo rápido demais para ser agarrado.

O jogo estava empatado em um a um, com cinco minutos faltando. Percebi que não estava respirando, torcendo para que os atacantes da Rainier fizessem algo.

"Seu amigo é durão", Cassel diz, dando um golinho no champanhe como se fosse a porra da rainha da Inglaterra.

"Não cede à pressão", concordo, com os olhos cravados no rinque. O ala esquerdo de Yale dá um tiro que Canning defende com facilidade, parecendo quase entediado ao controlar o disco antes de passar para um dos alas do seu time.

Os jogadores da Rainier passam voando pela linha azul, entrando na zona de ataque.

Mas minha mente ainda está no último tiro, na maneira como Canning encarou o adversário. Nem sei dizer quantas vezes estive na mesma posição que o jogador de Yale, avançando sobre ele na direção do gol.

Só que, da última vez que a gente se enfrentou, quem estava no gol era eu. A última barreira entre Jamie Canning e um boquete.

Gosto de pensar que não o deixei ganhar de propósito. Sou competitivo, sempre fui. Não importava o quanto quisesse o pau de Canning na minha boca. Não importava que, se *eu* ganhasse, eu sabia que ia ter que liberar o cara da aposta. Defendi o gol com tudo o que eu tinha. Acho.

Porque, quando o disco passou voando por mim, não posso negar que uma parte de mim ficou feliz.

"Dito isso, não ficaria triste se eles perdessem", Cassel continua. Ele vira para mim e sorri. "Sei que o cara é seu melhor amigo e tal, mas prefiro enfrentar o goleiro de Yale que esse armário aí."

Cassel está certo. Canning é a maior ameaça. As fraquezas que ele tinha antes desapareceram. Ele é a porra de uma estrela agora. Não foi à toa que conseguiu a posição de titular de volta.

Mesmo assim, não quero que perca. Quero ver o cara no último jogo. Quero ver o cara, ponto-final. Já perdi feio antes — se o time dele for derrotado, sei que não vai estar aberto a sair, botar o papo em dia e...

Chupar o pau um do outro?

Afasto o pensamento. Não aprendo mesmo. Da última vez que isso aconteceu, perdi meu melhor amigo.

É engraçado — tenho certeza de que todo mundo se arrepende de algo que já disse. Um insulto que dirigiram a alguém. Uma confissão que preferiam não ter feito. Talvez, não sei, uma piada insensível que gostariam de não ter contado.

A frase de que *eu* me arrependo? *Vamos ver um pornô.*

Não tinha como voltar atrás depois que eu disse essas quatro palavras, e nem posso botar toda a culpa no álcool, porque uma garrafinha de bolso não deixa ninguém bêbado. Eu sabia o que estava fazendo. O que estava persuadindo Canning a fazer. Estava cobrando a aposta, o que é irônico pra caralho, porque quem ganhou foi *ele*. O prêmio era *dele*, só que não era. Era *meu*. Porque eu precisava tocar o cara mais do que precisava respirar.

Ainda lembro o choque no rosto de Canning quando entrei no site no meu laptop. Escolhi uma cena tranquila — para mim, pelo menos. Coloquei o laptop no colchão e apertei o play como se não tivesse nenhuma preocupação no mundo.

Por um longo tempo, Canning não se moveu. Esperei, tenso, enquanto ele decidia se ia sentar ao meu lado na cama ou subir no beliche. Sem olhar, passei a bebida para ele. Ouvi quando tomou um gole e, com um suspiro, sentou ao meu lado.

Não arrisquei olhar por vários minutos. Deitamos de costas e ficamos passando a bebida de um para o outro enquanto víamos dois caras e uma loira peituda na tela.

"Como você compararia sua técnica com a dela?" Canning rachou de rir com a própria pergunta, sua barriga mexendo enquanto olhava para o laptop.

Para ele, era só mais uma de nossas brincadeiras. Estava se aproveitando da vitória para tirar uma com a minha cara, como sempre fazíamos.

Mas, para mim, não era brincadeira nenhuma. Tinha acabado de passar o último ano tentando aceitar minha cada vez mais óbvia atração por homens. O jeito atrapalhado como havia perdido a virgindade com uma menina tinha disparado o alarme. Eu não sentia atração por ela, mas precisava tentar. Para ter certeza. Quase não tinha ficado duro, e só conseguira ao pensar em...

Canning. Eu tinha pensado em Jamie Canning.

Eu gostava do meu melhor amigo hétero fazia um tempão. Mas não podia contar para ele. Só podia seguir com a brincadeira.

"Você sabe que eu sempre peguei bem no taco."

Jamie riu. "Só você consegue contar vantagem até nisso."

"É o que eu sempre digo, Canning: não tenho medo de nada."

Cara, eu era um babaca. Porque medo nem era parte da equação. Eu só tinha um desejo puro e latente enquanto estava ali ao lado de Jamie. No ano anterior, tinha ficado bêbado e dado uns pegas e trocado punhetas com um cara da escola. Mas ainda assim tinha dúvidas.

Deitado ao lado de Canning, eu queimava de tanta certeza.

Na tela, a loira gemia loucamente. Adorando ser penetrada por um enquanto chupava o outro. Canning ficou quieto por um tempo. Eu me concentrei em controlar a respiração. Mas não pude resistir e dei uma olhada na virilha dele um minuto depois. E então perdi o fôlego, porque, porra, ele estava duro, com uma ereção grossa e comprida aparecendo por baixo da bermuda. Eu estava igual, e tinha certeza de que ele sabia. Devia achar que era o pornô. Cara, aquele era o único motivo pelo qual *ele* estava com tesão.

Mas não eu. Meu pau estava duro por causa dele.

Ao meu lado, Canning engoliu em seco. "Escolha interessante, Wesley. Considerando o risco. Não vou te obrigar a me chupar." Ele sorriu.

"Prefiro aproveitar a glória de saber que você finalmente perdeu uma aposta que não pode cumprir." Então ele virou seus lindos olhos para mim, o que só fez minha pele queimar ainda mais.

"Qual foi? Acha mesmo que não tenho coragem de te chupar?", eu disse, esperando que ele não distinguisse a rouquidão do desejo na minha voz.

Ele virou o rosto para me encarar.

"Claro que não, porra!"

O grito do nosso capitão me tira dos meus devaneios. Toda a arena está vibrando, os fãs comemorando diante do placar que se ilumina e das telas espalhadas em todas as partes com a palavra GOL! em letras enormes.

Sinto um buraco no estômago quando percebo quem marcou.

Yale.

Cacete. Yale marcou e eu estava distraído demais para perceber. Agora está dois a um, e falta só um minuto e meio.

"Tava viajando", digo a Cassel. "O que aconteceu?"

"Um dos defensores da Rainier cometeu a falta mais idiota que eu já vi." Ele balança a cabeça, impressionado. "O idiota entregou a vitória de bandeja."

Não, ainda não tinha acabado. Havia tempo para Rainier se recuperar. Ainda dava, porra.

"Seu amigo não teve a menor chance com um jogador a menos", Cassel acrescenta.

O buraco no estômago parece aumentar. Pode dizer o que quiser de Yale, mas eles são os líderes nas estatísticas da liga quando se trata de aproveitar o tempo com um jogador a mais no gelo. Em todos os jogos que fizemos contra eles na temporada, o treinador dizia uma última frase antes de deixarmos o vestiário: *Quem perde jogadores contra Yale perde o jogo.*

Fiquei torcendo para que aquelas palavras não fossem proféticas, para que Rainier virasse, mas não adiantou.

O sinal foi ouvido por todo o TD Garden.

Rainier tinha perdido.

6

JAMIE

Perdemos.

Perdemos, cacete.

Ainda estou atordoado enquanto desço a rampa em direção ao vestiário. O clima à minha volta é sombrio. Sufocante. Não vamos culpar ninguém, no entanto.

Ninguém está com raiva de Barkov, que derrubou o atacante de Yale sem nenhum motivo aparente — o cara nem estava com o disco.

Ninguém critica a defesa, que inexplicavelmente se desfez quando ficamos com um jogador a menos.

E ninguém me acusa por não ter sido capaz de parar o último tiro.

Mas, por dentro... eu me culpo.

Devia ter defendido. Devia ter caído mais rápido, estendido o braço. Devia ter arremessado meu corpo contra a porra do disco e não ter permitido que chegasse perto da rede.

Me sinto entorpecido. Estava chateado porque minha família não veio da Califórnia me ver. Agora fico grato, porque pelo menos não assistiram à minha derrota. A não ser pela televisão. Assim como alguns milhões de outras pessoas...

Droga.

De volta ao hotel, encontro Terry sentado na cama, com o controle na mão. Mas a tv está desligada, e ele olha para a tela preta.

"Hã, Terry? Tá tudo bem?"

Ele olha para mim na hora. "Tudo. É só..." A frase morre no ar.

Os próximos dias vão ser exatamente assim. Já posso prever. Queríamos tanto levar o título para a Rainier. Provar para nossas famílias e para a faculdade que todos os anos de sacrifício tinham valido a pena.

Mas não provamos nada.

"Ainda é a temporada mais boa do time nos últimos trinta anos", Terry diz, devagar.

Afundo na cama. "Ou a *melhor*."

"Não pra gente." Damos risada. Mas ele acaba suspirando. "Foi meu último jogo, Canning. Na vida. Não tenho chance de virar profissional como você. Em três meses vou estar sentado de terno em uma mesa de escritório."

Que merda.

"Por quinze anos fui um jogador de hóquei. Há meia hora sou um analista júnior na divisão de investimentos de um banco."

Credo. Espero que as janelas do nosso quarto sejam trancadas por fora, porque estou com medo de que ele tente pular. Ou mesmo eu. "Cara, você precisa de bebida e de uma garota. Tipo, pra ontem."

Ele ri de um jeito sombrio. "Meus primos estão vindo me pegar. Acho que vamos pra alguma casa de strip."

"Ainda bem." Deito de costas e fico olhando para o teto do quarto. "Sabe, tem uma grande chance de que eu nunca dispute uma partida da NHL. Terceiro goleiro? O Detroit já pode fazer um assento no banco com as medidas da minha bunda. Se eu tiver sorte, vão me deixar na reserva do time B."

"Você ainda vai ter a camisa e as mulheres." O celular toca e ele atende. "Nasci pronto", Terry diz. "Tô indo." Então vira para mim: "Quer vir?".

Eu quero? Preciso de uma bebida. Mas, no momento, minhas costas estão grudadas na cama. "Não tô pronto", admito. "Mando uma mensagem mais tarde, perguntando onde vocês estão."

"Beleza", ele diz.

"Até mais", digo, enquanto a porta fecha.

Por um tempo, fico mergulhado na minha própria tristeza. Meus pais estão me ligando, mas nem atendo. Eles vão ser superlegais, como sempre, mas não quero ouvir palavras encorajadoras agora. Preciso me sentir mal. Ficar bêbado. Trepar.

Ouço uma batida forte na porta e me arrasto para atender. Provavelmente é um dos caras, pronto para ajudar com bebidas e uma noitada.

Abro a porta e encontro Holly parada ali, seu rosto pintado de laranja e preto, com uma garrafa de tequila na mão e limão na outra. "Surpresa", ela diz.

"Nossa, Holly!" Dou risada. "Você disse que não vinha."

"Eu menti." Ela me dá um sorriso enorme.

Abro a porta mais um pouco. "Chegou na hora perfeita, parece cronometrado."

"É mesmo?", ela pergunta, desafiadora. "Melhor que aquela vez no banheiro do trem logo antes da nossa parada?"

"Tá, talvez seja um empate." Estou tão feliz em ver Holly que nem acho graça. Preciso de uma distração, e é exatamente isso que somos um para o outro.

Ela vai direto ao assunto, cortando os limões na escrivaninha com uma faca que tira da bolsa. Pois é, sei escolher meus amigos.

"Copos", Holly pede por cima do ombro.

Eu poderia beber direto da garrafa esta noite, mas, por ela, olho em volta e encontro dois copos perto da TV. Levo até Holly, que os enche em um instante.

"Aqui." Ela me oferece um copo e levanta o outro no ar. "A ser incrível e superar as decepções." Seus grandes olhos azuis me estudam, procurando por alguma coisa.

"Belo brinde", murmuro. "Valeu." Quando bato meu copo no dela, Holly ri como se tivesse ganhado alguma coisa. Pelo menos um de nós se sente assim.

"Vira isso aí que eu quero tirar sua roupa."

Gosto da ideia. A tequila desce pela minha garganta, e eu deixo que Holly coloque um limão na minha boca. Damos risada enquanto sentimos o sabor cítrico. Então eu a levo para a cama. Quero apenas liberar todas as minhas tensões nessa garota sorridente, mas respiro fundo. Holly é delicada, e na metade do tempo fico preocupado com a possibilidade de esmagá-la.

Meus joelhos estão na cama agora, e ela se afasta para me dar espaço enquanto tira a blusa. Minha camiseta vai para o chão antes que eu me debruce sobre seu corpo, cuidando para não soltar todo o meu peso sobre ela. A não ser pelos quadris, que caem firmes sobre os de Holly, então meu pau acorda e diz: *Olha só o que temos aqui!*

Holly pega minha cabeça e me puxa para um beijo. Sinto gosto de tequila e limão, e de uma garota feliz e com vontade. "Hum", ela murmura. "Fiquei esperando o dia todo por isso."

Eu também, só não sabia disso. Fecho os olhos e mergulho em sua boca, onde posso esquecer tudo. Nada de jogo, nem de gol pouco antes do fim. Nenhuma decepção. Só uma garota gostosa embaixo de mim e mais tequila para virar.

Então ouço uma batida na porta.

"Cacete", Holly e eu reclamamos juntos.

"Canning!", ouço uma voz vindo do corredor.

A voz de Wes. Aquilo acaba com o momento.

"Você tem que atender?", Holly arfa.

"Meio que sim", suspiro. "Mas vai ser rápido. Juro."

"Tá", ela diz, empurrando meu peito. "Vou pegar mais tequila."

"Você é incrível", digo, pegando a blusa dela no chão. Nem perco tempo com a minha. Assim que Holly está vestida, atravesso o quarto e abro a porta.

"E aí?", cumprimento Wes.

Fico esperando o cara começar com a lenga-lenga do "que azar". Wes é competitivo pra caralho, mas nunca ia me zoar quando estou pra baixo. Ele fica em silêncio, o que é estranho, piscando para mim do corredor. "E aí?", ele diz depois de um tempo. "Eu só..."

Ele não diz mais nada. Wes percebeu que estou sem camisa e então vê a garota servindo tequila.

"Essa é Holly", digo. "Holly, este é um velho amigo, Ryan Wesley."

"Tequila?", ela oferece do outro lado do quarto. Está corada e com o cabelo bagunçado.

Devo estar igual. Mas Holly não parece envergonhada, então nem me preocupo. "Quer entrar?"

"Não", ele diz depressa, e o som parece uma lasca de pedra caindo numa superfície dura. "Só queria dizer que é uma pena que não vamos nos enfrentar amanhã." Ele enfia as mãos no bolso em uma rara demonstração de humildade. "Não vai ser a mesma coisa." Os cantos da sua boca se contorcem, mas seus olhos não acompanham o sorriso.

"Eu sei." Minha voz está cheia da decepção que eu estava tentando evitar. "Pensei que fosse ser como no acampamento."

"Eu adorava aquele lugar", Wes diz, coçando a nuca.

"Ainda trabalho lá, sabia?" Quero encerrar a conversa logo, então não tenho ideia de por que digo: "Não é a mesma coisa sem você". É verdade, mas esse já é o dia mais emotivo da minha vida, e não preciso de mais coisa em que pensar.

"Bom, vou nessa", Wes diz, apontando para os elevadores. "E, ah, se cuida se a gente não se encontrar amanhã." Ele dá um passo pra trás.

Não tenho ideia do que fazer. Vamos voltar para a Costa Oeste pela manhã. Não vou ver a final. Acho que Wes e eu não temos mais o que dizer. Mas é só isso? Sinto uma estranha necessidade de acrescentar algo — de retardar sua partida.

Só que estou chateado, confuso e cansado pra caralho. E Wes já está virando as costas para mim.

"Até mais", digo, bruscamente.

Ele olha por cima do ombro e levanta a mão em um aceno.

Fico parado ali por um momento, como um idiota, e ele vira na direção dos elevadores.

"Jamie", Holly diz baixo. "Sua bebida."

Relutante, fecho a porta. Cruzo o quarto, pego o copo dela e viro.

Holly tira o copo vazio da minha mão. "Onde estávamos?"

Se eu soubesse...

7

WES

"Você sabe que a gente acabou de ganhar o campeonato nacional, né?", Cassel pergunta pela centésima vez na última hora. Ele está com um sorriso bobo de rei do mundo a noite toda. Desde antes de virar quatro doses de vodca.

"É, eu sei." Pareço ausente enquanto vasculho com os olhos a multidão no bar que escolhemos para comemorar. O do hotel era caro demais, então decidimos sair esta noite. De acordo com a pesquisa do Donovan, este pequeno bar subterrâneo tem bebidas pela metade do preço nas noites de domingo e, aparentemente, elas não têm gosto de mijo.

Mas não estou nem aí para o gosto da bebida. Só estou interessado no efeito que tem em mim. Preciso ficar bêbado. O bastante para não ter que pensar no idiota que eu sou.

A voz de Cassel me tira dos meus pensamentos sombrios. "Então melhora esse humor", ele manda. "Somos campeões, cara. Ganhamos de Yale. *Acabamos* com eles."

É verdade. O jogo terminou dois a zero. Limpamos o gelo com nossos adversários, e eu deveria estar feliz com isso. Não, eu deveria estar pirando. Foi para isso que treinamos o ano todo, mas, em vez de saborear a vitória, estou ocupado demais chateado com o fato de que Canning tem namorada.

É, pessoal, Jamie Canning é hétero. Que choque.

Dava para imaginar que eu já teria aprendido a lição. Passei seis anos torcendo para que a atração não viesse só de mim. Para que, de repente, ele pensasse: *Hum, acho que estou a fim do Wes.* Ou quem sabe descobrisse que joga nos dois times e decidisse tentar com um cara, pra variar.

Nenhuma dessas possibilidades estava certa, no entanto. E nunca estaria.

À minha volta, os caras do time riem, brincam e relembram seus momentos favoritos do jogo. Ninguém nota que estou quieto. Minha mente continua voltando para Jamie, sua namorada e a pegação que interrompi ontem à noite.

"Precisamos de mais uma rodada", Cassel anuncia, procurando por um atendente.

Quando vejo a moça do outro lado do balcão, desço da banqueta abruptamente. "Vou lá pedir", digo, então me afasto antes que qualquer um possa perguntar por que de repente estou tão generoso.

No bar, peço outra rodada para o grupo, então apoio meus braços no balcão de madeira e estudo as garrafas nas prateleiras. Bebi cerveja a noite toda, mas não está adiantando. Quero ficar bêbado de verdade. Preciso de algo mais forte.

Sinto um friozinho no estômago quando meu olhar recai sobre uma garrafa de bourbon. A bebida preferida do meu pai. Mas o que ele compra é mil vezes mais caro que a garrafa na prateleira.

Dirijo o olhar para as garrafas de tequila.

Era o que Canning estava bebendo ontem à noite.

Então continuo. Jack Daniel's.

Que inferno. Parece que toda garrafa nesta porra de bar está cheia de memórias.

Antes que consiga evitar, minha mente volta para a última noite no acampamento, para a garrafinha que passei para Canning e para a pergunta que lancei em desafio.

"Acha mesmo que não tenho coragem de te chupar?"

Ele pareceu considerar aquilo por um minuto. "Acho que nunca é uma boa ideia dizer que Ryan Wesley não tem coragem de fazer alguma coisa."

"Isso aí."

Ele riu, mas seus olhos voltaram para a tela. De novo, Canning tinha me liberado. Mas eu não queria aquilo. Queria pagar a aposta. Quanto mais falávamos sobre, mais certeza eu tinha. Só conseguia pensar em tocar meu melhor amigo. Não era por causa da aposta. Era desejo puro.

Na tela, a loira estava de joelhos, chupando um dos caras enquanto masturbava o outro. Jamie tomou outro gole antes de passar a bebida para mim. Ao meu lado, ele mexeu os quadris, e eu tive que controlar um arrepio. O que eu mais queria estava bem ali.

E agora ele estava com tesão.

Ele moveu as mãos, segurando o elástico da bermuda. Fez uma leve carícia embaixo do abdome, como se estivesse com coceira, mas era óbvio que estava tentando dar uma rearranjada estratégica.

Dei um gole no uísque. Para criar coragem. Então deixei a mão apoiada entre minhas pernas. "Isso tá me matando", eu disse. Foi a coisa mais sincera que eu tinha dito o dia todo. Toquei de leve meu pau duro e voltei. Podia sentir seus olhos em mim, na minha mão. E aquilo me deixou ainda mais doido. Esqueci a tela. Preferia estrelar meu próprio solo ali, com meu par de olhos castanhos favoritos acompanhando.

Meu coração começou a bater mais forte, porque eu sabia o que estava prestes a fazer.

Tinha uma pedra da qual gostávamos de pular no lago, uma queda de seis metros, e naquela noite era como se eu estivesse em cima dela. Como se me aproximasse da borda e o levasse comigo. Uma vez, Canning estava demorando tanto para pular que perdi a paciência e o empurrei, morrendo de rir enquanto o via cair na água lá embaixo.

Mas não podia fazer o mesmo naquela noite. Não podia empurrá-lo. Ele tinha que pular.

Lambi os lábios secos. "Preciso me aliviar aqui. Você se importa?"

O momento de hesitação quase me matou. "Vai em frente. A gente toma banho no mesmo banheiro, esqueceu? Porra." Ele riu. "A gente caga no mesmo banheiro. Apesar de que aí tem uma porta."

Não havia nenhuma ali.

Enfiei a mão no calção e peguei o pau latejando, mas não o coloquei pra fora. Só bati uma punheta lenta ali mesmo.

Seus olhos se encheram de surpresa, então vi o brilho de algo que tirou o ar dos meus pulmões. Não era raiva. Não era irritação.

Era desejo.

Porra, ele estava ficando excitado ao me ver batendo uma. Nós já tínhamos esquecido o laptop. O olhar de Canning estava grudado nos movimentos lentos da minha mão sob a bermuda.

"Fica à vontade também." Odiei o som da minha voz na hora, porque sabia que tinha segundas intenções. "Sério, vai ser menos esquisito pra mim."

Cara. Eu era como a serpente oferecendo a maçã para Eva. Ou, no caso, a banana.

As analogias de mau gosto abandonaram meu cérebro idiota no momento em que Jamie puxou a bermuda e deixou o pau à mostra.

Meu coração acelerou diante da visão. Era rosa, grosso e perfeito. Com os dedos de uma mão, ele o acariciou, para cima e para baixo. Com leveza. Invejei aqueles dedos.

Peguei minhas bolas e tentei respirar fundo. Meu peito estava apertado de desejo. Ele estava bem ali, com o quadril próximo ao meu. Tudo o que eu queria era colocar seu pau na minha boca. Queria tanto que podia até sentir o gosto.

Seus olhos voltaram para a tela. Senti que ele afundava um pouco mais na cama. Agora estávamos batendo punheta com mais força. Sua respiração ficou mais superficial, e o som disparou outra onda de desejo pela minha espinha. Eu queria fazê-lo arfar daquele jeito. Então seu ritmo fraquejou, e eu olhei para descobrir o motivo.

O vídeo tinha acabado. Eu tinha escolhido um curto. Agora a tela mostrava um menu com uma série de opções, mas a foto principal era uma imagem horrível da bunda enorme de uma mulher.

"Hum..." Jamie começou a rir. "Isso não está funcionando."

De repente me senti completamente alerta. Um bom jogador de hóquei sabe que tem que aproveitar uma oportunidade quando ela se apresenta. Era exatamente o caso. Uma janela de oportunidade tinha se aberto e eu ia aproveitá-la.

"Você pode cobrar sua aposta", sugeri.

Sem parar de movimentar a mão, ele deixou o ar escapar. "Tá me desafiando?"

"Tô."

Jamie engoliu em seco. Um desfile de emoções que eu não conseguia acompanhar percorreu seus olhos. Relutância. Desejo. Confusão. Desejo. Irritação. Desejo.

"Eu..." Ele riu, com a voz rouca. Então parou e pigarreou. "Duvido... Quero só ver."

Seus olhos se fixaram nos meus e eu quase gozei na hora. Meu pau ficou ainda mais duro e pulsando. Implorando. Mas, de alguma forma, consegui falar no tom descuidado de quem topa tudo que é minha marca registrada, embora na maior parte das vezes seja apenas fingimento.

"Bom, isso vai ser interessante."

Um leve pânico tomou conta do seu rosto, mas não dei tempo para que ele voltasse atrás. Queria muito aquilo. *Sempre* tinha desejado aquele cara.

Soltei meu pau e cobri a mão dele com a minha. Jamie ficou tenso e, por um segundo, pensei que fosse me empurrar.

Eu não o teria culpado.

Então ele tirou sua mão, me deixando sozinho ali. Segurando seu pau. *Finalmente.* Estava quente e duro, e eu podia sentir seus pelinhos loiros fazendo cócegas nos meus dedos. Apertei, e todo o ar pareceu deixar o corpo dele, que praticamente se derreteu no colchão. Minha boca era um deserto, meu pulso uma bateria alta nos ouvidos.

Movi a mão para cima e para baixo, como se não fosse nada de mais. Então disse: "Porra, acho que tô bêbado". Porque parecia a coisa certa a dizer. Como se o álcool fosse a razão pela qual estivéssemos fazendo aquilo. Era nosso passe livre.

Funcionou, porque ele deixou escapar: "Eu também". Mas sua voz estava distraída e distante.

E talvez ele estivesse mesmo bêbado. Talvez o rubor nas suas bochechas fosse devido ao uísque, e não por causa da minha outra mão abaixando mais ainda sua bermuda. Talvez sua respiração estivesse acelerada porque o álcool tinha atingido sua corrente sanguínea, e não porque meus dedos envolviam seu pau.

Fiquei de joelhos na frente dele, enquanto continuava a bombear devagar. Meu corpo inteiro latejava com uma necessidade incontrolável, meu próprio pau duro e pesado entre as pernas. Eu o ignorei. Jamie piscou duas vezes quando levantei à sua frente. Fiquei olhando para seu rosto, em busca de alguma reação. Ele não parecia horrorizado. Só parecia com tesão.

Tinha sonhado com aquele momento por anos. Não podia acreditar que estava acontecendo.

"O que está esperando, *Ryan*? Chupa logo."

A surpresa tomou conta de mim. Ele só me chamava de Ryan quando estava me desafiando. E agora estava me desafiando a enfiar seu pau na minha boca.

Nossa.

Hesitei, mas só por um segundo. Até que vi uma veia pulsando na garganta, e percebi que ele estava tão nervoso e excitado quanto eu.

Inspirei e abaixei a cabeça.

Então fechei a boca na cabeça e chupei.

Os quadris de Jamie se levantaram imediatamente, o ar deixando a garganta em um estremecimento rouco. "Ah, meu Deus."

Eu me lembro de ter pensado se ele já tinha sido chupado antes. O choque e o assombro em sua voz foram tão genuínos. Tão sexy. Mas não pensei por muito tempo. Porque ele logo estava sussurrando as ordens mais deliciosas e obscenas para mim.

"Mais", ele murmurou. "Chupa mais. Chupa tudo."

Chupei até quase chegar à base. Quando Jamie gemeu, soltei e comecei a passar a língua por seu pau longo e duro, até que ficasse brilhando. Suguei o líquido que escapava, e seu gosto penetrou minha língua e fez minha cabeça girar.

Eu estava chupando meu melhor amigo. Era surreal. Era com o que eu tinha sonhado por muito tempo, e a fantasia não era nada comparada à realidade.

"Isso, cacete." Canning começou a mover o quadril quando o coloquei na minha boca de novo.

Lambi a cabeça, provocando, saboreando, então fui fundo outra vez. Não tinha coragem de olhar para ele. Estava morrendo de medo de encará-lo — morrendo de medo de que descobrisse o quanto eu o queria.

"Cara, você é bom demais nisso."

O elogio me animou. Porra. Canning estava metendo na minha boca porque *eu* o deixava com tesão.

Seus dedos de repente estavam no meu cabelo, puxando os fios enquanto eu chupava o máximo que conseguia do seu pau.

"Ah, nossa. Continua fazendo isso, cara. Me deixa foder sua boca."

Cada palavra rouca praticamente me colocava em chamas. Nunca duvidei do quanto *eu* ia curtir aquilo. Mas não tinha como saber se ele também ia. Acelerei o ritmo, apertando seu pau a cada estocada, mais forte do que achei que ele ia gostar, mas Canning continuava murmurando: "Mais forte, mais rápido".

Mantive os olhos fechados enquanto o chupava, determinado a fazer com que perdesse o controle, com que sentisse a mesma necessidade urgente que me dominava.

"Wes..." Um som engasgado escapou dos seus lábios. "Porra, vou gozar."

Ele puxou meu cabelo até doer, seu abdome se contraindo conforme o quadril se movia mais rápido. Alguns segundos depois, ele gemeu. Senti a vibração contra meus lábios e então ele parou, enfiando fundo, e gozou na minha boca enquanto eu engolia cada go...

"Está esperando que uma daquelas garrafas tenha uma plaquinha pra você escrito: PEÇA ESTA?"

Uma voz masculina me traz de volta ao presente. Pisco, desorientado. Ainda estou no bar, diante do balcão, olhando para as bebidas. Merda. Estava viajando. E agora estou meio duro, graças à memória da minha noite com Jamie Canning.

Engulo em seco e viro para encontrar um estranho sorrindo ao meu lado.

"Sério", ele fala, abrindo um sorriso ainda maior. "Você está encarando as garrafas faz uns cinco minutos. O cara do bar até desistiu de perguntar o que você queria."

Alguém tinha falado comigo? O cara ao meu lado deve achar que sou maluco.

Já ele parece absolutamente normal. Bem bonito, na verdade. Uns vinte e tantos, usando jeans e uma camiseta dos Ramones, com uma tatuagem cobrindo o braço direito até o pulso. Tribal, misturado com crânios, dragões e outras coisas bem legais. É mais magro do que costumo curtir, mas não anoréxico. Não é bem meu tipo, mas também não é do tipo que eu *não* gosto. Com certeza ficaria com ele, e do jeito que está me olhando sei que não estou sozinho nessa.

"Você tá com aquele pessoal?" Ele aponta para a mesa cheia de caras usando jaquetas de hóquei.

Confirmo com a cabeça.

"O que estão comemorando?"

"Ganhamos o campeonato nacional de hóquei." Faço uma pausa. "Universitário."

"Sério? Parabéns. Então você joga hóquei, hein?" O olhar dele percorre meu peito e meus braços antes de voltar ao meu rosto. "Dá pra perceber."

É, não estou sozinho mesmo.

Olho para a mesa, e vejo que Cassel olha pra mim. Ele sorri quando nota que estou acompanhado, então vira de novo para os outros caras, rindo de algo que Landon acabou de dizer.

"Como você chama?", o estranho pergunta.

"Ryan."

"Sou Dane."

Assinto. Não consigo dizer nada charmoso. Nem um comentário arrogante, nem um papinho descarado. Ganhei um campeonato hoje, deveria estar comemorando. Deveria convidar esse cara bonito para o meu quarto no hotel, colocar o aviso de "Não perturbe" para que Cassel não entre quando voltar e foder Dane até ele não aguentar mais.

Mas não quero. Só consigo pensar em Canning e sei que ia me sentir um bosta depois.

"Bom, preciso voltar pro pessoal", digo de repente. "Foi legal falar com você."

Vou embora antes que ele possa dizer alguma coisa. Não viro para ver se Dane parece chateado ou para me certificar de que não veio atrás de mim. Dou um tapinha no ombro de Cassel e aviso que estou indo embora.

Levo cinco minutos para fazer meu amigo acreditar que não tem nada de errado comigo. Digo que estou com dor de cabeça por causa da adrenalina do jogo, das cervejas, do calor e de tudo o mais em que consigo pensar, até que finalmente ele desiste de tentar me convencer a ficar, e eu posso sair do bar.

São vinte quarteirões até o hotel, mas decido andar em vez de pegar um táxi. O ar fresco vai me fazer bem, e assim posso clarear a mente, cheia de imagens de Canning.

Não consigo parar de pensar em como ele estava ontem à noite. O cabelo todo bagunçado, as bochechas vermelhas. Ou ele tinha acabado de transar ou estava prestes a fazer isso. A garota era gostosa, pequena e com olhos azuis enormes. Era bem o tipo dele.

Rangendo os dentes, tiro a garota da cabeça e penso na nossa despedida.

Não é a mesma coisa sem você.

Pareceu sincera. Porra, provavelmente era. Passamos os melhores verões das nossas vidas no Elites. Claro que um boquete não tinha apagado todas as boas memórias para ele.

Enfio as mãos nos bolsos quando paro no cruzamento, esperando o farol ficar verde para mim. Não sei se vou voltar a ver Canning. Acho mesmo que não. Vamos nos formar e viver nossa vida de adulto. Ele na Costa Oeste, eu em Toronto. Nossos caminhos não devem se cruzar.

Talvez seja melhor assim. Dois pequenos encontros este fim de semana, só *dois*, que de alguma maneira conseguiram apagar os quase *quatro* anos que passei esquecendo o cara. É óbvio que eu não consigo ficar perto de Canning sem desejá-lo. Sem querer mais.

Mas este fim de semana não foi o bastante pra mim, cacete.

Pego o celular antes que possa pensar em desistir, me apoiando em uma banca de jornais enquanto acesso a internet. O site demora um tempinho para carregar, mas então vou depressa para a página de contato. Passo pela equipe até chegar ao telefone do diretor do acampamento. Ele me conhece. Gosta de mim. Cara, nos últimos anos ficou *implorando* que eu voltasse.

Faria esse favor se eu pedisse.

Clico no número. Então hesito, meu dedo pairando sobre o botão para confirmar a chamada.

Sou um cretino egoísta. Ou a porra de um masoquista. Canning não pode me dar o que eu quero, mas continuo indo atrás disso. Qualquer coisa que eu conseguir é melhor que nada — uma conversa, um presente de brincadeira, um sorriso, *o que for*. Posso não conseguir o prato principal, mas, porra, estou mais que satisfeito com as sobras.

Eu só... só não estou pronto para perdê-lo de vez.

8

JAMIE

Junho

"Ei, Canning?"

"Oi?"

Pat, o diretor do acampamento, vem falar comigo no banco. Não tiro os olhos do time, afinal sou o treinador, e sei que ele não vai me achar mal-educado. "Arranjei um colega de quarto pra você", ele diz.

"Sério?" É uma boa notícia, porque todo verão Pat sofre com a falta de técnico. Esse ano não foi diferente. Caras como eu estão sempre se formando e seguindo em frente. Ele quer os melhores trabalhando no acampamento, assim como o resto do mundo.

Este ano sou um desses caras. Os treinos em Detroit começam em seis semanas, o que significa que Pat vai ter que encontrar alguém para ficar no meu lugar. Dou uma olhada para ele antes de voltar ao jogo em andamento.

Pat está me avaliando, mas não sei por quê. "Seja legal com ele, tá?"

Levo um momento para responder, porque não gosto do que está acontecendo no gelo. Os ânimos estão prestes a se exaltar. Posso sentir a tensão crescendo. "Quando não sou legal?", pergunto, distraído.

Sinto uma mão firme no ombro. "Você é o melhor, garoto. Embora seu goleiro esteja prestes a explodir."

"Já percebi."

É como testemunhar um acidente. Sei o que vai acontecer, mas não tenho como impedir.

Meu melhor goleiro — Mark Killfeather — já impediu vinte tiros no jogo. Com reflexos rápidos e um corpo grande e ágil, tem todas as qualidades físicas de que um bom goleiro precisa.

Infelizmente, ele também é esquentado. E o talentoso atacante franco-canadense adversário está se aproveitando disso — provocando Killfeather a cada ataque.

Sei o que o garoto vai fazer. Passa para o companheiro de time quando entra na zona ofensiva, depois recebe o disco de novo quando os defensores adversários estão presos nos cantos. Finta para a esquerda, depois para a direita... então dispara contra Killfeather. É uma bela jogada até que o canadense passa ao lado do goleiro jogando gelo e o chama de *"Un stupide"*.

Killfeather joga seu taco com força contra as placas laterais. Ele se choca no gelo, partido ao meio.

Eu apito. "Fim de jogo."

"Pourquoi?", protesta o atacante antipático. "Ainda tem tempo no relógio!"

"Você pode falar sobre isso com seu técnico", digo, dispensando o garoto. Então vou até Killfeather, que ofega em frente à rede. Ele tirou o capacete, revelando uma cabeça suada. Tem só dezesseis anos e não deixa dúvida disso. Enquanto outros garotos da sua idade estão se divertindo no sol ou jogando video game, passou o dia se matando no rinque.

Já fui esse garoto. Era uma vida boa, que eu não trocaria por nada, mas é bom lembrar que são apenas garotos. Então não começo com: *Você acabou de quebrar um taco de cem dólares, seu idiota.*

"Quem é seu goleiro favorito?", eu pergunto no lugar.

"Tuukka Rask", ele responde imediatamente.

"Boa escolha." Não sou fã dos Bruins, mas os números do cara são impressionantes. "Com que cara ele fica depois que toma um gol?"

Killfeather levanta uma sobrancelha. "Como assim? Ele só bebe água e coloca a máscara de novo."

"Ou seja, ele não fica irritado e joga o taco", digo, sorrindo.

O garoto revira os olhos. "Eu sei, mas aquele cara é *tão* babaca."

Abaixando, começo a tirar a rede, para que possam mexer no gelo depois. "Você defendeu bem hoje. De verdade."

Killfeather abre um sorriso.

"Mas tem que aprender a manter o controle, e vou te dizer por quê." O sorriso desaparece. "Rask continua calmo mesmo depois de fazer uma bobagem. E não porque é uma pessoa melhor que você ou eu, ou porque faz meditação e nunca fica bravo. É porque sabe que deixar tudo para trás é a única maneira de vencer. Sério. Quando toma aquele gole de água, já seguiu em frente. Em vez de pensar *Cara, eu não devia ter feito isso*, está pensando *Certo, vou ter mais uma chance de parar o ataque.*"

O garoto está encarando os patins agora.

"Sabe aquilo que dizem sobre peixinhos-dourados? Que a memória deles é tão curta que depois que dão uma volta no aquário é tudo novo outra vez?"

Os cantos de sua boca se levantam. "Isso foi profundo, treinador."

Nossa. Me mata que só vou ser o treinador por mais algumas semanas. Amo demais esse trabalho.

"Seja como um peixinho-dourado, Killfeather." Dou um leve empurrão no protetor no peito dele. "Esqueça as idiotices que os outros disserem. Porque o mundo é repleto de babacas que vão mexer com sua cabeça só por diversão. Você tem talento. Pode ser um bom goleiro. Mas só se não deixar seu temperamento atrapalhar."

Ele finalmente olha para mim. "Tá. Valeu."

"Pro chuveiro", digo, patinando pra longe dele. "Depois vai pagar por esse taco."

Eu o deixo sozinho, tiro os patins e ponho os tênis. Treinadores não precisam usar equipamentos. Só patins e capacete. Estou de bermuda e moletom da Rainier. Eles me servem três refeições por dia no acampamento.

Já falei que amo esse trabalho?

Na saída do rinque, passo por todo tipo de recordação olímpica. O lugar onde acabei de passar um sermão em um goleiro de dezesseis anos é o mesmo onde a equipe dos Estados Unidos ganhou a medalha de ouro em 1980. Então há fotos do "Milagre no gelo" em toda parte. No inverno, há proporcionalmente mais atletas nesta cidade do que em qualquer outro lugar. As pessoas vêm treinar hóquei, patinação artística, ski, alpinismo e afins.

Mas quando abro as portas de vidro, é um dia quente de junho. O lago brilha à distância, de modo que tenho que proteger os olhos. Lake Placid fica a cinco horas tanto de Nova York quanto de Boston. A cidade grande mais próxima é Montreal, a duas horas de distância. Esta pequena e simpática cidade turística fica no meio do nada, rodeada por lagos intocados e as montanhas Adirondack.

É o paraíso. A menos que você precise de um aeroporto.

Mas hoje não preciso. Passo por uma loja de ski e uma sorveteria, contando as horas até o jantar. Sempre fico com saudade desta cidade, provavelmente porque é *minha*. Quando você é o mais novo de seis irmãos, nada é só seu. Acho que foi por isso que comecei a jogar hóquei — minha família é toda do futebol americano. Nenhum Canning tinha colocado os pés nessas montanhas até que fui convidado para o acampamento. Sair do ninho quando era adolescente foi como me aventurar na Lua.

São quatro horas e tenho tempo de correr ou dar uma nadada, mas preciso trocar de roupa.

Todos os campistas e treinadores ficam em um antigo dormitório que foi construído para acomodar os atletas europeus nas Olimpíadas de inverno de 1980. Fica a uma caminhada de cinco minutos dos rinques. Enquanto caminho, passo por um mural com a lista de ocupantes originais e as medalhas que ganharam, mas sigo em frente. Já passei tantos verões neste lugar que esqueço de ficar impressionado.

Meu quarto fica no segundo andar, e sempre pego a escada em vez de usar o elevador. O corredor mal iluminado tem cheiro de cera misturada aos lírios florescendo do lado de fora. Com um toque de meias usadas. Não dá para ter um prédio cheio de jogadores de hóquei sem isso.

Estou a poucos passos da minha porta, com a chave na mão, quando percebo que alguém está de pé ao lado dela. Só isso já me assusta. Até que percebo de quem se trata. "Meu Deus!"

"Ainda atendo por Wes", ele diz, desencostando da parede. "Ou Ryan. Ou babaca."

"Você..." Quase tenho medo de dizer as palavras, considerando por quanto tempo ele se manteve afastado. "Vai dividir o quarto comigo?"

Abro a porta só para ter o que fazer. Sinto uma alegria por dentro. Só a ideia de outro verão maluco com Wesley... não pode ser verdade.

"Bom..." Sua voz está estranhamente cuidadosa. Seu rosto é iluminado pela lâmpada do quarto, e eu posso vê-lo direito pela primeira vez. Wes está *preocupado*. Sua mandíbula está cerrada, e seus olhos parecem intensos enquanto o estudo.

Esquisito.

Entro no quarto e jogo a chave na cama. "Vou correr. Tá a fim? Aí pode me contar tudo. Imagino que tenha vindo como treinador, ou não estaria aqui."

Ele concorda. Quando eu tiro a camiseta, Wes enfia as mãos nos bolsos e vira de costas. "Precisamos conversar."

"Tá." *Sobre o quê?* "Pode ser durante a corrida. A menos que você tenha desistido de se manter em forma agora que já é campeão."

Ele sorri. "Beleza." Wes traz uma mala grande do corredor.

"Pat comentou no treino que tinha encontrado um companheiro de quarto pra mim. Era você então? Estava só tirando comigo?"

De costas, Wes assente. Então ele tira a camiseta. E, meu Deus, ele é enorme. Tatuagens e músculos trabalhados até onde posso ver.

Esqueci que éramos só garotos da última vez que estivemos juntos. Adolescentes. Parece que foi ontem.

"Quarto legal, hein?", ele comenta, enquanto coloca uma regata e uma bermuda.

É verdade. Em vez de beliche, temos duas camas incorporadas às paredes. E tem um belo espaço entre as duas. "Os treinadores têm um pouco mais de espaço. Faz três anos que fico em quartos assim."

Ele vira. "Com quem você costuma ficar?"

"Varia." Coloco uma camiseta e depois os tênis de corrida. Demoro alguns segundos para amarrar os cadarços, e fico ansioso para sair daqui e correr. Talvez Wes pare com a esquisitice e me diga logo o que está rolando. "Vamos?"

Ele dá um chute de leve na própria mala. "Vou deixar isso aqui."

"Onde mais você deixaria?"

Ele faz uma cara estranha, mas não entendo por quê.

9

WES

Lá fora, Jamie se dirige ao lago, e eu o sigo. Quantas vezes fiz esse trajeto com ele? Umas cem, no mínimo.

"Lembra aquele verão em que dissemos que correríamos oito quilômetros por dia, independente de qualquer coisa?", pergunto.

Nos afastamos do dormitório a um ritmo tranquilo. "Claro."

"Então veio aquele dia quente com dois treinos e levantamento de peso. Mas você disse: *A gente ainda tem que correr, ou o verão inteiro não vai contar.*" Sorrio só de lembrar.

"Ninguém mandou você tomar sorvete antes."

"Eu estava morrendo de fome. Claro que nunca mais tomei sorvete de pistache."

Jamie sorri conforme nos dirigimos ao lago. "Vômito verde-claro em todo o gramado."

"Bons tempos." Eram mesmo. Eu vomitaria na grama todos os dias se isso significasse que poderia voltar a essa época mais simples. Seguir o cabelo loiro de Jamie em volta do lago era tudo o que eu queria da vida.

Tá, é mentira. Eu preferiria derrubá-lo no chão e tirar sua roupa. Vê-lo de novo está me matando.

Mas tenho algo a dizer, e tem que ser logo. Corremos o próximo quilômetro em silêncio, enquanto repasso tudo na cabeça. Minhas grandes desculpas. Se Jamie ficar horrorizado, vai doer.

Tem alguns caiaques no lago, balançando a cada remada. Me sinto igual a eles.

"Sobre o que você queria falar?", Jamie finalmente pergunta.

Não tenho mais como enrolar. "Só fico aqui até julho." É melhor deixar tudo claro desde o início.

"Eu também. Tenho que estar em Detroit antes de primeiro de agosto. Você vai pra Toronto, né? Animado?"

"Claro. Mas escuta... Só quero dizer que, se não quiser dividir o quarto comigo, posso pedir para Pat me mudar de lugar. Não vou ficar ofendido."

Jamie para de correr, e eu me detenho pouco antes de bater em suas costas. "Por quê?", ele pergunta.

Lá vou eu. Sai tudo de uma vez só. "Canning, sou gay. E, beleza, pode não ser muito importante no dia a dia. Só que, da última vez em que estive aqui, eu meio que... forcei você a fazer certas coisas. Não foi legal, e passei os últimos anos me sentindo um merda por causa disso."

Por um longo momento, ele só me encara. Quando finalmente fala, não é o que eu esperava. "E?"

E?

"E... Sinto muito."

O rosto dele fica vermelho. "Você sabe que eu sou do norte da Califórnia, né? Tem noção de que conheço um monte de gays?"

"Então... tudo bem?"

Jamie abre e fecha a boca. Então abre de novo. "Foi por *isso* que você não me ligou por quatro anos? Por que ignorou todas as minhas mensagens?"

"Bom... foi." Estou muito confuso. Acabei de me confessar culpado num caso de babaquice extrema e por uma noite muito egoísta. E ele está preocupado com as mensagens.

Seu rosto fica um pouco mais vermelho. Então Jamie volta a correr, e fico tão surpreso que demoro um segundo para ir atrás.

Está mais rápido agora. Dá passadas mais longas e movimenta os braços com força. A camiseta que está usando abraça seus músculos a cada passada, e tenho inveja daquele pedaço de poliéster.

A volta em torno do lago tem um pouco menos de cinco quilômetros. Não sei o que se passa na cabeça dele enquanto percorre o resto. Me mantenho alguns passos atrás, confuso e desanimado. Passamos por pontos conhecidos — a loja de doces e a loja de brinquedos que vendia arminhas de elástico. Uma padaria chamada Milagre no Glacê.

Não vejo o rosto de Jamie até que ele para na frente do tobogã, fechado de novo por causa do verão. Queria voltar à época em que pular uma cerca era a coisa mais errada que eu podia fazer.

Quando vira a cara suada para mim, ainda vejo a raiva. "Você não falou comigo por quatro anos porque achou que eu ia pirar pelo fato de ter me chupado."

"Bom... é." Mas, dado o ressentimento na voz dele, eu ferrei tudo de um jeito que não tinha levado em conta.

Suas mãos estavam fechadas em punho. "É assim que você me vê? Como um babaca preconceituoso?"

Em um banco ali perto, vejo uma jovem mãe pegar o filho pequeno e se afastar da gente, com a testa franzida.

Mas Jamie não para. "Foi só uma chupada, pelo amor de Deus. Ninguém morreu."

Eu provavelmente ia me arrepender, mas falei mesmo assim: "Me senti um... sacana".

"Ah. Obrigado por *me* punir por sua desonestidade. Uma sentença de quatro anos. Eu tinha acabado de começar numa escola nova, onde não conhecia ninguém, e não conseguia entender o que tinha feito de tão ruim pro meu melhor amigo."

Cacete. "Desculpa", murmurei. Pareceu a coisa errada a dizer. Tanto para mim quanto para ele, tenho certeza.

Jamie chutou uma lata de lixo. "Preciso de um banho."

Meu pau traidor se voluntaria para ir junto, mas mantenho minha boca enorme fechada enquanto percorremos o último quarteirão e subimos a escada. Não foi *nem um pouco* do jeito que eu imaginava. O pior cenário envolvia Jamie se contorcendo em horror diante da minha gayzice e me acusando de manipulá-lo.

Tinha passado quatro anos com vergonha do que eu havia feito, e agora me dava conta de que devia me envergonhar de algo completamente diferente. Jamie não ligava para o boquete. Ligava para o fato de que o *abandonei*. E saber que tinha machucado meu melhor amigo muito mais do que imaginava fez com que me sentisse ainda pior.

Parei no topo da escada. "Canning?", falei para suas costas rígidas.

"Quê?", ele murmurou sem virar.

"Preciso achar outro lugar pra dormir hoje à noite?"

Ele suspira. "Não, idiota."

10

JAMIE

Vinte e dois anos parece velho demais para dar um gelo em alguém. Não que eu fizesse esse tipo de coisa quando era mais novo. Sempre fui do tipo que conversava a respeito. Enfrentava os problemas, nunca ignorava a outra pessoa.

Essa é a especialidade de Wes.

Bom, talvez eu ainda esteja chateado.

Não nos falamos muito desde a corrida. No jantar, Wes sentou com Pat, para saber das novidades. O diretor bateu a colher no copo de água e apresentou Wes aos garotos. "Campeão universitário", "Segundo jogador com mais gols marcados na temporada" e "Com certeza vai entrar no rinque em Toronto no ano que vem".

Os olhos dos garotos ao meu redor se arregalaram cada vez mais. Enquanto isso, Wes ficou lá sentado, com um meio sorriso brincalhão, parecendo confiante e despreocupado.

Talvez não esteja tão despreocupado quanto parece, minha consciência sugeriu.

Sai fora, consciência! Estou ocupado com a minha raiva aqui.

Agora estamos cada um na sua cama, mas nenhum dos dois dormindo. Uso minha raiva como um cobertor. Mas fino.

Ouço Wes suspirar ao meu lado. Olho para o teto, pensando se devo deixar tudo pra lá de uma vez.

A voz rouca dele quebra o silêncio. "Fiquei com medo."

Ouço um farfalhar, e de canto de olho percebo que ele virou de lado e está olhado para mim na escuridão.

"Você?", pergunto. "Não achei que fosse possível."

"Não acontece com muita frequência", ele diz, e eu bufo.

O silêncio cai de novo, então finalmente cedo. "Medo de quê?"

"De ter usado você. E de que fosse me odiar por isso."

Suspiro e viro de lado também. É difícil encontrar o rosto dele no escuro.

"Eu nunca odiaria você, seu imbecil." Penso um pouco a respeito. "Bom, a menos que você fizesse algo odioso, tipo atropelar minha mãe de propósito ou algo assim. Mas odiar você por ser gay? Ou por me fazer um boquete sem contar isso?" Cara, ainda estou morrendo de raiva por ele ter pensado que eu era tão cabeça fechada.

"Eu não estava pronto pra contar a verdade", ele admite. "Não tenho nem certeza de que estava pronto para me assumir pra mim mesmo. Mas, lá no fundo, eu já sabia, então me senti um merda depois. Tipo, sei lá, como se tivesse me aproveitado de você."

Tenho que rir. "Cara, você não me amarrou na cama nem se jogou em cima de mim. Não sei se você lembra, mas eu gozei pra caralho aquele dia." *Puta merda.* Não sei por que eu disse isso. A pontada de calor que atinge meu pau também me surpreende.

Quase nunca me permito pensar naquela noite. Foi de longe a experiência sexual mais excitante que o Jamie Canning de dezoito anos já havia tido. Mas aquilo sempre me deixava confuso, porque eu associava com o fim do relacionamento com meu melhor amigo.

"Ah, eu me lembro de tudo." A voz dele engrossa e parece mais forte.

Mudo de assunto na hora, porque a conversa sobre o boquete parece estar confundindo meu corpo. "Então agora você se assumiu? Tipo, oficialmente? Seus pais sabem?"

Sua respiração estava pesada. "Sim, eles sabem."

Esperei que continuasse, mas em vão. O que não me surpreende, porque Wes nunca gostou de falar sobre a família. Sei que o pai dele é alguém importante no setor financeiro e a mãe participa de uma série de organizações beneficentes. Lembro que apertei a mão do pai dele na única vez que levou Wes até o acampamento, e achei que era a pessoa mais fria que já tinha conhecido.

Fico curioso para saber o que acham de ter um filho gay, mas sei que ele não vai responder se eu perguntar. Wes só faz as coisas do jeito dele.

"E seus colegas de time?", pergunto. "E os de Toronto?"

"Nunca falei nada pros caras da Northern Mass, mas também não escondia. Eles deixaram quieto. Mas em Toronto..." Ele grunhe. "Não sei muito bem como vai funcionar. Meu plano é evitar a questão tanto quanto possível. Acho que vou voltar pro armário por um tempo até sentir que conheço o pessoal. Ou até que seja tão valioso para eles que não deem a mínima para com quem eu trepo no meu tempo livre. Vai levar três, quatro anos no máximo."

Parece horrível. "Sinto muito."

"Não, *eu* sinto. Desculpa por ter fodido com tudo, Jamie."

Merda, ele me chamou de Jamie. Só fazia isso quando estava falando sério, de coração. O arrependimento irradia do seu corpo e chega até mim em ondas palpáveis, e eu sinto minha raiva desmoronar como um castelo de areia. Não consigo ficar bravo com o cara. Mesmo quando achava que simplesmente tinha jogado nossa amizade no lixo, não conseguia odiar Wes.

Engulo em seco. "Isso é passado."

"Mesmo?"

"Mesmo." Expirando lentamente, apoio o braço sob a cabeça e olho para ele. "E como andam as coisas? Conta o que rolou nos últimos quatro anos."

Ele sorri. "Quatro anos das confusões de Ryan Wesley? Vai levar a noite toda, cara." Então ele faz uma pausa e fala de um jeito meio esquisito. "Prefiro ouvir de você. Como anda a família? O mesmo caos de sempre?"

Sorrio na escuridão. "Claro. Minha mãe vendeu a galeria de arte e abriu um desses lugares onde você passa o dia fazendo vasos, cinzeiros e sei lá o que mais de cerâmica."

"Quantas vezes você acha que ela pegou as pessoas fazendo aquela cena do *Ghost*?", ele pergunta, rindo.

"Pelo menos uma por dia", respondo, solene. "Sem brincadeira." Penso no que mais aconteceu, mas é difícil recordar os eventos dos últimos quatro anos. "Ah, minha irmã Tammy teve um filho, então agora sou tio... Hum, que mais? Joe, meu irmão mais velho, se divorciou."

"Sério?" Wes parece chateado. "Você não foi padrinho do casamento?" De repente ele ri. "Ei, lembra a gravata-borboleta que eu mandei pra você usar na cerimônia?"

Sufoco uma risada. "A vermelho-berrante cheia de pintos cor-de-rosa? Lembro, sim. Vai se foder, aliás. Joey estava no quarto quando abri a caixa e quase teve um ataque do coração quando achou que eu fosse mesmo usar."

"Então você desperdiçou o presente? Que idiota."

"Não, usei na despedida de solteiro."

Ambos sorrimos, e sinto algo quente e familiar no peito. Senti falta disso. De conversar com Wes. De rir com ele.

"O casamento foi divertido", acrescento. "Eu, Scott e Brady fomos os padrinhos, Tammy foi uma das madrinhas, e minha outra irmã, Jess, fez a cerimônia. Ela foi hilária."

Wes ri. "Como você ainda não pirou, cara? Acho que eu não teria sobrevivido a cinco irmãos."

"Ah, eu adoro. Além disso, sou o mais novo. Quando apareci, meus pais já me deixavam fazer tudo o que eu queria. Estavam exaustos depois de ter educado os outros."

Ficamos em silêncio, e posso sentir a tensão no ar de novo, como se ele quisesse dizer alguma coisa, mas tivesse medo.

"Fala logo", mando, quando o silêncio se prolonga.

Ele suspira. "Estamos bem?"

"Sim, Wes, estamos bem." E é verdade. Levamos quatro anos para voltar a esse ponto, mas estamos aqui agora, e estou feliz.

Tenho meu melhor amigo de volta, pelo menos pelas próximas seis semanas.

11

WES

Esse negócio de ser treinador é mais complicado do que parece.

No começo do treino da manhã, parece fácil. Passo alguns exercícios para os jogadores de ataque mais novos e os faço suar a camisa. Tenho um apito, e eles são obrigados a me obedecer. Dinheiro fácil, certo?

Na verdade, não.

Quando vou supervisionar um jogo dos mais velhos, tudo dá errado. Não é que os garotos não sejam bons. Suas habilidades variam de incríveis a impressionantes. Mas eles não trabalham em equipe como um time universitário. São teimosos e irracionais. Escutam o que eu digo e fazem o exato oposto.

São *adolescentes*. Depois de dez minutos de jogo, tenho vontade de bater a cabeça na parede e rezar pela minha morte.

"Pat", suplico. "Me diga que eu não era assim."

"Você não era", ele garante, balançando a cabeça. "Era três vezes pior." Então o traidor tem a coragem de sair do rinque, me deixando responsável por trinta adolescentes suados e com os hormônios fora de controle.

Toco o apito pela milionésima vez. "Falta! *De novo*. Sério?", pergunto a Shen, um defensor arrogante que está torturando o goleiro o treino todo. Os dois têm algum tipo de rivalidade, o que não ajuda o time em nada. "*Faceoff.*"

O jogo recomeça quando solto o disco para que seja disputado. Vejo que Canning se aproxima para me ajudar. Graças a Deus. Seu rosto calmo é como um gole de água gelada.

Patino até ele e o cumprimento. "Por que não me disse que era tão difícil?"

Ele sorri, e meu coração derrete como sempre. "Qual é a dificuldade? Você nem está suado."

Mas na verdade estou. Quando viro a cabeça para ver os jogadores, Shen está indo na direção do goleiro e o derruba. Parece intencional, e Canning deve ter pensado a mesma coisa, porque corremos de imediato até o local.

"Que mer...", começa Killfeather, o goleiro.

Shen sorri. "Desculpa."

"Chinês da porra", Killfeather xinga.

"Bicha", Shen devolve.

Meu apito é tão alto que Canning tapa os ouvidos. "Dois minutos fora!", grito. "Os dois."

"Quê?", Killfeather grita. "Nem encostei no cara."

"Mas *xingou*", eu rosno. "No meu gelo, você não vai falar assim." Aponto para o banco. "Fora."

Mas Killfeather não se mexe. "Você não pode inventar regras." Ele abre um sorriso de escárnio tão grande quanto as placas de propaganda ao redor do rinque.

Todos os jogadores estão escutando, então não posso errar. "É uma regra. Não estou inventando. Dois minutos no banco por conduta antiesportiva. Se tivesse mantido a boca fechada depois que ele acertou você, seu time ficaria com um a mais. Mas estou fazendo isso pelo seu próprio bem."

"Ah, claro que tá."

Apesar dessa última fala, os dois encrenqueiros vão para o banco. Então tomo a palavra, fazendo questão que todos ouçam. "Aliás, estudos comprovam que chamar alguém de *bicha* está diretamente ligado a ter um pênis superpequeno. Ninguém quer que os outros fiquem sabendo disso. Então aconselho a pensar melhor antes de dizer algo do tipo."

Canning não diz nada, mas se afasta patinando. Vejo que pega um assento e se inclina, como se estivesse amarrando os cadarços. Nem ligo. Mas então percebo suas costas chacoalhando.

Pelo menos alguém entende minhas piadas.

O resto do treino dura mais ou menos uma década. Quando finalmente paramos para almoçar, Jamie me alcança no caminho do vestiário. "Estudos comprovam?" Ele ri.

"Estudo ciências no meu tempo livre."

"Aham, sei. Tô pensando em trocar o jantar por um hambúrguer no pub da cidade. Tá a fim?"

"Claro, porra", respondo. Então faço uma careta e olho em volta para me certificar de que nenhum dos garotos ouviu. Não sei se posso desempenhar o papel de autoridade. Passei quatro anos cercado por jogadores da Northern Mass, que encaixam um "porra" a cada frase, e vivo esquecendo que preciso me policiar no Elites. Os adolescentes daqui fazem enorme uso de todo tipo de palavrão — pelo menos quando Pat e os outros treinadores não estão por perto —, mas me recuso a corromper os mais novos com minha boca suja.

"Claro, *poxa*", corrijo.

Canning aponta para o vazio à nossa volta. "Estamos sozinhos aqui. Pode falar *porra*, bundão. Na verdade, pode dizer qualquer coisa." Com um sorriso, ele solta uma lista dos seus prediletos. "Porra, merda, bosta, cu..."

"Pelo amor de Deus!", diz uma voz alta atrás de nós. "Preciso lavar sua boca com sabão, Canning?"

Engulo a risada quando Pat aparece. Ele balança a cabeça sem acreditar enquanto encara Jamie, então aperta os olhos e vira para mim. "Mas o que estou dizendo? Canning nem saberia essas palavras se não fosse por você, Wesley. Que vergonha."

Abro um sorriso inocente para Pat. "Eu era puro, treinador. Foi Canning quem me corrompeu."

Os dois sorriem. Pat dá um tapinha no meu ombro e passa por nós. "É, continue acreditando nisso, garoto", ele diz por cima do ombro. "E cuidado com a boca perto dos mais novos, ou vou chutar vocês dois daqui, seus merdinhas."

Jamie e eu ainda estamos rindo quando entramos no vestiário para tirar os patins. Quando saímos do prédio, alguns minutos depois, sinto como se tivesse saído de uma piscina de gelo e entrado numa sauna. A umidade do ar é sufocante, fazendo o suor escorrer pelas minhas costas. Minha camiseta está grudada no peito como celofane.

Eu a tiro e amarro na cintura, ficando só de bermuda. Lake Placid é bastante informal — ninguém vai se importar se eu andar pela cidade sem camisa.

Canning não tira a dele. Acho que prefiro assim, porque sua camiseta é fina e gruda no corpo, o que me dá uma bela visão de cada músculo contraído em seu peitoral amplo. Cacete, estou sentindo inveja da camiseta de novo. Eu é que queria estar grudado na pele dele, e esse desejo me faz sentir uma pontada de culpa.

Estamos bem agora. Somos *amigos* de novo. Então por que meu corpo traidor não pode se contentar com isso? Por que não consigo olhar para Jamie sem imaginar todas as infinitas sacanagens que quero fazer com ele?

"E qual é o lance entre você e aquela garota?", eu me ouço perguntar. Não quero ouvir a resposta, mas preciso desse chacoalhão para me lembrar de que desejar o cara só pode levar ao desastre.

"Holly?" Ele dá de ombros. "Não é nada de mais, na verdade. Só ficamos às vezes. Ou ficávamos. Não acho que vamos nos ver muito agora que nos formamos."

Levanto uma sobrancelha. "Sério? Desde quando você é do tipo que curte amizade colorida?"

Ele dá de ombros de novo. "Era conveniente. Divertido. Sei lá. Não quero ter um relacionamento sério com ninguém agora. Ela entendia isso." Sua voz de repente parece desafiadora. "Por quê? Você desaprova?"

"Não, sou totalmente a favor."

Diante da loja de brinquedos, damos passagem para duas mães com carrinhos de bebê. As duas viram a cabeça na minha direção e encaram minhas tatuagens. Não com desdém, mas interesse. Acontece de novo no quarteirão seguinte, quando um grupo de adolescentes para ao me ver. Dá para ouvir as risadinhas assim que passamos por elas.

Jamie ri. "Tem certeza de que não é bi? Posso garantir que você não teria dificuldade nenhuma de arranjar mulher."

"Tô bem assim. Não seria justo com os héteros. Eles não teriam chance."

Jamie parece refletir a respeito. "Já vi você com garotas antes. Parecia interessado."

Eu sabia que ele estava falando daquelas noites em que fugíamos para a cidade atrás de garotas. Tínhamos quinze, talvez dezesseis, e eu ainda estava experimentando, tentando descobrir do que gostava.

"Você só estava fingindo?", ele pergunta, curioso.

"Não tanto fingindo quanto *tentando*", admito. "Não era horrível. Eu não ia pra casa depois e tomava um banho pra tirar a sujeira delas da minha pele. Pegar umas garotas era... Não sei... Só *era*. Eu pegava e era o.k., mas não como se estivesse morrendo pra tirar a roupa delas e transar."

Como estou morrendo pra tirar a sua roupa e transar com você.

Aperto os dentes, irritado comigo mesmo. Chega. Não vai acontecer. Preciso parar com isso.

"Entendi." Ele assente, então inclina a cabeça. "E quem faz você se sentir assim? Quer dizer, qual é o seu tipo, falando de aparência?"

Você. "Ah, não sou exigente."

Chegamos ao pub de esquina, mas ele não faz menção de abrir a porta. Só fica parado na calçada e ri. "Sério? Você encara qualquer um?"

"Não." É esquisito pra cacete falar disso com ele. "Não gosto muito de menininhos, acho. Aquela vibe magrinho e novinho."

"Então você gosta de caras grandes." Um sorriso largo toma conta do seu rosto, e ele pisca para mim. "Por assim dizer."

Reviro os olhos. "É um ponto positivo. Alto, atlético, sem pelos demais..." Isso o faz rir. "E, não sei..." Começo a rir também. "Você quer mesmo ouvir isso?"

Ele parece magoado. "Por quê? Porque você está falando de caras em vez de garotas? Já falei que não sou um babaca conservador que..."

"Não foi isso que eu quis dizer", corto de imediato, e ele relaxa um pouco. "Mas seria esquisito mesmo que eu estivesse falando de garotas. Tipo, que amigos ficam descrevendo o parceiro sexual perfeito?" Arregalo os olhos e procuro ao redor. "De repente estamos encenando *Sex and the City*? Então quero ser a Samantha. Falei primeiro."

A tensão se desfaz na hora, quando os lábios de Canning se contorcem incontrolavelmente. "Você sabe o nome das mulheres de *Sex and the City*? Porra, mesmo que não tivesse me dito que era gay agora eu saberia."

"Isso é um estereótipo extremamente insensível, Jamie", digo, brincando. "O hambúrguer é por sua conta agora. Babaca." Mas estou sorrindo quando mostro o dedo do meio e entro no bar.

12

JAMIE

Domingo é o dia de folga dos treinadores. A mulher de Pat costuma levar os garotos numa excursão. Vão todos pescar amanhã de manhã. Em geral os treinadores aproveitam para beber no sábado à noite e dormir até tarde no domingo.

Acabamos de jantar com os garotos, então estamos oficialmente livres. Wes está no acampamento há quatro dias, mas estamos sempre cansados demais para fazer qualquer coisa além de descansar no quarto à noite. Então estou bastante empolgado.

"O que vamos fazer?", pergunto a Wes, que está deitado na cama. "Você tá de carro, né? Vamos colocar a garota pra rodar."

"Meu carro é menino", ele diz, mexendo no celular.

"Claro que é. O que você tá fazendo?" Não param de chegar notificações no celular de Wes.

"Dando uma olhada no Grindr. Bem interessante numa cidade pequena."

Fico em silêncio por um momento. Grindr é um aplicativo de relacionamento gay. O que me deixa chateado, porque achei que íamos fazer algo hoje à noite. Juntos. Talvez fosse idiota presumir isso, mas sempre foi assim.

"Então..." Pigarreio. "Como funciona?"

Ele ri. "Vem ver. É muito engraçado. Os piores defeitos da humanidade reunidos em um único lugar."

Intrigado, sento na cama de Wes, que se apoia no cotovelo para me mostrar. Nós nos inclinamos para ver a tela do celular, do mesmo jeito que fazíamos quando éramos adolescentes. Só que não ficamos juntos na cama desde... bom. *Aquela* noite. E estou bastante consciente do fato de que não cabemos mais tão bem ali. Ocupamos a maior parte do espaço, e estou praticamente sentado em cima dele. Posso sentir os pelos de sua perna encostando na minha quando se aproxima para me mostrar a tela.

"É tipo um cardápio. Cada foto é um cara."

Algumas fotos são de perto, mas em outras é impossível distinguir a pessoa. Tem um número embaixo. *1,1 km. 2 km.* "É a distância que eles estão de você? Isso é bem esquisito."

"É parte da graça. Se for alguém bizarro, é só bloquear. Um clique e pronto. As biografias são o melhor de tudo. Dá só uma olhada." Ele escolhe uma das fotos e a imagem de um cara preenche a tela. Diz: *On-line, 1,4 km de distância.*

"Ele é velho demais pra você", digo imediatamente. "E qual é a das meias?" O cara é grisalho e está apoiado em um conversível vermelho. Está em boa forma, mas ninguém deveria usar meias de cano alto com bermuda. É simplesmente errado.

Não vou mentir. Acho tudo muito esquisito — a ideia de que esse homem está olhando para a sua própria tela do outro lado da cidade, escolhendo a foto de Wes...

Ele só ri. "Dar uma olhada no Grindr em uma cidade pequena é sempre divertido. As chances de encontrar alguém são boas, mas as pessoas são estranhas." Ele rola a página até o fim, onde o cara escreve uma minibiografia ou sei lá o quê. Começa com: *Quero sexo com cara musculoso.* E depois vem: *Procurando sexo real. Topo tudo que vc curtir, só chamar. Não curto afeminados. Só brancos, foi mal.*

"Que porra é essa?", pergunto.

"Partidão, não acha? Isso é a internet." Wes dispensa o perfil do idiota. Então seu celular toca e uma janelinha de conversa abre.

Ei, o cara do outro lado escreve, mandando um emoji de positivo.

"Tem alguém falando com você", murmuro. Já odeio esse aplicativo mais do que achei que seria possível. Competir pela atenção do meu amigo não é divertido. Então levanto e tiro a camiseta do Elites. Vou aproveitar a noite com ou sem Wes. Visto uma polo, que é o mais arrumado que um cara pode ficar aqui em Lake Placid.

"Vai dar uma volta?", ele pergunta da cama.

"Vou." Quando viro, vejo que Wes também está se trocando. Ainda bem.

"Agora a gente pode sair à noite sem ter que fugir pela janela." Ele ri. "É até esquisito." Ele está de bermuda e bota de caminhada, então coloca uma regata, deixando os braços à mostra.

"Você pode usar a saída de incêndio se quiser", digo. "Mas eu vou pela escada normal."

"Pra onde a gente vai?"

Pego a chave e o celular. "Se seu carro masculino estiver disponível, podemos ir a Owl's Head."

Ele para de amarrar os cadarços. "Ah, é? Achei que a gente fosse num bar."

"Podemos ir nos dois", digo. "Mas só se você andar logo."

Wes tem um Honda Pilot com um som animal e bancos de couro. Mas é uma bagunça. Tenho que tirar um monte de exemplares de revistas de hóquei do assento do passageiro e jogar fora um saco do McDonald's. "É... legal", brinco, enquanto pego um copo vazio do chão.

"Não vou ficar com frescura com meu carro por sua causa, Canning. Vamos logo. Estamos perdendo tempo."

Quando vínhamos ao acampamento, costumávamos fazer uma trilha com o grupo em Owl's Head. Fica a alguns quilômetros da cidade, e não há nenhum outro carro estacionado quando chegamos. Wes tranca o Honda e começamos a subir as rochas nos segurando nas raízes das árvores.

Adoro isso. Hóquei é ótimo, mas você fica em um rinque fechado. Meu esporte de verão é o surfe, mas sempre adorei fazer trilha.

Já mencionei que sou da Califórnia?

"Peraí", Wes arfa.

Paro, me segurando em uma árvore para esperar o cara. "O novato de Toronto não consegue acompanhar o ritmo? Vou ligar pro meu agente de apostas. Com quem vocês vão jogar primeiro?"

Ele dá um tapinha na minha bunda. "Parei pra tirar uma foto, idiota. Anda."

A vista é realmente incrível. A subida é íngreme, e as montanhas Adirondack estão à nossa volta, escuras no crepúsculo. "Já estamos chegando", prometo.

Levamos trinta minutos para chegar ao topo, exatamente quando o sol está prestes a se pôr à distância. Ofegando um pouco pela subida, desabo em uma pedra quente e fico olhando.

"Que porcaria", Wes brinca, sentando ao meu lado.

"Né?"

Acho que vim aqui todo verão nos últimos nove anos. Quando tínhamos catorze, era divertido tentar assustar o outro sentando bem na beirada. Quando tínhamos dezessete, provavelmente chegávamos aqui em cima e nem aproveitávamos a vista. Wes e eu discutíamos hóquei o caminho todo. Ou futebol americano. Ou um filme idiota. Subíamos porque fazia parte da programação do dia.

Neste último ano, fiquei assustado ao me dar conta de que teria que tomar minhas próprias decisões de agora em diante. A formatura é o fim do mapa. A partir dela é só território desconhecido, e estou no banco do motorista.

As nuvens distantes ficam rosa-alaranjadas enquanto as observo. Wes está do meu lado, perdido em pensamentos. "Vamos perder a luz", ele diz eventualmente.

"Ainda dá tempo." Faz silêncio antes que eu pergunte: "No que você estava pensando?".

Ele ri. "No primeiro ano da faculdade. Em como era um babaca com todo mundo."

"Sério?" Fico surpreso que, como eu, Wes estivesse refletindo sobre o passado. Achei que só estivesse pensando em um jeito de fazer uma pegadinha com Pat e botar a culpa nos garotos.

"É, foi um ano difícil. Muita pressão."

Olho para ele pela primeira vez desde que sentamos. "Pra mim também. Os veteranos eram malucos, sério. Nunca vi nada do tipo." Pigarreio. "Naquele outono eu ficava pensando: *Wes não vai acreditar nessa merda quando eu contar...*" Deixo a frase morrer. Provavelmente fui duro demais. Se somos amigos de novo, não posso deixar meu ressentimento vir à tona.

Ele solta um som no fundo da garganta. "Sinto muito."

"Eu sei", digo depressa.

"Passei o primeiro semestre rezando pra que os cretinos não descobrissem que eu gostava de homem. E como eu mesmo ainda não estava muito confortável com isso..." Ele suspira. "Não fui a melhor companhia naquele ano."

Sinto alguma coisa no estômago ao pensar em Wes temendo algo. Passei a vida achando que ele não tinha medo de nada. Ninguém é assim. Racionalmente eu sabia disso. Mas, mesmo quando ele me disse que tinha sido difícil aceitar que era gay, acho que eu não tinha me dado conta disso.

"Que merda", eu digo, baixo.

Ele dá de ombros. "Sobrevivi. Tive que me esforçar o dobro. Talvez eu nem fosse titular se aqueles babacas não tivessem me aterrorizado todo dia."

"Isso é o que chamo de ver a coisa pelo lado positivo."

"Canning, vai escurecer", ele me lembra.

Wes está certo. Alguns pontos do céu já estão em um leve tom de roxo. Levanto depressa. "Vamos lá."

É contraintuitivo, mas numa caminhada íngreme é muito mais difícil descer que subir. A cada passo você corre o risco de cair. Não falamos durante a volta. Estamos ocupados demais avaliando onde colocar cada pé e qual galho é firme o bastante para servir de apoio.

Está escurecendo rápido. Estamos quase chegando quando fica realmente difícil ver o caminho. Ouço as passadas de Wes atrás de mim, e o barulho das pedrinhas em que ele pisa se deslocando. Posso apostar que está tão concentrado quanto eu, pensando apenas no agora. Quando o corpo está ocupado, a mente fica quieta por um momento.

Está quase totalmente escuro, mas sei que estamos a poucos metros do fim. Então Wes tropeça. Ouço um grunhido e pés derrapando. Meu coração para por um segundo quando percebo que caiu atrás de mim. "Caralho", ele xinga.

Viro e o encontro estatelado no chão. Merda. Arrastei o novo atacante do Toronto para a porra de uma montanha no escuro. Se tiver se machucado, a culpa vai ser minha. "Tá tudo bem?" Preocupado, subo até onde ele está.

"Tá", ele diz, mas isso não garante nada. Um jogador de hóquei sempre diz isso, mesmo quando não é verdade. Então Wes senta na escuridão.

Estico a mão e ele a envolve com seus dedos e segura. A pressão do aperto me acalma. Com um puxão, está de pé de novo, e o calor da sua mão deixa a minha. Mas ainda não viro e volto a descer. "Sério, você torceu alguma coisa?"

A sombra de Wes transfere o peso de um pé para o outro. "Não. Bati o pé numa pedra. Mas não foi nada." Ele esfrega as mãos para limpá-las.

Soltando o ar que eu nem sabia que estava segurando, viro e volto a descer ainda mais devagar.

O carro de Wes está nos esperando no escuro. Pulo no assento do passageiro, aliviado que o passeio não tenha machucado ninguém. Na luz, vejo que Wes está sorrindo, mas sua camiseta está suja. Estico a mão e a limpo.

Ele me dá uma piscadela. "Tirando uma casquinha?" Rindo da própria piada, Wes dá a partida. "Pra onde vamos?"

"Qualquer lugar. Pode escolher."

Wes faz a volta com o carro e volta para a via principal. "Passamos por um bar antes do desvio. Lou's ou algo assim. Você conhece?"

Balanço a cabeça. "Nunca estou de carro, então só bebo na cidade."

"Vamos experimentar", ele diz.

13

JAMIE

Tem um milhão de carros do lado de fora do Lou's, um bar grande de beira de estrada, porque o estacionamento é o mesmo do Dairy Queen. Paramos na rua e andamos na escuridão marcada pelos grilos até ele.

A decoração do Lou's é inspirada nas montanhas Adirondack, e eles levam o tema a sério. Antigos remos de madeira pendem das paredes revestidas. Uma canoa fica pendurada de ponta-cabeça no teto. Os drinques têm nomes dos picos mais próximos.

Claro que têm.

"Você vai tomar o Nippletop e eu vou de Dix." Wes está adorando tudo.

"Cara, se o Nippletop tiver licor de pêssego, você vai ver só."

Ele dá um sorriso perverso. "Tá a fim de um cosmopolitan?"

"Não tem graça." Chamo o atendente. "Quero uma cerveja Saranac, por favor."

Wes devolve o cardápio de drinques. "Duas." Ele dá uma nota de vinte e, quando vou pegar a carteira, diz: "Essa rodada é por minha conta".

Levamos nossas cervejas para uma mesa alta, dando uma conferida no pessoal no caminho. Não vejo nenhuma garota que me interesse, mas tudo bem, porque não foi para isso que vim.

Wes pega o celular do bolso. "Devia ter fechado o aplicativo", ele diz, dando uma olhada na tela.

"Por quê?"

"Alguém tá tentando falar comigo. Diz aqui que estamos a menos de *cem passos* um do outro."

Quase engasgo com a cerveja. "Um cara aqui no bar?" Olho para todos os lados, imaginando quem pode ser.

Wes me chuta por baixo da mesa. "Para com isso."

Mas é tarde demais. Do outro lado do salão está um cara com uma camiseta dos Fugees olhando na nossa direção. Para mim. Então sorri.

"Ah, merda", deixo escapar.

Wes está rindo. "Você acabou de conquistar um cara."

"Quê?" Estou suando. Poderia socar Wes, porque o cara está vindo para a nossa mesa.

"Ei", ele diz, sorrindo para mim. Então olha pra Wes. "Espera." Ele sorri. "Qual de vocês...?"

Puta que o pariu.

"É o meu perfil", Wes diz, e dá para ver que está se esforçando pra não rir. "Gostou?"

"Quer confete?" O cara pisca. É um pouco mais velho que a gente, com cabelo escuro e brilhante. "Preciso de outra cerveja. Posso pegar pra todos?"

"Pra mim, não", digo rápido.

"Uma pra você, então", ele diz, apontando pra Wes. Então se dirige ao bar.

Quando está longe o bastante, Wes leva as mãos ao rosto e dá risada. "A cara que você fez!"

Argh. "Por que ele achou que era eu?"

"Minha foto de perfil não é do meu rosto", Wes consegue falar em meio às risadas.

Então me dou conta. "Você não me mostrou seu perfil."

"Eu sei", ele diz, finalmente parando. "E não vou mostrar."

"Por quê?" Quando ele dá de ombros, percebo... "É uma foto do seu pau?"

Ele volta a gargalhar. "Não. É do meu abdome."

Óbvio.

O novo "amigo" de Wes volta para a mesa e coloca uma garrafa na frente dele, que mal começou a beber a primeira. Passamos os próximos minutos conversando. Bom, *eles* passam. Só fico ouvindo, desconfortável. Tem algo meio... *sórdido* na coisa toda, nesse cara, mas talvez eu só esteja de mau humor. Queria ficar de boa com meu amigo esta noite, não assistindo ele se dar bem com outro cara.

"Sou professor do segundo ano", ele diz para Wes. Seu nome é Sam, e fica um pouco difícil odiar o cara agora que sei que trabalha com crianças. Parece alguém legal. E é bem bonito. Não tão bonito quanto Wes, mas...

Cara. Estou mesmo comparando o nível de beleza dos dois caras ao meu lado?

Tomo um bom gole de cerveja. Dane-se. Se vou ficar de vela, pelo menos posso encher a cara.

"A mesa de sinuca tá livre", diz Sam, olhando para o outro lado do salão. "Querem jogar?"

"Claro", Wes responde por nós dois, e engulo a irritação com outro gole de cerveja.

"Vou ficar só olhando", murmuro enquanto nos aproximamos da mesa. "Não tô a fim."

Wes me encara por um momento. "Tá."

Sam ajeita as bolas e sorri para Wes. "Então somos só nós dois. Acho que devo avisar que vou acabar com você."

Só que o cara não conhece Wes. Estou acostumado a ver meu amigo detonar qualquer otário que o desafia para uma partida.

Wes sorri, inocente. "É, talvez você esteja certo. Não sou muito bom nisso."

Sufoco uma risadinha.

"Quer que eu pegue leve?", Sam oferece.

Wes assente. Quando nossos olhares se encontram por um instante, vejo seus olhos brilharem.

Me apoio na parede enquanto Sam se inclina do outro lado da mesa, segurando o taco com habilidade. Sua primeira tacada lança as bolas em um turbilhão vertiginoso, mas ele só encaçapa uma, a vermelha. Ele encaçapa mais uma na próxima tacada, então erra a terceira.

É a vez de Wes. Ele estuda a mesa com a testa franzida, como se não conseguisse decidir o que fazer. Besteira. Como se seu cérebro afiado não tivesse planejado cada tacada até a bola oito.

Sam vai para o seu lado e apoia a mão com delicadeza em seu ombro.

Aperto os olhos. Que filho da puta pegajoso!

"Tenta a onze", Sam aconselha. "Na caçapa do canto."

Wes morde o lábio. "Estava pensando na treze." Isso envolveria uma jogada complicada, que faria até um jogador experiente suar.

Sam ri. "Pode ser um pouco difícil considerando que você não..."

Wes dá a tacada antes que Sam termine a frase. Ele encaçapa a bola treze. E a nove. E a doze. Em uma jogada impressionante que faz o queixo de Sam cair.

Não consigo segurar. Começo a rir.

"Então você não é muito bom?", Sam diz com um suspiro pesado.

A boca de Wes se contorce. "Talvez eu tenha sido modesto."

Uma parte de mim espera que Sam seja um desses caras egocêntricos que não sabem perder, mas o sr. Professor do Segundo Ano parece impressionado com a técnica de Wes. Só fica lá parado e assovia enquanto meu amigo circula a mesa como o tubarão que é e até aplaude quando Wes encerra o jogo sem que ele tenha a chance de dar outra tacada.

Sam aceita a derrota e toma o resto da cerveja, então deixa a garrafa vazia na mesa de sinuca. "Mais uma?", ele pergunta a Wes.

Meu amigo me olha para se certificar de que não me importo. Dou de ombros. Sei que não temos como fugir de Sam agora. Ele está louco por Wes.

Eles jogam outra partida.

Peço outra cerveja.

Eles jogam uma terceira partida.

Peço uma terceira cerveja.

Quanto mais bêbado fico, mas pegajosos *eles* ficam. Sam põe a mão nas costas de Wes quando ele se inclina para uma tacada. Wes olha por cima do ombro e pisca para Sam, com olhos cinzentos brilhando.

Acabo voltando à mesa, sentindo o álcool e a irritação se espalhando pela minha corrente sanguínea. Foda-se esse Sam. Retiro o que disse — ele não é legal. Está monopolizando meu melhor amigo. Nem liga se estou sendo ignorado.

E não para de encostar em Wes.

Meus dedos envolvem a garrafa de cerveja. Quando Sam se aproxima de Wes e sussurra alguma coisa em seu ouvido, aperto tão forte que minhas articulações ficam brancas. Será que ele está perguntando se Wes quer ir embora? Está dizendo que está louco para trepar? Oferecendo uma chupada no banheiro?

Viro o resto da cerveja. É, estou bem tonto. O álcool fez alguma coisa com meu cérebro, que entrou em curto-circuito e foi tomado pelas memórias que não costumo deixar que venham à tona.

A trilha sonora daquele último dia no acampamento, quatro anos atrás, passa pela minha mente.

O que está esperando, Ryan? Chupa logo.

Wes... Porra, vou gozar.

O fato de lembrar cada palavra que eu disse a ele me incomoda. Consigo lembrar o que disse durante as centenas de boquetes fenomenais que recebi nos últimos quatro anos? Posso repetir cada palavra que disse às garotas? A Holly? Cada ordem sacana que saiu da minha boca?

Não.

Meu olhar volta para a mesa de sinuca e se concentra na boca de Wes. Meu pau se contrai com a lembrança dela à sua volta.

Merda, acho que estou mais bêbado que tonto.

As risadas de Sam e Wes chegam até mim. Parece que Sam finalmente ganhou um jogo. Conhecendo Wes, ele deve estar dizendo que foi um golpe de sorte. Ou talvez até tenha deixado que Sam vencesse, porra. Talvez tenha decidido pegar leve com o cara antes de... pegar *pesado*.

Meus músculos se enrijecem. A ideia de Wes se dar bem com alguém esta noite me deixa puto.

Ciúme?, uma vozinha zomba de mim.

Dane-se. Não estou com ciúme. Não ligo para o que Wes faz — ou com quem ele faz —, mas era para nos divertirmos juntos esta noite. Eu e ele. Não ele e um cara aleatório que conheceu em um aplicativo.

Pulo da banqueta de repente e vou até a mesa de sinuca. Eles nem estão mais jogando, só estão próximos um do outro, rindo de alguma coisa. A mão de Sam está apoiada no quadril de Wes. Um gesto casual. Sutil, inocente.

Mas fico incomodado. Por que Sam está tocando Wes? Eles nem se conhecem. Babaca convencido.

"Vamos embora?" Levanto a voz, porque nenhum dos dois notou que estou ali.

Wes pisca. "Agora?"

Respondo entre os dentes cerrados. "É. Pra mim já deu." Não posso evitar um olhar frio. "Você que tá de carro, lembra?"

Wes parece receoso. Então assente e vira para Sam. "Valeu pelo jogo, cara. Mas acho que estamos indo."

É impossível ignorar a decepção de Sam. Ele olha para mim, então para Wes. "Ah, tá... claro. Posso pegar seu celular?"

Babaca.

Aperto os molares enquanto vejo os dois trocando números. Ótimo. Parece que vão se encontrar de novo. Acho que a ideia de passar o verão recuperando a velha amizade já era.

Wes não diz nada enquanto vamos para a porta. A música está alta demais para que tenhamos ideia do que acontece lá fora, mas assim que saímos percebemos que estamos no meio de uma chuva torrencial.

Uma rajada fria de chuva acerta meu rosto, ensopando minha roupa em um segundo. "Merda. Vamos correr?", grito acima do barulho ensurdecedor da chuva caindo.

Wes não se mexe. Sua expressão está tão feia quanto o tempo. "Que porra foi essa?"

Mal posso ouvir o cara, com o vento e a chuva. "O quê?"

"Você agiu como um completo idiota." Então ele se afasta, batendo os pés nas poças de água.

O pequeno toldo que circunda o bar não nos protege da chuva. Nossas roupas estão grudadas no corpo. A água escorre do meu cabelo e do meu rosto enquanto corro atrás dele.

"*Eu* agi como um idiota?", grito de volta.

Wes para e vira para me encarar. "É. Tratou o cara como se ele tivesse ebola."

"Talvez eu só não tenha gostado do jeito como ele estava passando a mão em você bem na minha frente", gritei de volta.

Wes ficou boquiaberto. "Quê?"

Fecho a boca. Porra. Por que eu disse isso?

"Tipo..." Engulo em seco. "Foi bem grosseiro."

Wes fica olhando para mim. Gotas escorrem por seu rosto cinzelado, parando na barba que cobre o maxilar. Seus lábios entreabertos. Não consigo parar de olhar para eles.

"O que tá acontecendo?", ele me pergunta devagar.

Um nó se forma na minha garganta. Não sei. Sinceramente, não tenho ideia do que está acontecendo. A chuva aperta. Um raio corta o céu negro. Deveria estar com frio, mas não estou. Meu corpo parece uma fornalha. Três cervejas não deveriam ter esse efeito em mim.

Mas talvez seja ele. Talvez *Wes* esteja fazendo com que eu me sinta quente.

Ele lambe as gotas de chuva que caíram em seu lábio inferior, e eu vejo seu piercing de relance. Não estava ali quando eu tinha dezoito. Não estava ali quando aquela língua passou pela cabeça do meu pau na noite em que ele me fez o melhor boquete da minha vida.

Pronto.

Ryan Wesley fez o melhor boquete da minha vida.

"Canning..." Ele para, olhando para mim. Parece desconfortável, mas... tem outra coisa em seu olhar. Um lampejo de confusão. Uma sugestão de interesse.

Me aproximo, mas não tenho certeza do motivo. Meu coração bate mais forte do que a chuva cai. Meus olhos estão fixos em sua boca.

"Jamie." Dessa vez, é como um aviso.

Respiro fundo.

E ignoro o aviso.

Seus olhos se arregalam quando enfio meus dedos em seus cabelos e trago sua cabeça mais para perto. "O que..."

Ele não termina a frase, porque grudo minha boca na dele.

14

WES

Jamie está me beijando.

Jamie está me *beijando*.

Jamie está *me* beijando.

Não, não importa a maneira como eu coloque, ainda não faz sentido pra mim. A pressão de sua boca? Não faz sentido. Sua língua passando por meu lábio inferior? Menos ainda.

Mas, puta que o pariu, é o que eu mais quero.

A chuva cai sobre nossas cabeças enquanto os lábios do meu melhor amigo continuam colados nos meus. Sinto gosto de chuva, cerveja e uma masculinidade viciante. Sua boca varre a minha, de novo e de novo, e quando eu abro os lábios para pegar ar, ele se aproveita para enfiar a língua.

É simplesmente eletrizante. O desejo percorre meu corpo em espirais até meu pau, que fica duro. Quando sua língua toca a minha, quase me ajoelho. Tenho que agarrar sua camiseta para evitar ser levado pela tempestade. Não a que está à nossa volta, mas a que se forma dentro de mim.

Sei o momento exato em que ele sente meu piercing, porque sua língua o envolve e ele solta um gemido contra meus lábios. Profundo e rouco.

É esse som luxurioso que me puxa de volta à realidade. Pode *parecer* certo, mas é errado. Jamie está bêbado de novo. Não está pensando com clareza. Por algum motivo decidiu que enfiar a língua na minha boca era uma boa ideia, mas não é. Porque eu continuo sendo gay, e ele continua sendo hétero. Pior ainda: porque continuo apaixonado por ele.

Com um gemido torturado, afasto minha boca. Não posso fazer isso de novo, porra. Não vou me permitir desejar o cara ou ter esperanças quanto a nós dois. Ele é meu amigo. Sempre vai ser só isso.

Seus olhos, ardendo de paixão, acabam comigo. Ele pisca como se estivesse desorientado, como se não conseguisse entender por que interrompi o beijo.

"Seu piercing..." A voz dele está rouca de excitação. "Quero sentir como é no meu pau."

Porra.

Tudo bem, ele está mais bêbado do que eu pensava. Só vi Jamie bebendo umas poucas cervejas, mas ele deve ter virado mais algumas quando eu não estava olhando.

"É...", consigo dizer com uma risadinha apressada. "Isso não vai acontecer, cara."

Jamie aperta os olhos.

A chuva acalma um pouco, o que permite que me escute sem que eu tenha que gritar. "Não vamos fazer isso de novo, Canning." Engulo em seco. "Da última vez, fodeu com a nossa amizade."

Ele inclina a cabeça, seus grandes olhos castanhos brilhando em desafio. "Você tá dizendo que não quer?"

Porra. "Não. Só tô dizendo que não é uma boa ideia."

Jamie se aproxima. Estou de costas para o bar, e meu quadril encosta nos tijolos molhados. Fico encurralado. Tem uma parede dura atrás de mim e uma igualmente dura na minha frente. Ênfase no *dura*, porque, cacete, ele está com uma puta de uma ereção. Posso sentir na minha coxa quando Jamie chega ainda mais perto, até que seus lábios fiquem a centímetros dos meus.

"Você é o rei das más ideias", ele lembra. "Pelo menos essa termina com nós dois felizes."

Ele vai me matar. A troca de papéis faz meu cérebro ferver. Sou eu quem sempre está no controle, lança os desafios, estabelece os limites.

Jamie desloca os quadris, com a respiração ofegante enquanto esfrega seu pau duro na minha perna. Se estivesse sóbrio, provavelmente ficaria horrorizado. Bom, quando estiver sóbrio, *vai ficar* horrorizado. Vai pedir desculpas por ter dado em cima de mim e vamos acabar tendo aquela conversa desconfortável que deveríamos ter tido depois do boquete, quatro anos atrás. Jamie vai me dizer que é hétero, que só estava se divertindo, que não gosta de mim desse jeito.

E eu vou ficar destruído.

Sei de tudo isso, mas não me impede de tirar uma casquinha. Já mencionei que sou meio masoquista, né? Só isso explica o fato de ter apoiado a mão em sua nuca e o puxado para mim.

Nossas bocas se encontram em outro beijo. Mais leve dessa vez. Agonizantemente lento. Não é o bastante. Vou parar logo, a qualquer momento, mas não agora. Quero mais um pouco.

Gemendo, jogo meu peito contra Jamie e o viro para deixá-lo de costas para a parede, comigo o encurralando. Ele solta um ruído de surpresa, que se transforma em um rugido rouco quando intensifico o beijo e enfio a língua em sua boca.

Estou sedento agora. Desesperado. Enfio a língua na boca dele como quero enfiar meu pau. As estocadas profundas e vorazes deixam nós dois sem fôlego, e agora é ele quem está se agarrando à *minha* camiseta.

À minha direita, a porta do bar abre. Ouço uma mulher dar um gritinho. Deve ser por causa da chuva, e não por causa dos dois caras colados na parede se pegando. De qualquer jeito, isso me traz de volta. Eu me afasto, ofegando como se tivesse corrido três maratonas.

Estou fora do toldo agora, mas Jamie continua protegido. Posso ver sua expressão com clareza — o pânico expresso em seus olhos arregalados. A descrença.

Cacete. Meu amigo hétero vai surtar. Daqui a uma hora, provavelmente vai ter a maior crise de identidade, e pra quê? Pode ter sido o melhor beijo da minha vida, mas vai foder com a vida *dele*.

Já passei por esse tipo de confusão. Não é legal.

Tenho que afastar os olhos. Se não fizer isso, ele vai perceber que estou morrendo por dentro. Quero Jamie mais do que tudo na porra deste mundo. Preciso reunir toda a minha força de vontade para virar e sair na chuva em direção ao carro.

A chuva está forte, então eu corro. Só sei que ele me seguiu quando entra no banco do passageiro e bate a porta.

Em menos de trinta segundos, saímos. Pegamos a 73 em direção a Lake Placid antes de completar um minuto. O silêncio no carro é horrível. Se não estivesse chovendo, provavelmente eu estaria muito além do limite de velocidade para chegar logo.

Jamie não diz nada.

"Desculpa", eu resmungo. "Não devia ter deixado isso acontecer."

Ele solta um som irritado. Quero desesperadamente entender o que significa, mas sou muito covarde para perguntar. Nunca mais vamos falar desta noite. Nunca. Mesmo se ficarmos bêbados na noite anterior ao casamento dele. Mesmo se acabarmos presos em uma mina com trinta minutos de oxigênio restando. Nem assim.

Eu tinha dito que ele havia agido como um idiota. Mas é mentira. Sou eu quem está apaixonado pelo melhor amigo e finge o contrário.

A chuva diminui. Alguns minutos depois (ainda que pareçam horas), paro na frente do dormitório. Jamie não se mexe.

"Vou estacionar e dar uma volta", digo. Não posso ir para o quarto agora. Precisamos de um tempo. Espero que ele entenda.

Mais tarde, quando ele estiver dormindo, talvez seja possível voltar a respirar o mesmo ar que Jamie Canning.

Ele não se move.

Por favor, imploro mentalmente. *Vai pra cama.* Já é difícil o bastante ver o rosto de Jamie todos os dias. Não posso ficar perto dele agora. Tenho medo de ceder e beijá-lo de novo. A maneira perfeita como seu corpo tinha se encaixado no meu está impressa na minha consciência. Vou ter que me esforçar para não ficar só pensando nisso por semanas.

Espero, sofrendo.

Finalmente, o ouço sair do carro. Quando a porta bate, é como uma martelada no meu coração. *Não olha*, digo a mim mesmo.

Mas meu autocontrole não é infinito. Seu cabelo claro brilha sob a luz da rua enquanto suas pernas compridas atravessam a calçada em poucas passadas. Vê-lo se afastar quebra algo dentro de mim.

15

JAMIE

Subo os degraus do dormitório com o coração batendo acelerado de nervoso e a pele molhada de chuva e suor.

"Jamie."

Merda, quase consegui entrar. Mas Pat está sentado imóvel no escuro em uma das cadeiras de balanço da varanda. Provavelmente está à espreita, esperando para ver se algum garoto tenta escapar. Ao ouvir sua voz, sinto o mesmo medo que esse garoto sentiria.

Cambaleando, paro antes da porta. "Oi", digo, tentando soar natural. Pelo menos está escuro. Não confio no meu rosto agora.

"Tem um minuto?"

Tenho? Preciso ficar algumas horas sozinho batendo a cabeça contra a parede. Tentando entender que porra acabou de acontecer. Mas Pat é como um pai para mim, e não posso ser grosseiro com ele.

Não respondo, mas sento ao seu lado. Minhas mãos estão tremendo, então agarro os braços da cadeira de balanço. Uma série de respirações lentas me ajuda a me acalmar.

Do outro lado, o lago é um buraco escuro. Luzes dos restaurantes da cidade piscam no ar enevoado da noite. Tudo parece tão calmo e simples. O mundo faria mais sentido para mim se os prédios estivessem sendo arrastados para o lago e as lojas estivessem pegando fogo. Mas a única coisa instável sou eu.

"Tudo certo, rapaz?"

"Sim", eu digo, com uma voz cortante. "Só peguei chuva."

"Dá pra ver." Ele fica em silêncio por um momento. "Só queria perguntar como Wesley está se virando. Acha que foi tudo bem na primeira semana?"

Só o som do seu nome já abre um buraco no meu estômago.

Bom, Pat, acabei de me jogar em cima dele. Nos pegamos do lado de fora de um bar como atores de um filme pornô. Então ele me deu um fora. E não tenho ideia do que está acontecendo.

"Ele, hum, tá bem", gaguejo. Nem lembro mais qual foi a pergunta.

"Se ele estiver com alguma dificuldade, pode me dizer. Não vou demitir o cara. Posso dar uma ajuda."

Tento me recompor e focar na conversa. "Ele só precisa de experiência, como todo mundo."

Pat sorri. "Muito diplomático da sua parte. A experiência é necessária, claro, mas nem todo mundo tem um talento natural como você."

"Obrigado." Eu não esperava o elogio.

"Mas acho que os garotos vão aprender muito com Wes. Eu não o teria contratado se não estivesse certo disso." A cadeira de Pat faz barulho quando ele se balança. "Mas fiquei surpreso quando ele me ligou. Foi poucas horas depois da final do campeonato. Eu tinha visto o jogo — me deixa feliz demais ver vocês na TV. Mas foi engraçado. Quando vi quem estava ligando, por um momento achei que Wesley fosse dizer: *Devo tudo a você.*" Pat dá risada. "Não é o estilo dele, então não sei de onde tirei isso. Mas, bom, o que ele disse foi: *Estou ligando pra aceitar o trabalho que você me oferece todo ano.* Fiquei realmente surpreso."

Eu também. Aliás, muitas coisas no que ele disse me surpreenderam. "Você tenta trazer o Wes todo ano?"

"Claro. Ligo pra todos os garotos que se deram bem. Mas ele nunca aceitou. Até que me ligou..." Pat faz uma pausa. "E foi bem corajoso. Ele disse: *Quero trabalhar como treinador no verão, mas acho que você precisa saber que eu sou gay. Se incomodar você, considerando os garotos do acampamento e tal, eu entendo.*"

Uma gota de suor escorre pelas minhas costas. "E o que você disse?" Mesmo sabendo que Pat o contratou, ainda prendo a respiração ao pensar em Wes do outro lado da linha, esperando o julgamento de alguém.

A vida dele deve ser mais difícil do que eu pensava.

"Eu disse que era um assunto dele e que eu não dava a mínima desde que ele aparecesse todas as manhãs pronto pra treinar. Então perguntei se ele topava dividir o quarto com você de novo, depois de todos esses anos. Wes disse: *Claro, mas tenho que contar pro Jamie também. Se ele tiver algum problema com isso, talvez você tenha que me trocar de quarto.*"

Um *problema*. Bom, eu tenho um. Meu *problema* é que meu pau ficou duro por causa dele hoje à noite. Merda, tenho que lutar para não levar as mãos à cabeça e gritar.

Essa é a noite mais esquisita da minha vida. De longe!

O treinador ainda está esperando que eu diga alguma coisa. "Hum, eu já disse pra ele que nunca tive esse tipo de preconceito."

Pat ri. "Sei. Não achei que teria um problema com isso. Vocês dois sempre foram inseparáveis."

Inseparáveis. Pouco tempo atrás minha boca estava inseparável da dele. E eu tinha feito aquilo. Tinha atacado meu melhor amigo. Ainda posso sentir seu gosto na minha boca.

Preciso encerrar a conversa antes que perca a cabeça. "Tá tudo bem", digo, bruscamente. "Mas acho que já vou indo."

"Boa noite, Jamie."

"Boa noite."

Subo a escada e sigo pelo corredor. Nenhuma das luzes dos quartos está acesa, mas ouço risadas enquanto passo. Wes e eu éramos iguaizinhos — ficávamos conversando até altas horas.

Agora? Não tenho nem certeza de que vamos voltar a nos falar.

Vou ao banheiro escovar os dentes. Quando vejo meu rosto no espelho, parece o mesmo de sempre. A mesma mandíbula quadrada. Os mesmos olhos castanhos. Minha pele só está um pouco mais pálida sob a luz fluorescente. Não tem nada para ver aqui, mas, como um idiota, fico me encarando por um tempo, à procura de sei lá o quê. Uma mudança. Um sinal.

Como é a aparência de um cara que não é tão hétero quanto pensava?

"Tipo a sua, acho." Meus lábios se movem ao pronunciar essas palavras. Ainda estou longe de entender o que aconteceu.

E agora estou falando sozinho. *Maravilha*.

Não posso evitar mais, então volto para o quarto. Como a luz me incomoda um pouco, eu a apago. Tiro a roupa e vou para a cama. Estou sóbrio agora, o que é um saco. Não vai me ajudar a dormir. Mas pelo menos não estou mais tremendo.

Wes não está aqui, mas sinto sua presença. Fico deitado, esperando para ouvir sua voz arrogante e rouca no corredor. Não é exagero dizer que sempre me senti um pouco mais vivo perto dele. A vida fica um pouco mais animada com ele.

Mas agora é tentador reavaliar minhas impressões. Tenho *quase* certeza de que sempre amei o cara como amigo, e que o impulso de hoje à noite foi só um desejo nascido da cerveja, do ciúme, do tesão e de algum tipo de sobrecarga emocional. A tempestade perfeita. Minha vontade é uma estranha criatura noturna, trazida à vida por um raio que caiu no lugar exato.

Certo?

Suspiro.

Não penso muito em mim mesmo. Não costumo inventar teorias complexas para explicar meu comportamento. Mas hoje à noite é impossível não ficar deitado me perguntando... Todas aquelas vezes que o vi voar no rinque com o disco sob controle — era só admiração? Todas as vezes que observei a velocidade com que patinava com uma sensação gostosa no peito. Ou quando ele sorria para mim do outro lado da mesa. Será que eu estava escondendo algo de mim mesmo? Ou não havia nada para reprimir?

Porra, isso importa?

Desejo é uma questão de química. E numa aula de bioquímica eu aprendi que somos todos átomos carregados de eletricidade, indo de encontro uns aos outros.

Meus elétrons se acenderam por ele esta noite. Partículas *colidiram*.

Empurrando os quadris contra o colchão, quero sentir aquilo de novo — a pressão de seu corpo. O toque das mãos ásperas nos meus braços.

Não sei por que desejo isso. Não sei se a vontade vai desaparecer com a chuva de hoje. Mas, neste momento, ela existe. E é real.

A noite parece infinita. Amanhã vai ser um desconforto sem fim.

Ótimo.

Nem consigo imaginar no que Wes está pensando agora. Ele me queria — pude sentir. Mas parou porque ia acabar com nossa amizade. O cara que transa com estranhos que conhece num aplicativo.

Ainda estou deitado com a cara no travesseiro quando ouço a chave girar na fechadura. Congelo. Ele entra na ponta dos pés. Ouço suas botas de caminhada batendo no chão e o leve ruído de roupas sendo tiradas.

Meu pau endurece contra o colchão. Estou com tesão, e tudo o que ele fez foi tirar a roupa. *Interessante.*

Ouço o barulho do lençol quando ele entra na cama. E então, silêncio. Um minuto passa, depois dois. Não estou dormindo, e Wes provavelmente sabe disso. O que significa que somos dois adolescentes depois de uma briga boba, ignorando um ao outro.

Viro para olhar para ele. "Se sua ideia era me evitar, talvez tenha que dar mais umas dezessete voltas na cidade. Ainda tô acordado."

Wes ri. "Como você tá?"

"Com tesão."

Ele solta uma risadinha de escárnio. "É culpa da cerveja. Você sabia que ficava gay quando bebia?"

Quando ouço a palavra "gay", quase discuto. Mas essa não é a questão. "Não tô bêbado, Wes."

O que estou é muito, muito curioso. Wes acha que me fez um favor hoje interrompendo tudo, mas agora tenho essa imensa dúvida dentro de mim, e não acho que vai ter sumido quando eu acordar. Mas *vai* deixar tudo esquisito. Vou ficar olhando para ele no espelho enquanto fazemos a barba, imaginando como teria sido. Me perguntando se gostaria mesmo daquilo ou se era apenas um estranho desejo passageiro.

"Não quero foder com a sua cabeça", ele sussurra. "Não devia ter feito isso."

Mas não é com a minha cabeça que quero que ele foda.

"Vem aqui", eu digo. "Por favor."

"De jeito nenhum", ele responde.

"Posso te obrigar."

Wes ri. "Você fumou maconha enquanto eu estava fora, Canning?"

Também dou risada, e é um alívio. Porque significa que não estraguei tudo. Então levanto o quadril, tiro a cueca e jogo na cabeça dele. Wes joga no chão, sorrindo no escuro.

Afasto os lençóis e coloco a mão no meu pau. E ele para de rir.

16

WES

Caralho. Sou um cara forte. Durão. Mas não fui feito pra aguentar a visão de Jamie Canning se acariciando.

Por causa do luar entrando pela fresta da cortina, posso ver o cara deitado de costas, com uma das pernas dobrada. Seu corpo é perfeito — forte e esguio sobre a cama. A mão está fechada sobre o pau, os dedos tocando a cabeça. Ele inspira fundo e começa a mexer devagar, as costas arquejando, os quadris se curvando um pouco.

Morro por dentro. Minha boca saliva, e tenho que engolir tudo. Ele está *bem ali*. Em dois passos poderia enfiá-lo na minha boca. É como se Jamie Canning tivesse olhado a minha mente suja e extraído minha maior fantasia. Bom, pelo menos a cena de abertura.

Ele não olha para mim, e nem precisa. Nós dois sabemos o que estou fazendo. Ele aperta o pau uma vez. Duas. Então abre a mão, deixando os dedos descerem. Segura as próprias bolas, passando o dedão delicadamente pela pele.

Ouço um gemido e percebo que está vindo de mim.

E aí o filho da puta *sorri*.

Isso me tira pelo menos um pouco do transe. "Que porra é essa?"

"Preciso me aliviar aqui. Você se importa?"

Cacete! Me arrependo muito da porra do dia em que disse aquilo para ele. Tinha dezoito anos e achava que tinha sido muito esperto. Mas estava dando início a um processo doloroso para todo mundo. E que ainda não acabou. Posso sentir minhas veias pulsando nos ouvidos agora.

E em outros lugares.

Minhas mãos vão para a cueca sem minha aprovação. Jamie está batendo uma agora. Devagar, para cima e para baixo. Ele para e passa o dedão na cabeça do pau. Sinto a garganta fechar.

"Wes", ele diz, com a voz áspera. "Preciso da sua ajuda."

É um milagre que eu consiga responder com a voz quase normal. "Parece que você tá se saindo bem sozinho."

Então Jamie finalmente vira a cabeça para me olhar. Ele continua o movimento e consigo ver pelo seu pomo de adão que engole em seco. "Tenho que saber."

Saber o quê?, quase pergunto. Mas ele está me estudando agora. Seus olhos passam pelo meu peito e pelos braços. Vê a mão dentro da bermuda. E então eu entendo. Jamie quer saber por que está se sentindo assim, se está mesmo interessado, se é só cerveja ou insanidade temporária.

Eu estava dizendo a verdade quando falei que não queria ser o cara que o ajudaria a se descobrir. Não tenho certeza se posso sobreviver a isso.

Mas é tudo culpa minha, claro.

Nossos olhos se encontram. Os dele estão semicerrados. Sempre quis poder ver seu rosto tomado pelo desejo de novo. Seus lábios estão entreabertos, e é quase o bastante para me fazer atravessar a sala. Mas ainda hesito, e não porque acho que Jamie vai se arrepender disso amanhã.

Porque sei que *eu* vou.

"Por favor", ele diz.

É o que basta para me tirar da cama. Estou no meio do quarto agora, com as mãos no elástico da minha cueca. Eu a tiro e deixo que caia no chão.

E agora ele está olhando para o meu pau enquanto bate uma.

"O que você quer?", pergunto. Preciso que seja específico. É um jogo muito perigoso. Provavelmente vai acabar mal. Mas se de alguma maneira eu puder evitar isso, é o que vou fazer.

Ele abre espaço para mim na cama. Então faz um sinal. E não há dinheiro, fama ou fortuna no mundo capazes de me impedir de obedecer. Estou lá um segundo depois. Seus braços me envolvem e me puxam.

Estamos lado a lado, peito com peito. E Jamie Canning está me beijando de novo.

Ele já não tem gosto de cerveja, mas de pasta de dente. Nenhum de nós pode colocar a culpa no álcool agora. Sua língua está na minha boca e eu a ataco vorazmente, amando cada segundo.

A parte inferior do nosso corpo se encosta, e ele solta um gemido leve, se apertando ainda mais forte contra mim. Seu pau desce pela minha barriga, então chega ao meu próprio pau duro. A fricção me deixa tonto.

"Porra", solto com a voz abafada.

Ele abre os olhos, encarando meu rosto enquanto passa a língua no lábio inferior. "Se parar agora, vou acabar com você."

Parar? Essa palavra existe? O que significa? Provavelmente o oposto do que eu faço quando escorrego minha mão por entre nossos corpos e pego nossos paus na minha mão.

Jamie arqueja e solta outro gemido rouco. "Cacete. Isso é bom."

Bato uma para nós dois devagar, apertando a cada subida e descida. A boca dele encontra a minha de novo. Sua barba por fazer arranha minha bochecha quando ele ajeita a cabeça para aprofundar o beijo. Sua língua mágica entra e sai da minha boca, faminta e voraz. Nem posso acreditar que estamos fazendo isso. Nem posso acreditar que ele está me *deixando* fazer isso.

O líquido que sai dos nossos paus duros torna fácil pra caralho correr minha mão pra cima e pra baixo. Sinto que estou cheio, pronto para gozar. Mas Jamie não deixa.

Ele se solta e apoia as duas mãos no meu peito para me deitar de costas. Meu pau fica solto, e Jamie geme diante da visão antes de envolvê-lo com seus dedos.

"Posso..." A voz dele sai de uma vez. "Posso chupar?"

Meu Deus do céu. Estou no meio de um sonho. Só pode ser, porque não há outra explicação para esse cara ter acabado de pedir para enfiar meu pau na boca.

Imaginei que o teste para saber se gostava de caras significava que eu faria todo o trabalho, atacando Jamie como sempre fantasiei. Mas ele sempre foi cheio de surpresas. Toda vez que aceitava meus desafios malucos minhas sobrancelhas se erguiam, enquanto eu tentava entender por que o garoto tranquilão da Califórnia, que sempre seguia as regras, me acompanhava com prazer em qualquer empreitada sem sentido.

Mas não comecei nada esta noite. Foi tudo ideia dele. São os dedos de Jamie que estão passeando pelo meu pau duro. É o hálito quente dele que está na cabeça do meu pau à medida que se curva e aproxima a boca dela.

"Você já..." Engulo em seco para conseguir continuar. "Já fez isso antes?"

Ele parece hesitante diante do meu pau. "Não, porra."

Não consigo segurar o riso. "Não precisamos falar de *porra* ainda."

Ele levanta a cabeça, com os olhos castanhos brilhando. "Nunca cheguei nem perto de fazer", Jamie corrige. "Acho que não vou ser muito bom."

"Vai, sim." Porque não tem como não ser. Já estou quase gozando só de estar na mesma cama com ele. Jamie não precisa de técnica — só precisa estar aqui. Ele. Aqui. Comigo.

Quase enlouqueço quando sua língua me toca. Cada centímetro meu está quente, contraído, ardendo de necessidade. Ele faz um círculo com a língua na cabeça, então vai descendo aos beijos. Jamie está *beijando* meu pau, carícias leves que acabam comigo. Cacete. Jamie Canning gosta de me provocar. Quem teria imaginado.

"Tá tentando me deixar louco?", resmungo depois de mais um beijo.

Sinto sua risada no meu pau. "Funcionou?"

"Sim." Escorrego as duas mãos por seu cabelo. "E você? Gostou do sabor de um cara?"

Ele ri mais forte agora, os ombros largos chacoalhando entre minhas coxas. "É..." Sua língua me encontra de novo, fazendo cócegas na parte inferior do meu pau. "Diferente."

Ele fecha a mão na base do meu pau e pega a cabeça com a boca, dando uma chupada lenta e luxuriosa. "É..."

Jamie chupa de novo, mais profundo dessa vez. Meu pau pulsa descontrolado, o que ele deve sentir na língua, porque geme alto, desesperado. Jamie levanta a cabeça, a expressão tomada pelo desejo e um pouco confusa.

A felicidade toma conta de mim. E a apreensão também, porque não sei o que fazer com tanta perplexidade. Asseguro a ele que não é nada de mais? Que é perfeitamente normal um cara hétero gostar de chupar outro cara?

Mas ele não me dá a chance de dizer *nada*. Só mete a boca quente e úmida no meu pau de novo.

Meus quadris se remexem no colchão, enquanto meu melhor amigo faz seu trabalho e desejo puro toma conta do meu pau e das minhas bolas. Mantenho uma mão enfiada em seu cabelo. A outra agarra o lençol, preso firme entre meus dedos. Meu coração está acelerado. É tudo o que consigo ouvir, um *tum-tum* frenético contra minha caixa torácica. Isso e os sons que Jamie está fazendo. Grunhidos roucos, estalos molhados e rosnados profundos enquanto enfia meu pau quase até sua garganta.

Minha nossa. Ele está acabando comigo. Estou *destruído*. Eu...

"Vou gozar", aviso.

O clímax chega e solto um jato quente bem na hora que a boca de Jamie me solta. Ele fica respirando pesado e olhando para mim enquanto sujo meu abdome e meu peito.

Não consigo respirar. Estou ofegando e tremendo, enquanto ele só olha. Então o filho da puta faz de novo — ele *sorri*. E continua assim enquanto vira a cabeça e lambe uma gota da minha barriga.

"Isso foi gostoso", Jamie diz.

Gostoso? Que tal tórrido? Intenso? A porra de um inferno?

Não consigo fazer nada além de ficar ali, como um saco de batatas. Lutando para respirar. Piscando como uma coruja enquanto vejo o cara mais lindo do mundo pegar minha camiseta do chão e me limpar. Depois disso, ele joga a camiseta de lado e se inclina para beijar minha clavícula. E então meu ombro. E o outro ombro.

Jamie continua beijando, lambendo, mordiscando minha pele febril, e eu o deixo explorar, me oferecendo como seu ratinho de laboratório sexual. Ele prova cada centímetro meu, sua boca se movendo sobre minha barriga, meus quadris, meus peitorais. Gemo quando lambe meu mamilo, e ele olha para mim, contorcendo os lábios.

"Você gosta disso."

Consigo concordar.

Ele repete, dessa vez fechando a boca em torno do mamilo e chupando. Posso sentir seu pau duro contra minha coxa, deixando minha pele molhada. Respirando fundo, estico a mão e o pego, e agora *eu* estou sorrindo, porque sua língua congela e seu corpo inteiro fica tenso.

Ele se enfia na minha mão, e é o convite de que preciso. "Deita", sussurro.

Jamie deita tão depressa que dou risada. Ele apoia a cabeça nos braços, uma sobrancelha erguida enquanto projeta o quadril para cima, me provocando com seu pau perfeito.

"Vamos ver se você não esqueceu como se faz", ele brinca.

Dou uma risada abafada contra sua barriga. "Sua versão gay é bastante convencida."

"Parece que sim."

Vou subindo devagar pelo seu corpo, apoiando os cotovelos um de cada lado de sua cabeça. Nós nos encaramos. Seus olhos estão nebulosos, e ele abre a boca. Engulo em seco e me abaixo para dar um beijo leve nele. Porra, consigo sentir meu próprio gosto em sua boca, e é o bastante para fazer minha mente girar. Esse cara... porra, esse cara. Nunca quis ninguém do jeito que quero Canning. Do jeito que *desejo* Canning.

Quatro anos de encontros sexuais insignificantes passam pela minha mente quando interrompo o beijo e começo a descer pelo seu corpo. Todos os caras com quem fiquei no passado... são um borrão. Não têm rosto. Às vezes não enxergava o rosto deles nem quando estávamos juntos. Gozei, eles gozaram, mas eu não estava realmente lá. Nunca me entreguei por completo.

Mas não com Jamie. Não consigo fazer isso com ele, nem poderia.

"Pode acreditar, não perdi o jeito", sussurro enquanto minha boca desce para o pau dele. Vou provar isso. Vou mostrar o quanto o amo, porque não é algo que eu possa *dizer*.

Respiro fundo. O pau duro dele está a milímetros de distância e é todo meu. Hoje à noite, *ele* é meu. Eu o pego e aperto de leve. Jamie estremece em resposta, olhando para mim. Esperando.

Lambendo os lábios, eu me inclino e deslizo a língua sobre a fenda na cabeça. Ele me provocou, e é hora de retribuir. Vou venerar cada centímetro do pau de Jamie Canning. Vou torturar o cara com minha língua até que ele não consiga lembrar um tempo em que minha boca não estava no pau dele e não era motivo de prazer. Vou...

Jamie goza no instante em que meus lábios o envolvem.

É, ele goza na hora, e eu não sei se dou risada ou gemo enquanto Jamie treme. No fim, não faço nenhum dos dois — eu o chupo até a base, extraindo um som estrangulado dos seus lábios, e engulo o jorro salgado.

Quando ele finalmente para, levanto a cabeça e suspiro. "Sério, cara? Durou, tipo, *dois* segundos. Você é tipo um pré-adolescente."

Seus ombros chacoalham enquanto ele vira de lado. "Acho que você ainda leva jeito pra coisa", ele consegue dizer entre as risadas.

Vou para cima no colchão e deito atrás dele, puxando seu corpo grande para mim. Jamie fica tenso por um segundo, então relaxa e aninha sua bunda durinha contra minha virilha e suas costas contra meu peito.

Passo o braço por sua cintura. Sendo sincero, queria isso tanto quanto o boquete — o direito de simplesmente ficar abraçado, pele na pele.

Mas Jamie fica quieto. Quieto demais. "Jamie", murmuro na orelha dele, antes de dar um beijo em seu ombro. "Você vai pirar agora?"

O tempo que leva para ele responder parte meu coração. "Você quer que eu pire?" Tem humor em sua voz.

"Não." É minha vez de fazer uma pausa. "Quer que eu volte pra minha cama?"

Jamie se aproxima de mim, colando seu corpo no meu como um cobertor quentinho. "Não." Ele suspira satisfeito. "Boa noite, Wes."

Sinto um nó na garganta. "Boa noite, Canning."

17

JAMIE

Wes não está ao meu lado quando abro os olhos na manhã seguinte. Viro de lado e o busco pelo quarto. Sua cama está vazia. Não parece que ele dormiu ali, e não me lembro de ele ter saído da minha durante a noite. Minha única lembrança é de acordar às seis da manhã e encontrar o braço de Wes em volta do meu corpo, então ter voltado a dormir. Ele só pode ter saído depois.

Devo ser um babaca por ficar aliviado ao me dar conta disso. Não tenho certeza do que diria se acordasse abraçadinho com ele.

De acordo com o relógio na mesa de cabeceira, são quase onze e meia. O café só é servido até as onze. Já era, mas tudo bem. É nosso dia de folga, então não preciso ir para o rinque.

Por outro lado, *é nosso dia de folga*. O que quer dizer que temos muito tempo livre. Tempo que provavelmente vou passar com Wes. O cara que eu peguei ontem à noite.

Me sinto o mesmo de sempre. Mas ter passado a noite com um homem não deveria me fazer sentir diferente?

Tipo gay?

Tenho vontade de rir. O que é se sentir gay?

E, porra, fico surpreso ao perceber que estou com o pau duro. E não é um simples caso de ereção matinal. É por causa do Wes, porque fiquei pensando no que rolou ontem à noite.

Eu... acho que talvez queira fazer de novo. Quão fodido é isso? Estava preparado para encarar a noite de ontem como uma experiência. Uma prova. Não achei que fosse tirar dez com louvor na porra toda.

A porta de repente abre e Wes entra, com o rosto vermelho e ofegando. Saiu para correr e está com a frente da regata molhada de suor. Ele a tira e joga de lado, revelando o peito musculoso.

"Tá quente pra caralho lá fora", Wes murmura sem me olhar.

Cacete. Vai ser esquisito. Ele nem consegue me encarar.

"Por que não me acordou?", pergunto. "Eu teria ido correr com você."

Wes dá de ombros. "Achei que deveria deixar você dormir." Ele tira o tênis e a meia, depois a bermuda.

Wes está pelado. E meu pau fica ainda mais duro.

Ele ainda evita me olhar, então não faz ideia de que estou admirando seus músculos bem definidos e a tatuagem no bíceps. Percebo que é a primeira vez que o vejo sem roupa durante o dia, e sua pele brilha à luz que entra pelas cortinas entreabertas. Ele é todo musculoso. Bem masculino.

E agora sei as respostas de todas as perguntas que me fiz ontem à noite. *Sinto mesmo atração por ele? Quero que role alguma coisa entre a gente? Estou ficando louco?* Sim, sim e talvez.

Mas não pensei que acordaria com ainda *mais* dúvidas.

Saio da cama e noto que Wes está se esforçando ainda mais para não me olhar agora. Porque... é, também estou pelado. Dormimos sem roupa. Nos braços um do outro.

Ele vai até o guarda-roupa, ainda de costas para mim.

"Wes", eu digo, baixo.

Ele não reage. Pega uma bermuda azul da gaveta de cima e veste. "Wes."

Seus ombros ficam tensos. Lentamente, ele vira e concentra os olhos cinza no meu rosto. Uma pergunta não feita paira entre nós — *e agora?*

Sei lá, porra.

O que eu sei? Não estou preparado para ter essa conversa. Não antes de pensar um pouco a respeito e decidir o que exatamente eu quero disso. *Dele.*

Então pergunto em um tom despreocupado: "O que vamos fazer hoje?".

Ele fica em silêncio por um instante. Dá para perceber que achou que eu ia querer conversar sobre o que tinha acontecido ontem à noite. Também está aliviado que eu decidi ignorar isso.

Seus lábios se contraem de leve. "Bom, você precisa comer. Depois temos que ir pro campo de futebol. Os garotos já voltaram da pescaria porque só os mosquitos estavam mordendo. Pat está organizando um jogo."

E, simples assim, estamos bem de novo. Claro, estamos fingindo que não gozamos pelas mãos um do outro há algumas horas, mas por enquanto é o bastante. Não estou pronto para lidar com isso.

Franzo a testa. "Com os garotos?"

"Não, com os treinadores. Mas alguns dos meninos já estão lá, apostando em quem acham que vai ganhar."

"Os times já estão formados?" Por quanto tempo eu dormi?

Wes sorri. "Pat decidiu que vai ser homens contra meninos. Ele e os treinadores mais antigos contra os mais novos."

"Ótimo." Não sou muito fã de futebol, mas me animo com qualquer disputa.

"Detalhe: os perdedores vão ter que cantar uma música no jantar de hoje", Wes explica.

Aperto os olhos. "Que música?"

"O vencedor escolhe." Ele dá uma risadinha.

"Só por curiosidade: quem deu essa ideia?"

Meu melhor amigo pisca, parecendo totalmente inocente.

Eu sabia.

"Você sabe que se perdermos Pat vai nos obrigar a cantar Mariah Carey ou qualquer merda dessas", reclamo enquanto procuro minha bermuda.

"É por isso que a gente vai ganhar", ele diz, animado.

Passamos pela padaria da cidade para que eu possa pegar um café. Vou comendo dois muffins de banana no caminho para o campo. É outro dia lindo, e os turistas tomam conta do lugar, enchendo a calçada e os pátios.

Duas garotas param quando nos veem passando. Têm vinte e poucos anos, são loiras e muito bonitas. Uma usa uma blusa tão decotada que seus peitos praticamente pulam para fora, e sinto meu pau latejar. Cacete. São bem gostosas.

Wes pisca para elas e continua andando. Acompanho seu ritmo, tentando não olhar por cima do ombro para verificar se estão olhando pra gente.

Tá, só uma espiadinha. Viro o rosto para dar uma olhada rápida, o que faz uma das garotas cutucar a outra.

Opa.

"Viu algo interessante?", Wes pergunta.

Sinto um desconforto que não sentiria há vinte e quatro horas. "Só estou pensando", murmuro.

"Sei", ele fala baixo.

Não tocamos mais no assunto, porque não preciso envolver Wes na minha confusão. Mas estou quase certo de que meu pau topa tudo. Porque gosto de mulheres. Gosto de como são macias, de como cheiram bem e de sentir seu corpo nos meus braços. Gosto de transar com elas e de chupar uma boceta, nunca fingi nada.

Na noite passada também não. E não tenho ideia do que isso significa.

Wes me cutuca, então aponta para a placa da rua pela qual estamos passando. *Bill Al Road.*

"Muito maduro. Quem é o pré-adolescente agora?"

Ele fica rígido por um momento, como se não esperasse que eu fizesse alguma referência à noite de ontem. Então ri. "Vamos jogar bola, Canning."

Melhor mesmo.

Primeiro, Pat reúne todo mundo. Você não pode esperar que um bando de atletas altamente competitivos dispute uma partida amistosa de futebol sem estipular algumas regras antes. Vão ser dois tempos de vinte minutos. Tem regra do impedimento? Sim. Vale carrinho? Não. "Porque vou matar qualquer um que se machucar", Pat acrescenta.

Bom saber.

Estamos jogando cinco contra cinco e estou no gol, claro. Posso ver Killfeather na plateia, me olhando com um sorriso no rosto. Ele não é um mau garoto quando relaxa um pouco.

Também estou bem relaxado. Entediado, na verdade, porque Wes e os outros estão dificultando as coisas para os adversários do outro lado do campo. Quando faço minha primeira defesa, já está um a zero para a gente. A trave de futebol é muito maior que a de hóquei, então é um grande desafio. Mas impeço o chute de Pat e meus colegas comemoram.

Chuto a bola de volta ao jogo. Antes que chegue a Wes, ele me dá um sorrisinho, então a recebe com o peito. Ela cai entre suas pernas musculosas e meu amigo corre, mantendo o controle sobre ela, com toda a sua beleza masculina em movimento.

De repente, estou pensando em sexo de novo. No meio do jogo.

Isso nunca me aconteceu antes.

Quando a bola ameaça nosso gol de novo, as coisas não vão tão bem. A defesa falha e Pat consegue enganar Georgie, deixando o treinador mais antigo sem marcação. O cara rapidamente dá um chute forte na minha direção.

Eu pulo, mas a bola passa por entre minhas mãos e atinge a rede.

Wes solta um grito irritado, e sei que está prestes a brigar com Georgie por me deixar na mão.

Enquanto isso, Killfeather e os outros continuam assistindo. Vou até Wes e toco em seu ombro. "Ei", digo, levando a mão para um high five. "Acontece."

Wes esquece as coisas rápido, então não me surpreendo quando bate na minha mão e diz: "É, tudo bem". Então ele vai para trás de mim e me dá um beliscão na bunda.

Cacete!

Meus olhos vagueiam ao redor, para ver a reação de todo mundo. Mas ninguém viu. E, mesmo se tivesse visto, aquilo era tão típico de Wes que ninguém teria ligado.

Mas eu ligo. Porque, mesmo que não esteja pirando com o que aconteceu ontem à noite, não quero que todo mundo fique sabendo.

Mas, se Wes fosse uma garota, não ia me importar.

E o que isso quer dizer?, minha consciência levanta. É uma boa pergunta, que não estou preparado para responder. Além disso, ainda temos dez minutos de jogo.

Seguramos o empate até os dois minutos finais. Então Wes se aproveita do escanteio batido por Georgie e cabeceia para o fundo da rede. Ganhamos. Me jogo no chão e grito pra Killfeather me trazer uma garrafa de água.

Ele obedece, mas joga um pouco na minha cabeça antes de me entregar.

"Você é tão babaca", reclamo, e ele ri.

O caminho de volta demora mais que o normal, porque os treinadores estão todos suados e cansados. "Com quem você divide quarto?", pergunto a Killfeather.

"Com Davies."

"Sério? E como tá sendo?"

"Tranquilo", Killfeather diz. "Ele não é tão ruim fora do gelo."

Vou pensar nisso depois. Agora olho pra Wes. Seu andar me é tão familiar. O cair de seus ombros não mudou nos nove anos em que convivemos. Conheço o jeito como seus tendões se contraem a cada passo tanto quanto minha própria mão.

Sinto um calor na barriga quando olho para ele. Não é apenas sexual, é... *confortável*. Como se estivéssemos perto mesmo quando ele está vinte metros à frente. Estou sempre muito consciente da sua presença, é como se fosse uma segunda pele.

Tá, isso soou meio esquisito. Uma vibe *O silêncio dos inocentes*. O sol e a confusão sexual estão me afetando.

Antes de chegarmos ao dormitório, vejo Wes atendendo o telefone. Quando entro no nosso quarto um minuto ou menos depois dele, está olhando pela janela enquanto fala.

"E se eu não quiser dar entrevista?", Wes pergunta. Seu tom é imprudentemente agressivo se ele estiver falando com um assessor de imprensa. Tenho vontade de avisar para que tome cuidado.

"Não é uma boa ideia. Por que mentir?" Wes faz uma pausa. Ele chuta os tênis com mais força que necessário, que atingem a escrivaninha que nunca usamos. "Pai, se eu disser que tenho namorada, eles vão me perguntar qual é o nome dela. E aí o que eu vou dizer?"

Ah. A conversa passou a fazer mais sentido agora. Wes nunca se deu muito bem com o pai. Sempre que ligava para casa, ficava irritado e de rosto vermelho. Quando conheci seu pai, achei que era um homem incrivelmente arrogante e exigente para alguém que fica o dia todo sentado atrás de uma mesa.

O fato de o sr. Wesley não ser feliz com a sexualidade do filho não me surpreende.

À minha frente, Wes curva os ombros. Sem pensar muito, me aproximo e coloco minhas mãos neles, massageando os músculos entre o pescoço e os ombros. Pressiono os dedões e faço movimentos circulares.

A princípio ele fica rígido. Então tenta relaxar. Quando me lança um olhar por cima do ombro, vejo que está agradecido.

"Tenho que ir", Wes diz, ainda mal-humorado. "Vou pensar a respeito. Mas nem pensa em marcar nada sem falar comigo primeiro."

Ele encerra a ligação e larga o telefone na escrivaninha. Então solta a cabeça e se entrega ao meu toque. "Valeu", ele diz.

"O que seu pai quer?" Massageio a parte de trás do seu pescoço. Eu teria tocado Wes desse jeito ontem? Não sei. Provavelmente não. Mas não é nada sexual. Ainda que seja gostoso. Ele é quente e vivo.

Wes suspira. "Ele tem um conhecido na *Sports Illustrated*. Você sabe, ele sempre tem um conhecido em todo lugar. Meu pai saiu do útero distribuindo cartões de visita. Ele convenceu o cara a me entrevistar sobre a primeira temporada. Tipo, cobrir os altos e baixos."

Fico mortificado. "É uma péssima ideia." Pra começar, primeiras temporadas são imprevisíveis. Wes pode nem ser convocado por duas dúzias de jogos antes de, do nada, começar a jogar. E quem quer a pressão de ter que falar com um repórter o tempo todo? "Você não quer ser esse tipo de calouro. Aquele com um jornalista na cola o dia inteiro."

Wes suspira, suas costas subindo e descendo sob minhas mãos. "Pois é."

Sinto... *algo* por ele. Solidariedade. Afeição. Talvez não precise nomear. Mas gostaria que seu pai não se metesse na sua vida. "O que você vai fazer?"

"Mentir", ele diz, sem emoção. "Vou dizer que falei com o assessor de imprensa dos Panthers e ele vetou a ideia."

"Seu pai vai acreditar?"

"Isso importa?"

"Claro", digo, baixo. "Porque você não quer irritar a *Sports Illustrated* antes de pisar no gelo em Toronto."

Wes solta um som frustrado conforme desço minhas mãos por sua coluna. "A porra do meu pai, enfiando o nariz onde não deve mais uma vez. E ele acha que tá me ajudando. Quer que o amigo escreva uma matéria sobre o sonho americano ou sei lá o quê. Com bandeira na mão e tudo. Como se ao sair numa revista virasse verdade."

Wes vira de repente, interrompendo a massagem matadora que estou fazendo. Fico estranhamente desapontado. Estava gostando de ter minhas mãos nele. Sei que Wes também estava, mas sua expressão está fechada de novo, como de manhã.

Abro a boca. Então fecho. Não, ainda não estou pronto para ter essa conversa.

Nem ele, aparentemente. "Vamos almoçar", Wes sugere.

Hesito, então balanço a cabeça. "Vai lá. Acho que vou dar uma dormida. O jogo me deixou cansado."

É uma péssima desculpa, e sei que não consigo enganar o cara. Mas Wes só assente. "Beleza. A gente se vê mais tarde."

E ele vai embora.

18

WES

Acabo não almoçando. Em vez disso, ando sem destino por quase uma hora, então sento no banco de um parque e fico olhando as pessoas.

Canning está pirando. Não preciso ler a mente dele para saber. Mas, porra, como queria poder ler. Quero saber o quanto eu ferrei com a nossa amizade de novo.

Ou não? Nem sei, porra. Uma parte de mim assume que sim, eu o perdi de novo. Mas outra diz: *Cara, ele acabou de fazer uma MASSAGEM em você*. Significa que somos amigos, não? Só que amigos não fazem massagem um no outro, fazem? Quando meu pescoço travou e pedi pra Cassel me ajudar, ele morreu de rir.

Falando em Cassel, recebi duas mensagens dele, no começo da semana. Estava ocupado demais me acostumando com a rotina de Lake Placid para responder.

Digito uma resposta rápida. *Td bem por aqui. Tem uns garotos bons. E sua irmã? Ficou amigo das lagostas?* Dou risada. Cassel está passando o verão com a irmã mais velha no Maine, trabalhando de garçom no restaurante de frutos do mar dela.

Ele responde mais rápido do que esperava. *Td bem aqui. Minha irmã mandou um oi.*

Depois de um tempo, uma segunda mensagem surge: *Terminei com a Em.*

Sentado no banco, solto um gritinho de alegria. Já era hora. É importante demais para responder por mensagem, então ligo pra ele.

Cassel atende no segundo toque, e ouço sua voz familiar. "E aí?"

"Como foi?", pergunto.

"Como esperado."

"Ela pirou e bateu em você?"

Um longo suspiro ecoa do outro lado. "Mais ou menos isso. Me acusou de ficar enrolando por quatro anos. Eu lembrei que a gente só saiu durante um, então ela me chamou de filho da puta insensível e foi embora."

"Que merda, cara. Como você tá?"

"Ah, tudo bem. Nunca tinha me dado conta de como ela dava trabalho até terminar. Agora tô aproveitando a liberdade, aprendendo com Ryan Wesley e trepando com o que aparecer."

"No ano que vem não vou mais ser assim."

Ele fica quieto por um segundo. "Vai tentar ficar de boa?"

"Acho que preciso dar uma sossegada. Não quero ter que lidar com os boatos enquanto ainda sou um novato. Na faculdade... Era diferente. Os riscos eram mais baixos."

"É. Acho que sim. Sinto muito, cara. Parece solitário."

Tento rir. "Parece enlouquecedor."

"É melhor você se divertir nesse verão, antes de ficar famoso e tudo o mais." Cassel ri de si próprio.

"Vou trabalhar nisso."

"Como é o mercado em Lake Placid? Não deve ter um bar gay aí. Vai ter que converter uns caras."

Sinto um frio na barriga. *Como se eu já não tivesse tentado.* "Tenho que ir", digo. Porque realmente não estou a fim desse papo.

"Foi bom falar com você, cara."

"Aguenta firme se a Em ligar."

"Não se preocupa." Ele suspira. "Vou sim."

19

JAMIE

Vou até a porta pela centésima vez em dez minutos. Só, você sabe, para me certificar de que gremlins não se arrastaram pela tubulação e a destrancaram. Mas não, continua trancada.

Sinto como se estivesse fazendo uma coisa errada. Como se tivesse pegado uma bolacha do pote enquanto minha mãe não estava olhando. Mas talvez eu só esteja sendo duro demais comigo mesmo. Não tem nada de mais em ver pornografia. Sou um cara de vinte e dois anos. Não sou virgem. Não sou puritano. Só estou tentando me entender.

Suspirando, eu me reclino sobre os travesseiros, com o laptop apoiado nas coxas, enquanto passo pelas miniaturas na tela. Passo por uma das imagens, que mostra um preview do que estou procurando. Tá. Parece bom.

Clico no título "Dois gostosos chupando e fodendo".

Mencionei que é pornô gay que estou olhando?

Sim, sou um mentiroso — disse a Wes que ia dormir, e olha só para mim.

Enquanto o vídeo carrega, solto um suspiro. É uma cena curta, que foi tirada de algum filme, então começa no meio. Deixei o som bem baixo, mas consigo ouvir cada palavra com clareza. Bom, só um dos caras *fala*. O outro só é capaz de produzir chupadas molhadas e gemidos profundos enquanto se esbalda no pau do primeiro.

"*Ah, porra... isso, chupa esse pau grande...*"

Beleza, isso é meio ridículo. Dou risada ao me imaginar dizendo o mesmo pra Wes.

Próximo vídeo. Esse não está funcionando para mim.

Clico em algo chamado "Foda na piscina". Parece promissor. Gosto de piscina e de foder. Não tem como errar, certo?

"Você gosta desse pau grande né, moleque? Isso, moleque, toma..."

Eeeeee eu fecho o vídeo. Não. Apenas não.

Acerto em cheio na próxima escolha. Dois caras bonitões estão se pegando na cama, esfregando um no outro o pau duro.

Meu próprio pau acorda.

Interessante. Tem algo relacionado à pegada deles que me deixa excitado. Não é gentil. Tem uma voracidade, uma energia nos beijos de que eu gosto. De que meu pau gosta.

Porra, de que gosta *mesmo*. Estou duro, com os olhos fixos na tela, enquanto vejo um cara ir descendo pelo corpo do outro aos beijos. Quando coloca o pau do outro na boca, sinto uma onda de calor na minha coluna.

Segurando a respiração, pego meu próprio pau. Cara, é bom.

Continuo vendo. Continuo batendo uma.

E o negócio é que nem estou pensando em Wes. Esse foi um dos motivos dessa experiência, descobrir se é só ele que me interessa ou caras em geral.

O cara que está sendo chupado solta um gemido rouco. O som masculino desperta algo em mim. O outro o chupa ainda mais.

Estou literalmente a cinco segundos de gozar.

Calma, ordeno ao meu pau. *Estamos só começando.*

Mas meu amigo tem mente própria. Não para de latejar, então avanço o vídeo para chegar na hora da verdade.

O sexo.

E, puta merda, a coisa fica louca. Estremeço com o som de carne batendo contra carne saindo dos alto-falantes. Jesus. Como o cara não está gritando de dor?

Mas ele está gritando. Bom, gemendo. E grunhindo. Eles não são cuidadosos um com o outro, mas todo o entusiasmo parece divertido. Fico olhando para o cara que está dando. Seu bíceps está contraído, seus olhos estão fechados, seu pescoço está tenso de prazer.

E então ele goza, e eu mesmo não vou demorar muito. O laptop cai do meu colo conforme acelero o movimento da minha mão, segurando os testículos com a outra. Puxo o ar, com os olhos colados na tela, vendo dois homens trepando. Minhas costas arqueiam, meu pau se contrai e eu gozo na minha barriga.

Puta... merda.

Leva quase um minuto para o meu coração acalmar. Assim que a moleza passa, pego a caixa de lenços ao meu lado e me limpo. Então fico olhando para o teto por um tempo.

Mas não terminei. Essa foi só a primeira parte do meu experimento. Pego o laptop de novo e clico em outra categoria. O bom e velho pornô lésbico.

Estou cansado demais para bater uma, mas mesmo assim clico numa miniatura, uma que mostra duas morenas gostosas se pegando num sofá branco. Visto a bermuda e apoio uma mão na virilha enquanto me acomodo para aproveitar o vídeo.

E eu gosto. Fico duro de novo. Não tanto quanto da primeira, mas provavelmente só porque acabei de ter um orgasmo, não porque garotas não têm o mesmo efeito sobre mim. Elas têm. E muito. As curvas, as bocetas e os gemidos.

Não tenho dúvida de que curto mulheres.

Mas, aparentemente, também curto homens.

Maravilha. Meu pau é um cara complicado.

Quando ouço passos no corredor, fecho o laptop, quase prendendo meus dedos. Então o deixo de lado e levanto, jogando o lenço usado no lixo ao lado do armário.

Um segundo depois, ouço a chave na fechadura e Wes entra. Ele me vê de pé no meio do quarto, levanta a sobrancelha e pergunta: "Dormiu bem?".

Tenho o pressentimento de que ele sabe exatamente o que eu estava fazendo, mas dou de ombros. "O suficiente. E o almoço?"

"Nem comi. Fui dar uma volta."

"Tá com fome?" Pego minha camiseta do chão. "Porque eu tô."

Quando termino de vestir a camiseta, vejo Wes me encarando. "Tudo bem, Canning?"

"Claro." Vou até a porta e olho por cima do ombro. "Vamos?"

Ele franze as sobrancelhas, chamando minha atenção para o piercing do lado esquerdo. A vibe bad boy me deixa meio... com tesão.

"Wes?"

Ele se livra dos pensamentos em que estava metido. "Beleza. Vamos comer."

Saio do quarto sem ver se está me seguindo. Sei que está. Sinto seu olhar perplexo nas minhas costas.

Mas, depois da tarde que tive, tenho certeza de que sua perplexidade não chega nem perto da minha.

20

WES

Compramos burritos e comemos no lago. Depois, tomamos sorvete em um dos muitos estabelecimentos na Main Street. Aparentemente Jamie quer falar sobre trabalho. Então é o que fazemos.

"Muitos dos garotos não entendem o conceito de passar o disco no primeiro toque", ele diz. "Se eles pudessem se lembrar de apenas uma coisa, gostaria que fosse isso. Em um jogo de alto nível, você só tem uma chance. Se eles perderem tempo ajustando o disco, já era."

"Aham." Mas toda vez que ele diz "primeiro toque" minha mente se concentra em um tipo completamente diferente de toque. Jamie fala com as mãos, e eu estou vidrado em seus bíceps, nos pelos loiros do seu braço, que eu agora sei que são macios. Penso em tirar a camiseta dele e beijar seu peito, e meu pau começa a pesar.

Usar bermuda de nylon não foi uma boa decisão. E o tesão nem é meu único problema.

Ontem à noite, perguntei a Jamie se ele estava pirando. Mas o engraçado é que eu passei o dia inteiro fazendo exatamente isso.

O cara está fodendo com a minha cabeça. Primeiro age como se nada tivesse acontecido. Depois me dispensa para dar uma "dormida". Mas nem ferrando que era isso que ele estava fazendo. Quer dizer, não nasci ontem. Quando voltei para o quarto e encontrei Jamie de pé com cara de culpado, tudo ficou claro. O filho da puta estava batendo uma.

Eu teria ficado feliz em ajudar, mas aparentemente ele preferiu se virar sozinho a deixar que eu o tocasse de novo.

Só que... ele me secou. De novo, não nasci ontem. Vi o jeito como ele me olhou antes de sair.

Cara. Ainda bem que Jamie não é um guarda de trânsito, porque ele está mandando sinais confusos o bastante para causar um acidente feio.

Eu me esforço para parecer tranquilo, mas por dentro estou destruído. Porque preciso de mais, e não tenho ideia do que Jamie está pensando. Nenhuma ideia.

Acabo com o sorvete e tudo o que eu quero é levar o cara para o nosso quarto e fazer coisas muito sacanas com ele. Mas isso é uma possibilidade? Até agora sei de duas coisas. Primeiro, que Jamie Canning pode ter tesão por mim. Vi isso ontem à noite. Segundo, que ele não está horrorizado com o que fizemos.

Isso é impressionante, e sinto que devo me beliscar por essa única noite maravilhosa com o amor da minha vida. Mas não me garante porra nenhuma. Jamie não me deve nada. Ele pode se cansar dessa experiência. Provavelmente já cansou.

É assustador. Porque quero continuar. Cara, eu quero me acabar nele. Sou voraz quando se trata de Jamie Canning.

"Wes?"

"Oi?" Ah, merda. Estou encarando Jamie e não tenho ideia do que ele estava falando.

"Perguntei se você quer nadar. Ainda tá quente."

"Ah." Só quero ir para casa e ficar muito, muito pelado. "Não tô de sunga."

Os olhos dele se estreitam. "Quem é você?"

Certo. Quando você passa a vida inteira não dando a mínima para as roupas apropriadas, as pessoas notam. "Tá", digo. "Vamos nadar."

O celular de Jamie toca. "Ih. Espera dois minutos? Se eu não atender, vão continuar ligando." Ele clica na tela, mas segura o telefone longe do ouvido. "Oi, gente!"

Posso ouvir um coro de vozes. Estão ligando do Skype ou qualquer merda do tipo.

"Jamie!"

"Jamester!"

"Oi, querido!"

Tinha me esquecido disso. A família inteira dele almoça junta aos domingos, e pelo visto é um sacrilégio faltar. Por isso, quando o caçula estava no acampamento, sempre recebia essas ligações. E provavelmente quando estava na faculdade também.

"Você precisa cortar o cabelo", diz uma mulher.

"É", ele concorda, passando a mão pelos fios dourados. Invejo sua mão. "Quais as novidades na Califórnia?"

Fico ouvindo enquanto todo mundo tenta falar ao mesmo tempo. "Adivinha quem está prenha de novo", um homem diz.

"Não fala assim!"

Aparentemente a irmã de Jamie está grávida de novo. E um dos irmãos dele foi promovido. O outro terminou com a namorada.

"Sinto muito", Jamie diz.

"A gente não", a irmã grita.

"Vai se foder!"

"Não fala assim!"

Não é preciso dizer que as ligações da família de Jamie não têm nada a ver com as da minha.

"Então, filho", ouço uma voz mais velha dizer. O pai de Jamie consegue exigir respeito sem parecer um babaca. Meu pai podia aprender alguma coisa com ele. "Como foi a semana?"

Dou uma risadinha, e Jamie olha para mim antes de voltar depressa para a tela. "Normal", ele diz, me dando um chute por baixo da mesa. "Passei bastante tempo no gelo. Fiz uma trilha."

Chupei meu amigo gay.

Ele mantém os olhos firmes na tela, então não sei dizer se está constrangido ou não.

"Legal", o pai diz. "A mamãe está ocupada na cozinha, mas pediu pra dizer pra você vir pra casa antes de Detroit."

"Vou tentar", ele promete. "Depende de Pat conseguir alguém pra me substituir."

"Ela também disse pra não esquecer as fibras e só comer alimentos orgânicos."

Uma explosão de risadas sai do celular depois disso.

Jamie sorri. "Pode deixar."

"Se comporta, Jamie!"

"Te amo!"

"Não esquece a saqueira!"

Mais risadas. Mais gracejos.

Então ele encerra a ligação, colocando o celular no bolso da camiseta e balançando a cabeça. "Foi mal."

"Tranquilo. Ainda quer nadar?" *Diz que não.*

"Claro. Vamos lá."

A praia fica na parte sul do lago, próxima ao dormitório. Nada é muito longe em Lake Placid. Como a cidade costumava ser um resort de verão para os ricos antes de ter um centro de esportes de inverno, passamos por todo tipo de prédios antigos na curta caminhada.

Jamie tira os chinelos e a camiseta. Ele vai até a água, e a bermuda começa a grudar no corpo antes que esteja submerso.

Eu o sigo, claro. Ele poderia me guiar a qualquer parte nesse momento que eu não reclamaria.

A sensação da água fria é ótima. Quando chega às minhas coxas, eu mergulho, perseguindo Jamie. Tem um bote inflável a quase cem metros de nós, e nadamos até lá.

Jamie está sorrindo quando volto à tona. Jogo água nele, então afundo de novo, para que não possa revidar. Passando por ele, vou até o canto oposto do bote.

Quando subo para respirar, uma mão grande me afunda de novo. Então é claro que estou tossindo quando ressurjo um segundo depois. "Babaca", solto, mesmo que tenhamos passado a maior parte dos nossos verões tentando afogar um ao outro todas as tardes depois do treino.

Jamie está com o cotovelo no bote, o que me impede de tentar afogá-lo. Espertinho. Faço o mesmo, ficando ao lado dele.

Nossos ombros se tocam. Tudo o que Jamie tem que fazer é virar o rosto para que sua boca fique a centímetros da minha. E então tudo o que terei que fazer será me inclinar para que sua boca esteja *na* minha.

Mas ele não vira. Só fica olhando para a frente.

Porra. Não aguento mais. Preciso saber em que pé estamos. Porque a ideia de passar mais um minuto tentando adivinhar o que o cara quer de mim é uma tortura.

Debaixo d'água, toco sua barriga com a ponta dos dedos.

Jamie arregala os olhos. Mas não diz nada. Eu me aproximo um pouco. Então apoio a mão na sua pele molhada e fria, meu dedinho puxando o elástico da sua bermuda. Acho que ninguém consegue ver o que estou fazendo. Mas Jamie olha em volta. Está preocupado.

Porra, não quero assustar o cara. "Quer ir embora?", pergunto. É um código para: *A gente vai se pegar de novo?* Se não formos, só quero que ele me diga. Acabe com o sofrimento.

Ele lambe os lábios. "Tá", ele diz. Então tira a minha mão. "Mas para com isso, ou não vou poder sair da água."

Obedeço imediatamente.

Cinco minutos depois estamos entrando no dormitório, pingando no piso antigo. Mas isso é normal por aqui no verão. O lugar está silencioso, o que significa que a garotada está jantando.

Sem dizer nada, entramos no quarto e fechamos a porta. A primeira coisa que eu faço é tirar a bermuda e a cueca, que fazem um barulho molhado ao cair no chão. Jamie me segue. Então ficamos os dois lá, pelados, nos encarando. Seus olhos parecem assustados, e meu coração palpita com medo de que diga: *Eu não posso fazer isso de novo.*

"Não podemos fazer barulho", é o que diz.

Meu sorriso é do tamanho do lago. "Morda o travesseiro quando tiver vontade de gritar."

Sua respiração vacila quando me aproximo, e eu paro instantaneamente.

"Tem certeza de que quer fazer isso?" Mordo minha bochecha. "Você parece estar mudando de opinião o dia inteiro."

Ele assente. "Precisava entender algumas coisas antes."

"E entendeu?" Olho para seu pau duro, que parece entender tudo com perfeição.

Sua boca se contorce. "Meu pau e eu chegamos a uma conclusão."

"Ah, é? Que conclusão?", pergunto, curioso.

Ele dá de ombros. "Nós dois gostamos de você."

Isso aí, porra.

Percorro a distância entre nós. Já estou duro, o que não é surpresa, porque fiquei pensando nisso o dia inteiro. Minhas mãos tocam sua pele, ainda fria por causa da água. Passo a ponta dos dedos em seus mamilos, e eles endurecem na hora. Sua orelha está ao lado da minha boca, então enfio a língua nela, fazendo Jamie arfar.

"Vai pra cama", sussurro.

Dois segundos depois, ele está lá. E eu o cubro com um lençol, enfiando minha língua em sua boca. Jamie geme, mas estou muito ocupado sentindo seu gosto para ligar. Tenho seu cabelo entre meus dedos e seu corpo quente e duro sob o meu. É tudo o que eu sempre quis.

Ele também está curtindo. Mexe os quadris embaixo de mim, seu pau batendo e esfregando no meu. É intenso. Minhas bolas já estão cheias. Me esfregar nele é incrível, e adoro como sua boca doce é prisioneira da minha. Mas ainda não quero gozar.

Então eu me forço a recuar. Quando vejo Jamie, seus olhos estão tomados pelo desejo e seus lábios estão inchados e vermelhos. Faço um sinal pedindo um tempo. Ele joga a cabeça no travesseiro e suspira, e tenho que me inclinar para beijar sua garganta exposta.

Eu te amo. As palavras estão sempre aqui, na ponta da minha língua safada. Eu as engulo como se precisasse dizer algo mais prático no lugar.

"Você conhece sua próstata?"

Ele balança a cabeça negativamente.

"Confia em mim?"

Jamie assente de imediato, e sinto um aperto no coração. Devo estar louco de pressionar o cara assim, mas as coisas que eu desejo estão em guerra com a razão. Então levanto da cama e reviro a mala em busca do lubrificante que tenho guardado.

Seus olhos se fixam no tubo quando sento na cama. Provavelmente está prestes a dizer: *Peraí, isso é gay demais pra mim.* Então eu me inclino e ponho a cabeça do seu pau na minha boca.

"Porra", ele engasga, arqueando as costas.

De novo, a certeza de que sou o babaca mais manipulador do mundo me atinge. Mas estou tentando deixar o cara louco, e espero que isso me justifique. Eu o torturo com a língua até que ele esteja praticamente levitando.

"Levanta essa perna", eu sussurro.

Inebriado por tanta provocação, Jamie levanta a perna sem reclamar, e eu o posiciono para conseguir alcançar seu cu. Passo um pouco de lubrificante nos dedos de uma mão. Então abaixo a cabeça e ponho o pau na boca. Quando começo a chupar, ele arqueja. Mas quando escorrego o dedo entre suas nádegas, Jamie fica quieto.

Por um momento, não sei o que está pensando. Solto o pau e beijo a ponta. "Tudo bem?"

"Sim." Ele respira devagar. "É um pouco estranho", ele diz, enquanto brinco com os dedos.

"Aguenta mais um pouco?" Se ele disser que não, eu paro.

"Tudo bem."

Passo um pouco mais de lubrificante e o penetro com a ponta do dedo. "Relaxa pra mim, lindo."

Ele tenta. Então eu o recompenso com alguns beijos onde sei que ele vai gostar. "Hum", ele diz. "*Disso* eu gosto."

Dou mais alguns. Agora que o estranhamento passou, ele não está mais no limite. Eu me inclino, chupando, lambendo e dando tudo de mim. Ao mesmo tempo, vou enfiando aos poucos o dedo até chegar à próstata.

Quando finalmente consigo, tudo muda.

"Eitaporraeitaporra", Jamie sussurra, com os músculos das coxas tremendo.

Esfrego a próstata de novo ao mesmo tempo que chupo seu pau.

Ele geme, e eu estico a mão livre para cobrir sua boca. "Shhh", eu o lembro. "Senão vou ter que parar."

Ele tira minha mão da sua boca. "É... Você... Meu pé tá formigando."

É um bom sinal.

Sorrindo, volto ao trabalho, meus dedos escorregando para dentro dele no mesmo ritmo dos chupões demorados e preguiçosos da minha boca. Jamie começa a levantar os quadris, se enfiando na minha boca. Mas não é só o pau que ele enfia. É o cu também. Ele está se projetando, querendo mais. Minha nossa. Ele está tentando foder meu dedo.

"Tá tudo bem?", eu murmuro.

"Mais que bem." Sua voz é um sussurro engasgado.

Seus olhos estão fechados. Suas bochechas estão vermelhas e suas sobrancelhas estão unidas como se sentisse dor. Mas sei que isso é a última coisa que está sentindo agora. Seu pau cresce na minha boca, e eu gemo quando seu cu desce no meu dedo.

"Wes..." Ele sussurra meu nome, as coxas tremendo conforme levanta os quadris de novo. "Você tá me deixando louco."

É isso que eu gosto de ouvir. O tesão dele nos envolve como uma névoa densa, pulsando no ar, no meu pau. Toco sua próstata de novo, e ele xinga, o que eu amo. "Já disseram que você é um safado?"

Um olho se abre. "O tempo todo", ele murmura, e eu sinto ciúme, imaginando que garota de sorte o ajudou a descobrir isso. Jamie geme de novo. "Continua fazendo isso. Por favor... não para..."

O cara ainda acha que parar é uma possibilidade para mim? É claro que eu pararia se ele pedisse, mas enquanto estiver suplicando pela minha boca e pelo meu dedo... Nada além da morte vai me impedir de dar isso para ele. Vou dar tudo de mim, servir como se fosse um banquete.

Jamie Canning não tem ideia do tipo de poder que exerce sobre mim.

21

JAMIE

Achei que eu tinha aprendido sexo como aprendi matemática. Quer dizer, não é difícil. Beijos, preliminares, penetração. Já tentei quase toda posição sexual que o homem conhece, até as mais loucas que você vê nos pornôs, em que a garota se contorce tipo em *O exorcista* enquanto eu meto nela.

Mas minha bunda nunca foi parte do negócio.

E, agora, ela *é* o negócio. Porque, mesmo com a boca de Wes chupando meu pau como se estivesse tentando me engolir inteiro, o tesão vem mesmo é da pressão no meu cu. É uma pressão boa. Uma leve queimação que se transforma em uma onda louca de prazer toda vez que ele acerta determinado ponto dentro de mim.

Wes está me destruindo. Está dando vida a terminações nervosas que eu nem sabia que existiam. Não tem nada de familiar. É novo. E experimentar isso é um milhão de vezes mais excitante que ver acontecer com outro cara em um vídeo pornô.

"Delícia", deixo escapar. "Não para... lindo." Ele me chamou assim antes, e eu testo agora. É esquisito ao sair da minha boca. Tão esquisito quanto as novas sensações percorrendo meu corpo e o fazendo formigar.

Não tinha certeza de que ia gostar, mas gosto. Cara, e como. Quando seu piercing na língua passa pelo meu pau, eu tremo, assim como minha respiração. Seu dedo está enfiado em mim, e eu me pergunto como seria se Wes colocasse mais um. Ou se não fosse o dedo.

De repente estou pensando no vídeo que vi à tarde, nos gemidos roucos do cara que estava dando, e a memória me faz ficar ainda mais perto de Wes.

Ele levanta a cabeça de repente, seus dedos relaxando, mas ainda lá.

Fico inquieto ao encontrar seus olhos. O desejo os escureceu um pouco, e eu vejo que engole em seco.

"Por que parou?" Engulo em seco também. "Você vai... me comer?"

A pergunta dispara uma onda de pânico. Apesar de ter sido excitante na tela, não acho que já esteja pronto para isso. Nem sei se em algum momento vou estar...

"Não." A resposta rápida me tranquiliza, e seu olhar se ameniza quando ele vê meu rosto. "A não ser que você queira."

"Eu..." Mordo o lábio. "Não sei. Talvez outra hora." *Talvez outra hora?* Cara, quando eu fico gay, eu fico *muito* gay.

Os lábios de Wes se curvam. "Vou anotar na agenda."

Seguro a risada. "Então por que parou?"

"Só queria fazer *isso*", ele diz, e então seus dedos desaparecem conforme ele escorrega e cola sua boca na minha.

O beijo vai de doce a ardente em questão de segundos. Sua língua preenche minha boca em estocadas profundas e vorazes, que me deixam sem ar. Quero mais, estou desesperado, mas ele vai embora antes que eu possa piscar, voltando para minha virilha.

Desta vez, quando seus dedos passam pelo músculo, gosto de sentir o ardor. Eu o desejo. Wes traça uma linha com a língua da cabeça do meu pau até minhas bolas, me provocando na delicada região enquanto seu dedo continua brincando comigo. Quando tento empurrar minha bunda contra ele, Wes o puxa, dando uma leve risadinha pro meu pau.

Cara. Não aguento mais. Preciso gozar antes que exploda.

"Para de brincar", eu resmungo. "Me dá o que eu quero."

Sua língua continua me provocando. "É? E o que você quer?"

"Que você me chupe até o fim."

Ele enfia o dedo ainda mais, esfregando o ponto que me faz ver estrelas. A próstata. Por que ninguém nunca me disse que a próstata era uma zona erógena mágica? Tem unicórnios e fadas do orgasmo dançando em volta dela?

"Pede com educação que talvez eu obedeça." Ele sorri para mim.

Aperto os olhos para ele. "Me faz gozar, seu cretino."

Sua risada faz meu coração disparar. O que é o mais confuso de tudo, porque acrescenta um elemento inesperado ao sexo. Fico confortável com ele. Nos divertimos juntos. Não preciso impressionar. É... fácil. Como dar um mergulho no lago. Mas com orgasmos.

"Você é muito mandão, Canning." Seus lábios fazem cócegas na ponta do meu pau. "Amo isso."

E eu amo o que ele está fazendo comigo. O boquete, o dedo enfiado em mim. Não demora muito para eu ficar a ponto de bala. Sinto o nó de prazer ficar cada vez mais apertado até que eu agarro os cabelos de Wes e me afundo em seu dedo enquanto o orgasmo percorre meu corpo. E então explode.

Wes engole tudo como se estivesse sedento, fazendo barulho, e eu tenho que puxar seu cabelo para pará-lo quando meu pau não aguenta mais.

Fico lá deitado, ofegando. Quando minha respiração está quase normal, Wes monta nas minhas coxas, com o pau duro nas duas mãos. Ele bate uma lentamente. Olho para seu pau, grande e orgulhoso, a cabeça inchada fazendo minha boca salivar. É a mesma coisa que acontece quando as garotas abrem as pernas para mim, oferecendo aquele doce paraíso para a minha boca ou para o meu pau. Nunca achei que um cara pudesse ter o mesmo efeito, e queria mesmo saber o que isso significa.

Mas acho que agora não é hora de ficar pensando nisso.

"Me dá", digo bruscamente, me inclinando na direção de seu pau.

Suas sobrancelhas se erguem, e a luz reflete no piercing. "Quer retribuir o favor?"

Quando assinto, ele se aproxima e senta sobre os meus ombros, então pega um segundo travesseiro e coloca sob minha cabeça. Ela fica na altura exata do pau dele. Engulo em seco, então passo a língua na cabeça.

"Já estou quase lá", ele admite.

"É?" Levanto os olhos, mas mantenho a boca nele, passando os dentes de leve.

Um gemido leve escapa dos seus lábios.

Eu o solto com uma risadinha. "Não conversamos sobre duração ontem à noite?"

"Isso foi antes de eu passar vinte minutos com o dedo no seu cu."

Tremo com a lembrança. Cara, estou ficando duro de novo. Com ele, é como se eu sempre quisesse mais.

"Te deixei excitado, hein?", falo devagar.

"Demais." Ele empurra o pau para a frente, e eu abro a boca, deixando que entre.

Estico os braços para pegar sua bunda. Aperto e ele geme de novo, enfiando um pouco mais. Com as mãos ocupadas, é difícil controlar quanto dele eu engulo, mas Wes não se aproveita disso. Não enfia demais e nem força nada do tipo garganta profunda. Parece prever meus limites, do mesmo jeito que prevê movimentos no gelo — quando passar o disco, quando ficar com ele até que surja a abertura perfeita para que ele possa atirar e marcar.

Ele fode a minha boca em estocadas rápidas e rasas no mesmo ritmo da sua respiração. Sinto o líquido pré-ejaculatório saindo. Tem um sabor inebriante que me faz imaginar como vai ser quando inundar minha boca e descer pela minha garganta. Nunca achei que estaria pensando numa coisa dessas. Ou que estaria agarrando a bunda de outro homem, tentando fazer com que chegasse ao orgasmo chupando seu pau.

"Vou gozar", ele avisa.

Dessa vez, fico com ele na boca até o fim. O primeiro jato quente atinge minha língua, mas o segundo vai direto para o fundo da garganta, acionando meus reflexos. Respiro pelo nariz e engulo, com o coração batendo forte enquanto meu melhor amigo arfa durante o orgasmo.

Não é... ruim. O gosto de Wes é estranhamente atraente.

Dou uma lambida antes de deixar que ele tire o pau. Wes deita ao meu lado, descansando a cabeça no meu ombro. Soltamos suspiros satisfeitos, então rimos.

Ficamos em um silêncio confortável. Os dois relaxados. Minha mente vagueia numa névoa pós-sexo, sem pensamentos relevantes.

"Acho que é melhor a gente ir para o refeitório antes que o jantar acabe", Wes diz. "Não quero perder o show."

Certo. A música. Alguém — bom, Wes — decidiu que os treinadores iam apresentar um pouco da boa e velha Britney Spears para os garotos. Pat tinha reclamado e tentado se esquivar, dizendo que não sabia nenhuma música dela. Mas é claro que Wes pegou o celular na hora e mandou toda a lista de letras da Britney por e-mail para os caras. Meu melhor amigo sabe o que faz.

Só que estou relaxado demais para me mexer. "Só cinco minutos", digo, passando o braço em seus ombros para evitar que levante.

Sua bochecha faz cócegas no meu peitoral esquerdo. "Então você gosta de ficar abraçadinho, é?"

Eu gosto. Muito. Só nunca pensei que faria isso com outro cara.

"Vi pornô à tarde", soltei.

Ele dá risada. "É, imaginei. Você estava com aquela cara culpada de quem tinha acabado de bater uma quando eu entrei."

Faço uma pausa. "Pornô *gay*."

Ele levanta a cabeça para olhar pra mim, seus olhos cinza parecendo divertidos. "Ah. Saquei. E gostou?"

Outra pausa. Solto o ar. "Gostei."

Wes abaixa a cabeça de novo, passando a mão na minha barriga. "Ficou meio assustado, né?"

"Bom..." Não é fácil explicar. "Tô meio assustado quanto ao fato de não estar muito assustado. Se é que faz sentido."

Ficamos em silêncio de novo. Sei que está absorvendo o que acabei de dizer.

"Posso fazer uma pergunta?", murmuro.

"Manda." Seu hálito faz cócegas no meu mamilo, que imediatamente endurece.

"Você já..." Não sei como falar. "Foi passivo? Posso falar assim?"

Seus ombros tremem como se estivesse segurando a risada. "Claro. 'Deu a bunda' também funciona. Ou 'foi comido'."

"Tá. Mas e aí?"

Ele se mexe um pouco. "Já. Uma vez."

"Só uma vez?" Mas na verdade não fico muito surpreso. Wes tem "Ativo" escrito na cara. "E gostou?"

Ele pensa a respeito. "No começo, não. Nem no fim, na real. Mas no meio foi bem bom."

Uma resposta típica dele. Começo a rir, passando a mão no seu braço antes de dar um beliscão no seu bíceps. "E... o que aconteceu no começo e no fim?"

"No começo, doeu." Seu tom é de arrependimento. "Provavelmente porque éramos dois idiotas de dezoito anos que não tinham lubrificante."

Dezoito. Por algum motivo, isso me arrepia. Fico pensando se foi antes ou depois da nossa última noite no acampamento. Se foi antes, tudo bem. Mas depois... Não sei por que, mas a ideia de Wes me cortando da sua vida e depois indo perder a virgindade com algum outro cara me deixa irritado.

"Cuspe só ajuda até certo ponto", ele diz, ignorando meus pensamentos. "Então levou um tempo pra ele... bom."

Tento parecer casual. "Mas aí ficou bom?"

Wes faz uma pausa. Ele assente, batendo o queixo no meu ombro. "É, ficou bom."

Sinto uma onda de calor percorrer minha coluna. Fico surpreso ao perceber que é ciúme.

"E no fim?", pergunto, esperando que ouvir que o sexo voltou a ser uma merda vá aliviar o aperto no meu peito.

Wes suspirou. "Não era alguém que eu quisesse ver de novo. Foi meio degradante pra mim. Acabou com toda a experiência."

Passo a mão na cabeça dele. Sei que Wes se sente desconfortável em comentar isso comigo, mas fico feliz que o tenha feito. É raro ele abandonar a atitude "foda-se o mundo" e se mostrar vulnerável.

"E foi isso? Você nunca mais deixou outro cara... hã... afogar o ganso aí depois disso?"

Ele deixa uma risada escapar. "Não. Decidi que ia deixar essa parte pra mim."

Dou risada também, passando a mão no seu cabelo. É macio ao toque, em contraste com a barba por fazer arranhando meu ombro.

"Mas..." Ele pigarreia. "Eu deixaria você."

Minha mão congela no cabelo dele. "Sério?"

Wes assente. "Você pode fazer qualquer coisa comigo, Canning."

Quando a voz dele falha, sinto o mesmo acontecer dentro de mim. Não tenho a menor ideia do que está acontecendo aqui ou do que somos um para o outro.

Amigos. Somos amigos. Só que isso não parece nos definir bem.

Paus amigos? Também não.

Acho que fico em silêncio por muito tempo, porque de repente Wes senta e o calor de seu corpo me abandona. "Vamos", ele diz, brusco. "Estamos atrasados."

22

WES

Nossa programação volta ao normal na manhã seguinte, e eu entro no gelo pronto para treinar os garotos até cansarem. A primeira semana foi difícil, porque me deixei afetar pela cabeça quente deles e pela incapacidade de seguirem minhas instruções, mas agora estou determinado a seguir os conselhos de Jamie e ser paciente.

Não me entenda mal, consigo ter paciência — quando estou jogando. Mas vendo outros caras jogar? Vendo os erros que cometem e depois repetem em vez de ouvir meus conselhos e corrigir? É enlouquecedor.

Hoje os garotos estão ouvindo mais. Estou repassando algumas técnicas básicas de passe com os atacantes, trocando as posições de tempos em tempos para que todos tenham noção do estilo e da técnica dos outros. Tudo dá certo na maior parte do treino, mas um garoto — Davies — monopoliza o disco independentemente da posição em que está jogando.

Sopro o apito, tentado a arrancar os cabelos. Davies acabou de ignorar minhas instruções *de novo*, dando um tiro fraco na direção de Killfeather em vez de passar para Shen, como deveria fazer.

Eu o chamo e ele patina até mim, carrancudo e com o rosto vermelho.

De canto de olho, vejo Jamie nos olhando com atenção, como se estivesse avaliando minhas habilidades como treinador. Pat faz o mesmo, do banco, mas fico feliz de ver que finalmente parou de franzir o cenho para mim. Ontem à noite, Canning e eu aparecemos tarde demais para a apresentação, mas, por sorte, Georgie filmou tudo com seu iPhone. E, pode acreditar, nunca vou me esquecer de ter visto Pat e os quatro treinadores cantando a versão mais desafinada de "Oops!... I Did It Again" do mundo.

Acho que Pat não vai esquecer também. Nem vai deixar de me odiar por ter escolhido o prêmio do vencedor do jogo de futebol.

Voltando a Davies, cruzo os braços na frente do meu moletom da Northern Mass e pergunto: "O que estamos treinando?".

"Quê?"

"Passe", explico.

Ele assente. "Tá."

"O que significa que você precisa *passar* o disco."

"Mas no último treino você fez todo aquele discurso sobre não hesitar. Disse que, se uma chance aparece, a gente tem que aproveitar." Ele levanta o queixo, na defensiva. "Uma chance apareceu."

Finjo surpresa. "Espera... O disco passou pelo Killfeather? Acho que perdi o gol."

Ele parece envergonhado. "Não, eu errei, mas..."

"Mas você *queria* marcar. Entendi." Abro um sorriso simpático. "Olha, eu tô com você, garoto. Não tem sensação melhor no mundo que a de marcar um gol. Mas vou te perguntar uma coisa: quantos atacantes costumam estar no gelo?"

"Três..."

"Três", confirmo. "Você não tá jogando sozinho. Tem seus companheiros de time, e eles não estão lá pra patinar bonito."

Ele abre um sorriso.

"Shen tinha uma chance. Se você tivesse passado, ele teria dado um tiro no alto do canto esquerdo. E você teria conseguido uma assistência pras suas estatísticas. Fazendo o que fez, você não conseguiu nada."

Davies assente devagar, e sinto o orgulho crescer dentro de mim. Cacete, ele está me entendendo. Posso ver que está absorvendo as palavras — *minhas* palavras —, e de repente vejo porque Canning curte tanto essa parada de treinador. É... recompensador.

"Você precisa confiar nos seus colegas", digo.

Mas, por alguma razão, isso faz com que o sorriso suma de seu rosto e uma expressão sombria assuma seu lugar.

"O que foi?", pergunto.

Ele murmura alguma coisa que não consigo entender.

"Não ouvi."

Ele olha para mim. "Fica meio difícil confiar neles quando sei que só estão esperando que eu fracasse."

"Isso não é verdade." Só que, enquanto digo isso, sei que em algum nível ele está certo. Alguns jogadores tendem a ser competitivos, cuidando apenas de si mesmos. De repente entendo por que Davies está sempre tentando se destacar — porque acha que é o que todo mundo está fazendo.

"É verdade, sim." Seu olhar vai para o gol, onde Jamie está falando com Killfeather. "Principalmente Mark. Ele ama me fod... me ferrar", Davies corrige. "E no jantar, na hora de dormir ou no café do dia seguinte ele fica listando todos os meus erros. Adora mexer com a minha cabeça."

Solto um suspiro. "Vocês estão no mesmo quarto, né?"

"Infelizmente", ele sussurra.

"Vocês fazem alguma coisa juntos além de treinar? Falam sobre outras coisas além de hóquei?"

"Não", ele diz, dando de ombros. "Quer dizer, ele fala sobre o pai às vezes. Acho que não se dão bem. Mas é meio que isso."

"Quer um conselho?"

Sua expressão é honesta quando ele assente de novo.

"Tente conhecer o cara melhor. Faça com que confie em você fora do gelo." Viro a cabeça para o gol. "No primeiro dia em que enfrentei Jamie — quer dizer, o treinador Canning —, fui um total idiota. Metido, prepotente. Eu o provoquei antes de cada tiro, fiz uma dancinha a cada gol. Sério, ele queria me matar quando o treino acabou. Falou pro treinador Pat que me odiava e sugeriu que me mandassem de volta pro planeta de cretinos do qual eu tinha vindo."

Davies ri. "Mas vocês são amigos agora."

"Pois é. E também éramos colegas de quarto naquela época. Voltamos pro quarto depois do primeiro treino e ele só ficou me encarando, durante uma hora."

"O que você fez?", Davies perguntou, curioso.

"Sugeri que a gente jogasse Eu Nunca. Demorei um pouco pra convencer o cara, porque ele estava mesmo irritado comigo. Mas acabei conseguindo."

Sorrio com a lembrança. Tomamos umas latas de Red Bull que eu tinha roubado de um dos treinadores e nos conhecemos melhor dizendo as coisas mais ridículas. *Nunca fiz xixi nas calças num jogo dos Bruins. Nunca mostrei a bunda para um ônibus cheio de freiras durante uma excursão da escola para uma fábrica de chicletes.* Fui eu que disse ambas, claro.

Jamie foi mais sério. *Não sou filho único. Não quero ser profissional.* É, ele ainda não tinha entendido a parte do "nunca", mas não importava. Meu eu de treze anos estava se divertindo com todo o açúcar e a cafeína. Ficamos acordados até as quatro da manhã e mal conseguimos levantar no dia seguinte.

"Depois disso, nos tornamos inseparáveis", digo, rindo.

Davies morde o lábio. "Mas o treinador Canning é legal. Mark é... um babaca."

Seguro a risada. "Nunca se sabe, talvez ele seja o cara mais legal que você já conheceu."

"Não sei..."

Dou um tapinha no ombro dele. "Dá uma chance pro cara. Ou não. Você é quem sabe." Então volto ao modo treinador Wesley e sopro o apito tão alto que Davies pula. "Agora vai lá e passa o disco, garoto. Se for fominha de novo, vai ficar no banco o resto do treino."

A semana passa rápido.

Quando Jamie e eu éramos adolescentes, tudo parecia demorar uma eternidade. O verão levava uma vida inteira. Mas agora já se passaram duas semanas das seis em que vou trabalhar em Lake Placid, e não tenho ideia de onde o tempo foi parar.

Depois de jantar com os garotos na sexta, Jamie e eu temos que cuidar do dormitório. Isso só significa que temos que contar cabeças e gritar "Apaguem as luzes!" quando der dez horas, e depois gritar de novo se não obedecerem.

Às onze, tudo está quieto. Jamie está deitado de bruços na cama mandando mensagens. Não gosto disso. Nem um pouco. Então subo nele, montando em cima de sua bunda, com o peito em seus ombros. "Oi."

"Oi", ele diz, sem me olhar.

Mergulho o nariz em seu cabelo e respiro fundo. Tem cheiro de verão, e nunca me canso disso.

"Cara, você tá cheirando meu cabelo?"

"Só queria saber se você estava prestando atenção."

"Sei", ele diz, e continua mexendo no celular.

Eu me acomodo e meu pau desperta ao perceber que está perto da bunda de Jamie. Engraçado ele achar estranho que eu cheire seu cabelo, mas não ligar nem um pouco de ser encoxado.

As coisas mudam.

Fazemos a festa toda noite, como se estivéssemos no cio. Parece um sonho. Uma corrida de revezamento de boquetes. E estamos ficando cada vez melhores em passar o *bastão*.

Mas minha parte preferida são os beijos em meio à pegação. Fazer isso com Jamie Canning é muito diferente. Fico sedento, porque sei, lá no fundo, que não vai durar. O verão acaba em quatro semanas, e o interesse dele em mim pode ser ainda mais curto. É melhor aproveitar enquanto posso.

Estou sendo cem por cento honesto quando digo que nunca fui mais feliz. Mas é claro que não posso falar isso em voz alta.

O problema é: fica cada dia mais difícil manter a minha característica atitude "foda-se". Não vou olhar por cima do ombro dele e ler a mensagem. Seria muita cretinice, certo?

Então eu olho. E está escrito HOLLY.

No mesmo instante, sinto o ciúme vir num tsunami. "Quer ir ao cinema?" Só que eu não quero ver um filme, e as sessões provavelmente já começaram. "O que tá passando?", eu pergunto. Como se fizesse diferença. Prefiro tirar a roupa e começar a pegação.

"Uma comédia romântica e um filme de criança", ele diz. "Já dei uma olhada."

"Saco. Que tal boquete?"

Ele ri. Mas continua segurando a porra do telefone. Não vou falar mais nada.

Até parece.

"O que você tá fazendo?"

"Falando com a Holly."

Não posso evitar. Até o som do seu nome saindo dos lábios dele me deixa tenso. Da primeira e última vez que vi a garota, ela estava com o cabelo todo bagunçado e um sorriso sonhador no rosto. Fico incomodado com o fato de que Jamie era o responsável por ambos.

"O que ela quer?" Tento parecer casual.

Mas fracasso, porque ele vira a cabeça e me encara. "É o seu jeito de perguntar se a gente tá falando putaria?"

Dou de ombros.

Jamie volta a escrever. "Não. Não fazemos mais isso, aliás. E hoje ela tá cuidando dos priminhos em Cape Cod. Eles estão vendo o mesmo filme pela milésima vez, e Holly tá prestes a dar no pé e entrar para o circo." Ele vira para sorrir para mim. "Eu sugeri que engolisse fogo, mas ela acha que o trapézio deve ser mais legal." Ele para de falar, com as sobrancelhas castanhas acusando certa surpresa. Acho que está perto de fazer um comentário sobre meu péssimo comportamento.

Mas Jamie não faz isso. Filho da puta. Sempre tranquilo. Às vezes sinto que daria um membro para ser mais como ele. Mas não uma perna, porque ficaria difícil patinar. E não um braço... Nossa, estou viajando hoje.

Preciso ou não preciso de uma chupada?

Jamie olha para a tela e ri. Quero pegar o celular e atirar na parede. A única coisa me segurando é o fato de que Cape Cod fica a umas cinco horas daqui. Talvez seis.

Então começo a beijar seu pescoço. Holly não pode fazer isso agora.

Depois de um tempo, funciona. Ele deixa o celular de lado e solta a cabeça no travesseiro. "Tá gostoso com você aí em cima."

"É?" Empurro meus quadris para baixo e sinto que Jamie empurra os dele para cima.

Enfio a mão embaixo da camiseta dele, fazendo carinho. Então a tiro e beijo suas costas. Ele se estica sob o toque, seu corpo relaxando preguiçosamente na cama.

"Quero você", sussurro. Ultimamente, essas palavras têm me definido.

"É só pegar", ele diz.

Meu coração acelera no peito e meu pau fica duro como uma barra de ferro. Será que ele quer dizer isso mesmo? Não falamos mais sobre penetração. Quero muito, mas só vou seguir em frente se ele quiser também.

Só tem um jeito de descobrir.

Subo em cima dele e abaixo sua bermuda. E a cueca. A bunda é perfeita — forte e redonda, com uma marca de sol na linha da cintura. Beijo essa marca, porque preciso.

"Hum", ele concorda, com os olhos fechados. Observo enquanto afunda os quadris na cama. Como eu, Jamie tem duas velocidades: com tesão e com sono.

Arranco minha camiseta e minha bermuda. Quanto mais encosto na pele dele, mais feliz fico.

E então? O celular dele toca.

Juro por Deus que se for Holly...

Como estou deitado em cima dele, engulo a irritação e pergunto se ele quer que eu pegue.

"Dá uma olhada no número", ele diz, distraído. "Não deve ser nada."

Mas o celular de Jamie não costuma tocar a essa hora, então eu olho. Não é Holly. Na tela diz KILLFEATHER.

"Hum... É um garoto daqui."

Ele levanta a cabeça depressa. "Sério?"

Entrego o telefone e Jamie atende.

"Alô?" Ele franze a testa. "Onde você tá? Onde?" Outra pausa. "Já chego." Jamie desliga.

"O que aconteceu com seu goleiro?"

Jamie franze o cenho, e não consigo deixar de notar que até sua cara brava é atraente. "Era Shen, usando o celular do Killfeather. Aparentemente meu goleiro tá bêbado, assim como dois dos seus atacantes. Eles não estão muito longe, mas Killfeather não quer voltar, e eles não sabiam o que fazer."

Pego a camiseta. "Vamos lá. Onde eles estão?"

"Atrás do colégio."

"Criativos. Quando eu ficava bêbado, era no telhado do Hampton Inn."

Jamie ri, colocando a roupa no lugar. "Nem todo mundo pode ser Ryan Wesley. A força policial da cidade teria que ser dobrada."

Num acordo silencioso, saímos de fininho do dormitório. Se for necessário chamar reforço, tenho certeza de que Jamie vai fazer isso. Mas às vezes é melhor lidar com as coisas discretamente.

Saímos e vamos direto para a escola. Tem uma cerca em torno do lugar, mas ele aponta para uma abertura. Enquanto me contorço para passar por ela, Jamie apoia a mão quente nas minhas costas, e estremeço levemente.

Estou louco por ele. Espero que não dê para notar.

Encontramos os garotos sentados no cascalho embaixo de uma placa. Eles estão mal. Especialmente Killfeather.

Jamie abaixa para conversar. "O que aconteceu?"

"Estamos, tipo, bêbados", Davies explica. "E Killfeather não quer ir embora. Mas não podemos deixar o cara aqui."

"Sei." De alguma forma, Jamie consegue se manter sério. "Por que você não quer ir pro dormitório?", ele pergunta pro goleiro.

"Tô cansado de tudo", Killfeather solta, com a cabeça apoiada contra a parede. "Amanhã vamos ter que fazer tudo de novo."

"Sei", Jamie repete. "Quanto vocês beberam?"

Shen faz uma careta. "Seis cervejas."

Espera, o quê? "Cada um?", pergunto.

Killfeather balança a cabeça em negativa. "Não." Ele aponta para as seis longnecks. Vazias, claro.

"E o que mais?", pergunto.

Parecendo culpado, Davies tira uma garrafa de um litro de cerveja local das sombras. Jamie a pega e lê o rótulo. "Mais alguma coisa?"

Os três balançam a cabeça negativamente.

"Onde conseguiram isso?", Jamie pergunta.

"Pagamos um cara."

Jamie levanta o queixo para me olhar, e vejo que está se esforçando pra não rir. Era como conseguíamos cerveja naquela idade também. "Chega mais", ele diz, levantando e acenando para mim.

Vou com ele até a lateral do prédio. Estamos a poucos metros de distância, então Jamie fala no meu ouvido. "Sério? Eles ficaram bêbados só com isso?"

Quando viro para responder, meu peito bate em seu ombro. Deixo meus lábios tocarem seu maxilar antes de falar. "Eles têm tolerância zero e um metabolismo muito rápido. A gente não era assim também?"

Jamie ri e sinto cócegas na orelha. "Então nada de hospital."

"Não", digo depressa. "Ninguém nunca morreu depois de duas cervejas e meia. Vamos andar um pouco com eles até que melhorem e então podem voltar pra cama."

"Ótimo." Jamie volta para os garotos. "Muito bem, moças. Vamos fazer um acordo. Vocês três andam um pouco com a gente e depois voltamos pra casa sem que as autoridades fiquem sabendo."

"Tipo a polícia?", Shen pergunta.

"Não, tipo Pat", eu explico.

Shen se esforça para levantar. "Tudo bem. Vamos lá."

Davies o acompanha.

Mas Killfeather continua sem se mexer.

Jamie se inclina e oferece uma mão. "Vamos lá. Você tem treino de manhã."

"Não vou ser bom o bastante", Killfeather murmura.

"Você vai estar com um pouco de ressaca", Jamie admite. "Mas isso nunca matou ninguém."

Killfeather balança a cabeça com firmeza. "Não vou ser bom o bastante pro meu pai. Nunca. Nada é."

Ah. Eu mesmo poderia ter escrito aquele discurso. "Não jogue hóquei pro seu pai, cara. Jogue pra você." Estico a mão também. Ele a pega. Ajudo o garoto a levantar com alguma dificuldade. Ele tem que se apoiar na parede por um segundo, mas então fica de pé sozinho. "Sério. Ele que se foda. É a sua vida."

A cabeça de Killfeather pende um pouco, numa postura clássica de bêbado. "Ele precisa relaxar."

"Certas pessoas nunca relaxam", eu digo. A verdade dói, mas quanto antes o garoto entender isso melhor. "E você tem que viver sua vida, senão ele ganha. Seria um desperdício."

O jovem goleiro concorda mexendo o corpo inteiro, como um cavalo. Mas sei que está me ouvindo.

"Vamos então."

"Pra onde?", Davies pergunta.

"Vamos ter uma aulinha de história", Jamie responde. "Vocês escolheram beber a menos de cinquenta metros de um local importante." Ele guia os garotos ao longo da Bill Al Road, e eu me esforço para não rir. Eles o seguem em fila até chegarmos a um estacionamento empoeirado atrás do estádio olímpico. "Muito bem. Por que esse lugar é famoso?"

"Hum", Shen diz. "É a arena. Onde os Estados Unidos venceram a Rússia e ficaram com o ouro em 1980."

"Ah", diz Jamie, levantando o dedo. "Uma seleção de vinte universitários realmente venceu o impressionante time russo por quatro a três. Mas a medalha de ouro foi conquistada dois dias depois, contra a Suécia. O jogo foi quatro a dois. Mas não é por isso que estamos aqui."

"Não é?"

Jamie balança a cabeça. "Estão vendo aquele morro?" Ele aponta por cima do ombro, e todos nós olhamos.

"Estou vendo outro estacionamento", Killfeather murmura.

De punho fechado, Jamie dá um toque gentil em seu queixo. "Não é qualquer estacionamento e não é qualquer morro. Herb Brooks era o técnico da equipe americana. Por isso o prédio tem seu nome. Ele fez os jogadores vestirem todo o equipamento e subirem e descerem o morro."

"Parece legal." Davies suspira.

"Vamos descobrir." Jamie esfrega as mãos. "Quando eu contar até três, vamos todos correr até lá em cima. Juntos. Você também, Wesley."

"Não vou correr", Shen reclama. "Estou bêbado demais."

"Rá, devia ter pensado nisso antes", digo, pegando seu ombro. "Agora vamos!" Bato palmas.

"Um, dois, três!" Jamie dispara pelo cascalho. A grama começa ao pé do morro, e ele chega ali rapidamente.

Olho para trás para ter certeza de que os garotos o seguem. E eles fazem isso, em ritmo lento. Tudo bem, porque não queremos que ninguém se machuque. A lua está alta, então não está muito escuro, e o alto do morro é iluminado.

Em poucos minutos, estamos todos ofegando. A subida é difícil, e fico feliz de não estar com o equipamento de hóquei. Depois de um tempo, os garotos chegam ao topo, reclamando. Ficamos os cinco ofegando no estacionamento no alto, com as mãos nos quadris, querendo água.

"Não me sinto bem", Shen murmura.

"Se for vomitar, vai pro mato", digo rápido. O estacionamento é de um clube de golfe. Já basta invadir o lugar.

Ele sai de perto, chegando a um arbusto antes de ouvirmos os sons.

"Vamos descer devagar", Jamie diz, passando a mão no queixo. "E comprar água."

"E tomar remédio. Eu tenho analgésico no quarto."

"Claro que tem."

Preciso segurar um sorriso. Outra noite ridícula com Jamie em Lake Placid. Espero que as próximas semanas sejam mais calmas.

No caminho de volta, bato um papo com Davies. "Então... por que vocês fugiram pra beber? Poderiam ser expulsos do acampamento por isso."

Ele levanta o rosto. "Porque você mandou."

"Como assim?"

"Você disse que eu devia passar um tempo com os caras fora do gelo. Foi o que eu fiz."

Penso a respeito. "Tá. É meu trabalho dizer que você precisa obedecer às regras. Mas entendo o que quer dizer. E gostei que vocês ligaram pro treinador Canning quando Killfeather não quis voltar."

"Bom, a gente não podia deixar o cara aqui."

Ele recebe um tapinha amistoso nas costas por isso. "Muito bem. Agora não se meta mais em encrencas e mantenha isso em segredo, certo?"

"Certo."

Voltamos ao dormitório no ar fresco do verão, enquanto a lua se ergue sobre o lago. Mal posso esperar para chegar em casa.

23

WES

Quarenta minutos depois, o pau de Jamie está na minha boca enquanto toco sua próstata. Ele se contorce e suplica. "Quero mais", Jamie arfa. "Me come. Você sabe que quer."

Eu o solto com um ruído, e praticamente engulo minha língua. O jeito casual como ele me pediu aquilo me deixa confuso. "Não sei", gaguejo.

Ele abre um olho e foca em mim. "Às vezes parece que você tá com o braço todo lá dentro. Que diferença faz?"

Toda.

Não me entenda mal — preciso meter na bunda perfeita dele mais do que preciso respirar. Mas também tenho medo. Não é uma sensação familiar. Nunca me preocupei com as consequências das minhas ações. Se fizermos isso, não vou apenas estar comendo Jamie. Vai *significar* algo para mim. E provavelmente não vai significar nada de mais para ele.

Para Jamie, vai ser apenas mais uma experiência antes de seguir em frente e se acomodar com alguma garota.

Ele me observa, esperando minha decisão. Enquanto isso, se acaricia gentilmente, me encarando.

Cacete, vou fazer isso.

Vou comer o único cara que já amei.

Mal posso respirar enquanto pego o lubrificante. Percebo que preciso de uma camisinha, então saio da cama e vou até minha mala. Trouxe uma caixa para o acampamento, embora não saiba dizer exatamente o motivo. Quando aceitei o trabalho, foi só para passar algum tempo com Jamie, não para pegar todos os caras gays da cidade.

Não achei que fosse abrir essa caixa. Com Jamie. *Para* Jamie.

"Tem certeza?", pergunto, com a voz grossa.

Ele assente. Seus olhos castanhos queimam de vontade. Brilham com confiança. Memorizo a expressão, a maneira como ele fica ali, à minha disposição, grande, duro, exalando masculinidade.

Me demoro nele, sendo mais generoso do que o normal com o lubrificante. Porra, não quero machucar o cara, e com certeza não quero que odeie a experiência. Não posso evitar lembrar minha primeira vez, como eu me senti mal, sendo usado por um cara que pouco se importava se eu estava gostando ou não.

Quero que seja bom para Jamie.

"Um dedo não vai bastar dessa vez." Minha voz é tão grave que arranha minha garganta. "Você vai ter que se acostumar com mais antes que eu... é..."

A voz dele sai tão rouca quanto a minha. "Você vai parar se eu não gostar?"

Sinto um aperto no coração. "Claro." Eu me inclino e dou um beijo em sua boca, para deixá-lo seguro, e então dou uma piscadinha. "Diga *bolas* se quiser que eu pare."

Seu corpo se sacode com uma risada. "Ah, merda. Tinha me esquecido disso."

Dou risada também. Inventamos essa palavra de segurança ridícula quando tínhamos catorze anos. Não tenho certeza de quem foi... Bom, quem estou tentando enganar? Fui eu, óbvio. Mas usávamos durante a fase das lutinhas. Decidimos que MMA era a coisa mais legal do mundo e passávamos horas no ginásio treinando nossos "golpes". Só que na metade das vezes quando um queria desistir o outro nem percebia, então tivemos que inventar uma palavra de segurança.

Acho que nunca vou esquecer o dia em que Pat nos encontrou no ginásio — eu de bruços no chão com o joelho de Jamie na minha nuca gritando "bolas" sem parar.

"Tá pronto pra gozar mais do que já gozou em toda a vida?", pergunto solene, levantando um dos joelhos dele.

Jamie sorri. "Tem certeza de que encara toda essa pressão, cara?"

"Pressão nenhuma. É um fato. Cientificamente comprovado."

Ele dá uma risadinha, mas para quando a ponta do meu dedo circula seu cu. Sua bunda se contrai na hora. Não de medo, mas em antecipação. Vejo nos seus olhos um brilho bruto de calor, então ele levanta e se oferece para mim.

Minha nossa. Não vou sobreviver a isso.

Brinco e acaricio por um bom tempo antes de enfiar o dedo. Com a outra mão, pego seu pau. Sou egoísta, mas não quero que goze até que eu esteja enterrado dentro dele, então não o ponho na boca ou o masturbo tão forte quanto sei que quer. Batidas lentas e leves são tudo o que ele vai ter enquanto trabalho com meu dedo no buraco apertado.

Quando um segundo dedo entra na jogada, ele franze as sobrancelhas. Suor começa a escorrer de sua testa — e da minha também. É uma das coisas mais excitantes que já fiz. Requer toda a minha concentração. Acariciando, provocando, enfiando, preparando o cara para mim.

Com o terceiro dedo, ele geme alto o bastante para despertar os mortos, e eu solto seu pau para tapar sua boca. "Quieto, lindo."

"Wes..." Ele se contorce agora, empurrando a bunda contra meus dedos. Toda vez que toco sua próstata, ele arfa. "Preciso de mais."

Jamie é lindo. Pra cacete. Estou tão duro que dói. Meu coração dispara como se eu estivesse fugindo de casa quando abro o pacote de camisinha com o dente. Eu a coloco com uma mão, então ponho lubrificante no látex pra ficar ainda mais escorregadio. Enquanto isso, meus dedos continuam enfiados em Jamie.

"Tá pronto?", sussurro.

Seus lábios se abrem e sua respiração fica instável. Ele assente.

Pego meu pau e o posiciono entre suas coxas grossas. Minha respiração também está descontrolada. Porra, minha mão treme como se eu nunca tivesse feito isso. Mas, de fato, nunca fiz. Não com alguém que eu amo.

A cabeça do meu pau o penetra. Ele fica tenso, se contraindo para impedir minha entrada.

Pego seu pau e passo minha mão por toda a sua extensão. "Respira", sussurro. "Relaxa pra mim."

Ele engole em seco. Então solta o ar.

Tento de novo, e dessa vez consigo. Só a pontinha entra, mas, porra, a pressão é incrível. Ele é quente e apertado, e a sensação faz minha mente derreter.

"Porraporraporraporra." Parece ser tudo o que ele é capaz de dizer conforme meu pau entra mais fundo. Suas bochechas ficam vermelhas; seus olhos, vítreos.

Se eu aguentar mais de cinco estocadas, vai ser um milagre. Mas estamos em Lake Placid, o lugar onde milagres acontecem.

Sinto seu pau pulsar na minha mão, mas não o masturbo. Ainda não. Não até que me implore. "Jamie... tudo bem?"

Ele geme em resposta.

Agora entrei completamente, e meu pau está no céu. *Eu* estou. Eu me inclino e cubro seu corpo com o meu, os cotovelos um de cada lado de sua cabeça, e dou um beijo nele. Então começo a me mexer.

"Ah... nossa..." Ele sussurra as palavras nos meus lábios e eu as engulo com outro beijo intenso.

Eu o fodo devagar, deixando que se acostume com a sensação, mas Jamie Canning se adapta com facilidade. É ele quem me envolve com seus braços, quem enlaça minha bunda com suas pernas. É ele quem começa a se mexer de encontro às minhas investidas, e é ele quem diz "Mais rápido, Wes", quando estou tentando desesperadamente ir devagar.

"Não quero te machucar", murmuro.

"Quero gozar", ele murmura de volta.

Sorrio quando Jamie enfia a mão no espaço apertado entre nossos corpos, tentando encontrar o próprio pau. Ele está queimando, seu rosto e seu peito incendiados pelo desejo. Quando ele se agarra à minha bunda e geme em frustração, fico com pena e me ponho de joelhos, puxando seus quadris para mais perto.

Esse ângulo faz com que ele xingue. Seus dedos procuram seu pau, mas eu gentilmente os afasto. "O prazer é meu, lindo. *Eu* vou te fazer gozar."

Tiro meu pau até que apenas a cabeça esteja dentro dele. Nós nos encaramos. A respiração dele fica mais forte.

Então eu bombeio firme e devagar ao mesmo tempo em que enfio o pau nele.

Tenho que dar crédito ao cara — ele consegue ficar quieto dessa vez. Morde o lábio para não gritar, com os lindos traços contraídos. Está perto. Posso ver em seus olhos, sentir a urgência com a qual aperta a bunda contra minha virilha.

Estou molhado de suor e prestes a gozar. Quero muito prolongar o prazer, mas é como passar o disco pra Gretzky e esperar que ele não atire para o gol. Não tenho como evitar o orgasmo. Ele percorre minhas bolas e meu pau, e gozo enquanto masturbo Jamie.

Meu mundo se reduz ao homem embaixo de mim. Quase ajo como se estivesse em uma comédia romântica e digo que o amo enquanto atinjo o êxtase. Mas luto contra a tentação e foco em levar Jamie aonde precisa chegar. Meu pau ainda está duro apesar do clímax incrível. Continuo fodendo o cara, investindo contra ele enquanto o masturbo.

"Isso... isso..."

Felicidade pura me atinge quando sinto que goza na minha mão. Ele solta um grito estrangulado. E continua gozando. E depois mais um pouco.

Acho que ninguém pode dizer que Jamie não gostou.

Quando ele finalmente para, deito em seu peito molhado e sussurro no seu ouvido: "Foi a coisa mais deliciosa que já fiz".

Ele se agarra a mim, suas mãos grandes apoiadas nas minhas costas úmidas.

Ficamos deitados assim por um bom tempo. Viajo na minha felicidade. Tenho uma vida ótima, e costumo aproveitá-la. Mas não há muitos momentos como este. Queria poder engarrafar isso e carregar comigo aonde fosse.

Jamie finalmente fala. "Você acha que eles ainda estão mal?"

"Oi?" Para mim, só existem duas pessoas no mundo neste momento, então não faço ideia do que está falando.

"Espero que tenham vomitado tudo no caminho de volta."

Jamie está falando dos garotos bêbados. Demoramos meia hora para voltar para o dormitório, porque tínhamos que ficar parando o tempo todo. "Eles estão bem", murmuro. Beijo o pescoço suado de Jamie. O gosto é delicioso.

"Não é melhor a gente tomar um banho?", ele pergunta.

Não posso mais prolongar o momento. Ele não vai se esticar e ficar comigo, não importa o quanto eu queira. "É. Quer ir primeiro?"

"Pode ir."

Arrasto meu corpo molhado para o banheiro para uma ducha de sessenta segundos. Quando volto para o quarto, Jamie vai tomar banho.

Fico olhando para a cama, amaldiçoando seu tamanho. As camas são embutidas na parede, então só podem ser unidas na minha imaginação.

Às vezes pegamos no sono juntos, mas é bastante apertado. Tenho uma ideia. Na verdade, já pensei nisso antes, mas fui covarde demais para tocar no assunto. Foda-se. Metade do verão já passou.

Quem está na chuva é para se molhar.

Meu colchão se solta da armação de madeira quando eu o puxo. Eu o deixo no chão, ao lado da cama. Tem espaço o bastante pra Jamie fazer o mesmo.

De pé ali, encarando meu colchão, me sinto exposto de um jeito que nunca senti. Jamie e eu nos pegamos, mas não falamos a respeito. Não peço nada a ele além de orgasmos.

Tem que ser assim. Vou a Toronto daqui a um mês, onde jurei que vou ser discreto e jogar o melhor hóquei que os desgraçados já viram. Meu ano de estreia vai ser impecável — sem escândalos, sem confusões.

É chocante, mas eu e meu pai finalmente concordamos em alguma coisa na nossa relação de merda: propagandear minha sexualidade não é uma boa ideia neste momento.

E é por isso que me assusta o quanto estou me apegando a Canning.

Diz o cara que já está absolutamente apaixonado por ele.

Eu estou, e sempre estive. Amo tudo em Jamie. Sua força silenciosa, seu humor seco, sua abordagem despreocupada com a vida, que contrasta com o autocontrole no gelo. O corpo delicioso...

Mas sempre mantive meus sentimentos por ele encobertos. Jamie acha que só estamos nos divertindo. O bom e velho Wes e suas brincadeiras. Mas o jogo mudou para mim esta noite. E se eu deixar que saiba o quanto quero que fique ao meu lado na cama, vai mudar para ele também.

E é por isso que estou aqui de cueca, discutindo comigo mesmo se devo ou não deixar o colchão no chão.

A porta abre e sou pego no flagra.

Jamie enxuga o cabelo com a toalha, então olha para o colchão. "Não tinha pensado nisso", ele diz, jogando a toalha na escrivaninha nunca usada. Então ele coloca seu colchão ao lado do meu.

Meu rosto esquenta enquanto vou apagar a luz. É difícil se mover pelo quarto com o chão ocupado pelos colchões.

Jamie deita do seu lado na cama, e eu deito no meu. Passo um braço na sua cintura e acaricio sua barriga. "Tudo bem?", murmuro. Como se eu tivesse mudado a disposição dos colchões para reconfortar o cara.

Até parece.

"Vai doer amanhã, não vai?", ele pergunta.

Hesito. "Talvez um pouco. Desculpa."

Ele pega a minha mão e a beija. "Mas valeu a pena."

Sorrio no escuro. Eu o seguro tão perto quanto possível. Mesmo que minha vida inteira vire uma merda depois do café da manhã, sempre vou ter esta noite.

24

JAMIE

Os garotos não estão com a ressaca que achei que estariam. Tinha esquecido como adolescentes se recuperam rápido de qualquer coisa. A parte técnica do treino acabou, e eles nem estão verdes.

Agora estão jogando, e Killfeather está detonando. Toda vez que faz uma defesa, sinto que fiz a diferença. Esse garoto vai ser *muito bom* um dia. Vai ganhar uma bolsa para a faculdade, e espero que o pai de que ele tanto reclama saiba valorizar isso.

Os jovens atacantes que Wes treina finalmente estão melhorando. Já deram alguns tiros para o gol, e ele também está se saindo melhor. Até os círculos preguiçosos que forma enquanto patina de costas parecem mais fluidos e poderosos. Tem tantos talentos aqui que mal posso acreditar. É por isso que faço essa longa viagem todos os anos. Para isso.

Outro tiro para o gol. Shen passa para Davies, que não hesita. Ele acerta a rede antes que Killfeather possa impedir.

O time dele comemora. "Toma essa, Killfeather!", Davies grita. "Mão furada!"

Ah, merda. Lá vamos nós. Vejo Killfeather levantar a máscara. Então ele pega a garrafa de água e toma um gole. Fico meio que esperando que cuspa na cara de Davies, porque está com o rosto vermelho. Me preparo para o desastre.

Ele joga a garrafa de volta. Então olha para mim.

Por favor, não comece uma guerra, imploro sem palavras.

O goleiro me dá um sorrisinho antes de falar. "É, Davies, você acabou comigo. Só precisou de vinte tentativas. Estou morrendo de medo agora." Ele coloca a máscara de volta e pega o taco.

Wes está sorrindo enquanto patina para recuperar o disco. "Essa é a atitude certa, garoto", ele diz a Killfeather.

O goleiro parece um pouco convencido quando coloca o disco na mão de Wes.

Estou tão envolvido no drama que nem percebo as cabeças virando para olhar a pessoa que acabou de aparecer no banco. "Jamie! Aqui!"

Viro e encontro Holly sacudindo os braços. "Holly", constato, como um idiota. "O que está fazendo aqui?"

Ela vira os olhos, com as mãos na cintura do short jeans. "Que jeito de dar oi, Canning. Acho que você pode fazer um pouco melhor."

"Cacete", Killfeather solta. "A namorada do treinador tem uns peitões..."

"Quieto", murmuro, olhando para ele.

Mais de uma dúzia de adolescentes agora está secando Holly, que está de shortinho e top. Sinto meu pescoço queimar. E ainda nem olhei para Wes.

Ele chega patinando, com um sorriso torto nos lábios. "Tem visita, Canning?"

"Hum." Perdi a habilidade de falar, porque estou ocupado com todo tipo de sensação desconfortável. "Holly, esse é meu amigo Wes."

"Conheci você no hotel", ela diz, com uma piscadela.

Wes continua sorrindo, e só conhecendo bem o cara para identificar o escárnio por trás. Merda. "Parece que você vai ter que sair mais cedo, treinador. Pra tomar umas com a garota. Bater um papo."

"Seria ótimo", Holly diz. "Passei no dormitório primeiro, e Pat te liberou."

"Tá", eu digo, devagar. "Vamos lá."

"Aproveitem", Wes recomenda. Então vira as costas para mim e apita. "Vamos lá, moças! Já chega de moleza."

De repente estou tirando os patins e saindo do rinque uma hora mais cedo com Holly.

"Poxa, você tá ótimo!" Ela para nos degraus do prédio e me lança outro sorriso estonteante, então fica na ponta dos pés e... me beija. Sua boca é mais macia e menor do que eu esperava. A confusão deve estar estampada na minha cara, porque ela diz: "Desculpa não ter avisado que viria, mas achei que você ia gostar da surpresa".

"É... nossa", gaguejo. "Como você veio?"

148

"Bom, quando eu ameacei fugir com o circo, meu tio me emprestou o carro. Então quis dar uma voltinha."

Faço as contas. Deve ser uma viagem de pelo menos cinco horas desde Cape Cod. "Nossa", repito. Aparentemente, "nossa" agora representa três quartos do meu vocabulário.

"Jamie", ela diz, me olhando. "Não precisa pirar."

"Quê?"

Ela inclina a cabeça para o lado, e seus olhos azuis e familiares me estudam. "Você parece em pânico. Por quê?"

"É..." Não posso contar. Mas não posso *não* contar. Porque tenho quase certeza de que ela planeja passar a noite aqui. Na verdade, no último verão eu disse que ela poderia me visitar e que eu faria a viagem valer a pena, mas ela não conseguiu vir.

Merda.

"Jamie." Ela põe a mão no meu pescoço. "Tem outra pessoa?"

Meu coração pula, porque *tem* outra pessoa. Meio que tem. Wes e eu não somos um casal exatamente. Nunca conversamos a respeito. Mas de jeito nenhum que eu vou dormir com Holly agora — não seria certo.

"Tem", admito.

Ela arregala os olhos. Mesmo tendo feito a pergunta, a confirmação a chocou. "Quem é?"

Balanço a cabeça. "Você não a conhece. Desculpa", digo depressa.

Holly puxa a mão de volta e se afasta. "Tudo bem." Ela morde o lábio. "Eu devia ter ligado."

"Sinto muito", digo.

E estou sendo sincero. Holly tem sido muito boa para mim. Mas, depois da formatura, conversamos. Ela disse: *Quero ver você quando estiver em Detroit.* E eu respondi: *Acho que não vai dar certo.*

Ela disse: *Vamos ver.* E agora aqui está ela, com o rosto vermelho.

"Olha", eu digo. "Vamos tomar um sorvete. Ou tequila, se preferir. Ainda quero conversar com você."

"Somos amigos", ela diz, baixo.

"Sempre."

Seus olhos passam de mim para o lago. Ela inspira fundo e solta o ar. "Está bem, Jamie Canning. Me mostre Lake Placid. Você sempre falou de como ama este lugar." Ela volta a me encarar. "Me mostre o motivo."

Por um momento, minha mente viaja, porque neste verão Lake Placid significa algo um pouco diferente do que nos anteriores. Mas afasto os pensamentos e ofereço a mão para ela. "Você gosta de casquinha?"

Ela fecha os dedos nos meus. "Adoro."

Passamos a tarde juntos, percorrendo toda a cidade. Holly adora entrar em lojinhas para turistas, o que cansa rápido. Mas como já estraguei o dia dela, não reclamo. Eu a levo à loja de brinquedos que vende arminhas de elástico incríveis e ela compra uma para o irmão. Eles têm alvos instalados lá, então ficamos treinando por um bom tempo.

Algumas portas à frente tem outra lojinha, e eu me seguro para não suspirar quando ela entra. Ela fica olhando algumas canecas do Milagre no Gelo, e eu vou para o corredor do fundo, onde estão os doces a granel. Quando olho com atenção, dou risada, sem conseguir acreditar.

"O que foi?", Holly pergunta.

"Skittles roxas!" Pego um saco e seguro no dispenser da máquina. "Abre aí pra mim", peço para Holly. Ela faz isso, e só digo que feche quando o saco está cheio. Então dou mais uma risada e vou pagar.

"Qual é a graça?"

Pego a carteira e coloco sobre o balcão. "É pra um amigo", começo. Me sinto um idiota descrevendo Wes assim, mas é o melhor que posso fazer por enquanto. "A gente trocava caixas com uns presentes de zoeira dentro."

"Legal. E ele gosta de Skittles roxas?"

"Gosta. Só que da última vez que eu mandei, tive que comprar de todas as cores, tipo quatro pacotes gigantes... Aí separei as cores sozinho e mandei só as roxas. Então levei, tipo, quilos das outras cores pra uma festa do pessoal da escola. Tinha muita cerveja rolando, e no final estava todo mundo vomitando colorido."

Ela me dá uma bundada. "Valeu pela imagem."

"Não foi nada."

Quando saímos, ela pigarreia. "Jamie, preciso achar um lugar pra passar a noite. Vamos sentar em algum lugar pra que eu possa pesquisar no celular?"

Não respondo de imediato, porque estou tentando pensar em uma solução. Não é fácil, porque o dormitório está sempre cheio. "Vou achar um hotel pra você", sugiro.

"Fica tranquilo", ela diz, depressa. "De verdade. Não tem problema."

Mesmo assim. "Vamos pra varanda do dormitório. Você pode usar o wi-fi. Se não encontrar um hotel, peço ajuda pro Pat."

"Valeu", ela diz, baixo.

Outro pedido de desculpas está na ponta da minha língua. Mas fica lá, porque acho que ela não quer ouvir.

Quando chegamos lá, não tem ninguém nas cadeiras de balanço. Passo a senha do wi-fi para ela e digo que vou pegar algo para beber. "Já volto", prometo. Então subo a escada e entro no quarto, esperando que Wes esteja lá.

Mas está vazio.

Antes de sair, pego a caixa que ele me mandou em Boston. Eu a trouxe pra Lake Placid porque achei que talvez devesse recomeçar a tradição. Só que então Wes apareceu, e me esqueci completamente dela.

Jogo a infinidade de balas roxas na caixa e fecho. Ponho em cima do travesseiro e me pergunto se deveria deixar um bilhete. Mas o que diria?

Antes de Holly aparecer, não parecia um problema que Wes e eu estivéssemos nos pegando sem falar a respeito. Não precisávamos de um rótulo. O quarto era nossa bolha — tudo o que acontecia aqui ficava só entre nós. O resto do mundo não importava.

E tudo bem. Só que o resto do mundo ainda existe, independente do que eu pense. De repente tudo ficou muito complicado, e não por causa de Holly — foi só um momento desconfortável com uma amiga. Em poucas semanas, ele e eu estaremos em dois times diferentes da NHL, em duas cidades distantes. Vamos nos decepcionar de qualquer maneira, eu só não tinha me dado conta ainda.

Desço a escada correndo, pego dois refrigerantes e levo para a varanda onde minha ex-amiga colorida espera. "Achei um lugar perto da cidade", ela diz. "Nem é caro."

"Tem certeza? Não quero que..."

Ela levanta a mão para me silenciar. "Não se preocupe. De manhã vou direto pra Massachusetts."

"A gente pode..."

Holly balança a cabeça. "Você não tem nenhuma obrigação. E não é culpa sua, Jamie. Eu só... Não fui muito esperta." As palavras são firmes, mas seus olhos lacrimejam, e ver isso me mata.

"Desculpa", sussurro. "Eu gosto de você, mas..."

Mais uma vez ela me dispensa. "Você nunca mentiu, Jamie. Não comece agora."

Então tá.

Saímos para jantar. Escolho um restaurante de frutos do mar bem legal à beira do lago, mas, enquanto comemos bolinhos de caranguejo, o clima pesa.

"Quer me contar sobre ela?", Holly me pergunta em determinado momento.

Balanço a cabeça. "Melhor não fazermos isso."

Holly abre um sorriso pesaroso. "Só estava tentando ser uma mulher madura."

Fico olhando para ela. "Posso falar sobre a *minha* tentativa de ser uma mulher madura?"

Holly ri, e fico contente por ter conseguido isso. "Claro."

"A ideia de mudar para Detroit me deprime pra cacete." Nunca disse isso a ninguém, e a sensação de botar para fora é boa.

Ela mexe a bebida com o canudo. "Sei que não é a cidade mais bonita do mundo, mas aposto que vai encontrar um lugar legal pra ficar."

Balanço a cabeça. "Esse nem é o problema." Embora não me ajude a imaginar uma vida lá. "Não conheço ninguém. E não vou jogar no ano que vem. Vamos ser honestos."

"Ah, Jamie." Ela sorri. "O primeiro ano pode ser uma merda. Mas você é bom no que faz."

"Eu sei disso. Não é falta de confiança. Mas as chances de ser bem-sucedido como goleiro são mínimas. Não é só o primeiro ano que pode ser uma merda. Podem ser cinco anos jogando duas vezes por temporada, esperando por uma oportunidade. Ou, em vez disso, podem me mandar para um time B que joga sete jogos no ano."

"Ou alguém pode se contundir e você ser convocado." Ela põe a mão sobre a minha. "Mas entendo o que quer dizer. É muito difícil. Não vai ser culpa sua se não der certo."

O garçom vem limpar nossa mesa, e Holly pede um pedaço de bolo de chocolate amargo. "E duas colheres."

Não sou muito fã de bolo, mas não é hora de reclamar.

"Não quero parecer ingrato", digo a ela. "Todo mundo está superempolgado por mim. Eles ouvem NHL e seus olhos brilham. Não sei nem o que fazer."

"Acho que você tem que tentar. Pelo menos por um ano, sabe?"

"Pode ser." É a escolha mais fácil. Mas sei que posso acabar esperando para sempre. Você pode repetir eternamente para si mesmo: *Só mais um pouco!* "Talvez eu possa fazer mais alguma coisa nesse ano..."

"O que Wes acha?", ela pergunta de repente.

"Como assim?" A menção ao nome dele me assusta.

"O que ele acha de Detroit?" Holly fica esperando minha resposta.

"Eu, bom, não pedi a opinião dele", confesso. "Ele realmente quer ser profissional. Não sei se ia entender. Mas é diferente. A demanda por centrais é maior. E o time dele ganhou o campeonato..."

"Deveria ter sido o seu", Holly diz, com firmeza. Ela é leal até o fim.

Olho para seus olhos arregalados do outro lado da mesa e desejo que as coisas fossem diferentes. Se eu amasse Holly, a vida seria menos confusa.

Mas eu não amo. E a vida não é.

Quando o bolo chega, digo que estou cheio demais para comer. Então pego a conta no caminho para o banheiro, para que ela não possa pagar primeiro.

25

WES

Já passou da meia-noite quando eu volto ao dormitório. Por sorte, Pat não está de guarda em uma das cadeiras de balanço, porque sem chance de eu conseguir ter uma conversa normal agora. Andar em linha reta já é um desafio suficiente.

Sim, estou um *pouquinho* bêbado.

Me aproximo da porta do quarto e fico olhando por um bom minuto. Cacete, e se a mina dele estiver lá dentro? Fiquei fora o máximo que pude, mas uma hora teria que vir para a cama. E não vou ficar na porra da varanda.

Jamie teria me mandado uma mensagem se ela fosse dormir aqui, para que eu não voltasse.

Né?

O pensamento é como uma facada no coração. Não posso acreditar que a porra da *namorada* dele apareceu no acampamento. Jamie passou o dia inteiro com ela. E a noite toda, provavelmente.

Cravo as unhas nas palmas das mãos enquanto um desfile de imagens desconfortáveis passa pela minha cabeça. As mãos grandes de Jamie passando pelas curvas femininas de Holly. Seu pau entrando nela. Seus lábios se abrindo no sorriso sacana que sempre me dá antes de colocar meu pau na boca.

Sou um completo idiota. Não devia ter começado nada com ele. Ia terminar quando eu fosse pra Toronto, de qualquer maneira. Então talvez seja melhor assim mesmo.

Finalmente crio coragem e giro a maçaneta. A porta está destrancada. Quando entro, vejo o colchão de Jamie no chão, onde estava ontem à noite. O meu está na cama, onde o coloquei pela manhã. Jamie é a única pessoa no quarto. Fico um pouco mais calmo.

Ele está dormindo. Isso é bom, porque não estou em condições de conversar agora. Posso sentir todo o álcool correndo nas minhas veias.

O quarto está escuro demais. Caminho aos tropeços, batendo na cômoda quando vou desabotoar o jeans. Jogo a calça de lado e depois tiro a camiseta. Pronto. Estou de cueca. Só preciso chegar à cama sem acordar Canning. Logo os dois estaremos dormindo e A Conversa vai ficar para amanhã.

Deito no colchão tão silenciosamente quanto consigo. Isso aí. Consegui. Minha bunda bêbada está na cama e Jamie continua dormin...

Bato a cabeça em uma coisa dura, e algo se espalha pelo quarto. Uma cacofonia de *pings*, *dings* e *clangs* ataca meus ouvidos. É como se alguém tivesse acertado uma máquina de doces com uma marreta e eles caíssem em uma onda no chão.

Fico de pé, xingando alto quando piso em alguma coisa dura e redonda. "Puta que o pariu!" Pulo num pé só enquanto esfrego o outro.

Jamie senta, e sua voz em pânico ressoa na escuridão. "Que porra é essa?"

"Sério? Você vem perguntar pra mim?", reclamo. "O que tinha no meu travesseiro?"

"Skittles", ele diz como se fosse óbvio.

"Por quê?" Ajoelho, procurando pela caixa em que acabo de bater a cabeça. Ouço os passos de Jamie se dirigindo até a porta, então ele aperta o interruptor e a luz enche o quarto.

Minha nossa. Há um mar de Skittles roxas sobre o chão e o colchão dele.

Sinto um nó na garganta quando entendo o que estou vendo. Canning guardou a caixa que mandei para ele em Boston, encheu com a minha bala favorita e deixou no meu travesseiro.

Como um pedido de desculpas por ter passado o dia com a ex?

Ou como um pedido de desculpas por alguma outra coisa? Pior ainda... tipo ter comido a ex?

Jamie se agacha ao meu lado. "Me ajuda a limpar isso."

Ele soa irritado. E isso *me* irrita, porque qual é o motivo da irritação? Fui eu quem levei um fora hoje.

Não falamos enquanto catamos as balas. A mandíbula dele fica apertada, e ele joga as balas na caixa com mais força que o necessário.

"Que foi?", murmuro, quando o pego me olhando.

"Você voltou tarde." Sua voz está tensa.

"É nossa noite de folga. Fui beber uma no Lou's." Enfio a mão embaixo da cama e pego um punhado de Skittles.

"Eu diria que mais que uma. Você tá com bafo de cerveja." Seu tom de repente fica agressivo. "Você não dirigiu, né?"

"Não, peguei uma carona."

"Com quem?"

"Meu Deus, que interrogatório é esse?"

Jamie joga uma bala na caixa, mas ela ricocheteia e cai embaixo da escrivaninha. "Nenhum dos outros caras tem carro, Wes. Só espero que não tenha pegado carona com um estranho qualquer."

Eu me sinto culpado. Mas por que, porra? Diferente de outras pessoas, não passei o dia por aí com minha ex.

"Quem trouxe você pra casa?", ele insiste.

Levanto a cabeça e olho para ele. "Sam."

Jamie respira com dificuldade. Não dá para ignorar a dor em seus olhos. "Tá falando sério? O cara do aplicativo?"

"Fui tomar um drinque com ele", digo, dando de ombros. "Qual é o problema?"

Ele não responde. Só ajoelha no colchão e recolhe mais balas.

"Sério que você tá bravo?" Luto contra uma onda de irritação. "Porque não foi você quem levou um fora hoje, Canning."

"Vai se foder! Pra começar, foi *você* quem me mandou sair mais cedo. E eu nem sabia que ela ia vir, tá? Holly apareceu do nada, eu ia fazer o quê? Ignorar a garota? Ela é minha amiga."

"Amiga colorida", grito de volta.

"Não é mais."

Ele levanta e passa as duas mãos pelo cabelo, então pega a caixa e joga na escrivaninha. O chão parece limpo, mas tenho certeza de que não conseguimos pegar tudo. Canning deve ter comprado a porra da loja toda.

De qualquer maneira, as Skittles são esquecidas quando Jamie lança um olhar irritado na minha direção. "Não é só porque não estamos mais transando que ela não é minha amiga. Holly veio até aqui me ver. Então eu passei o dia com ela. Fizemos compras e jantamos. E daí?"

Não consigo controlar a onda de ciúme que toma conta de mim. "Deve ter sido divertido. Comeu uma bocetinha de sobremesa?"

O queixo dele cai. "Porra! Você disse mesmo isso?"

Disse, e não me arrependo. Estou de saco cheio de não saber em que pé estou. Em que pé *estamos*. Ontem à noite, eu estava *dentro* do cara. No segundo em que Holly aparece, ele age como se fôssemos desconhecidos. Nem *olhou* para mim antes de sair com ela.

Não vou mentir — aquilo me machucou.

"Tô errado?", pergunto, seco.

Jamie solta o ar lentamente, como se estivesse tentando se acalmar. "Quero te dar um soco agora, Wesley. De verdade."

Cerro os dentes. "Por quê? Por *ousar* falar sobre o fato de que você ainda gosta de mulheres?"

"Acha mesmo que eu ia sair da cama com você e pular na cama com ela? Não aconteceu nada! Algo que já não posso dizer sobre você e seu amiguinho."

"Não aconteceu nada também." A frustração me atinge. "Só tomamos umas e falamos de *você* o tempo todo, seu babaca."

Jamie pisca. "Então por que estamos discutindo, porra?"

Vacilo. "Hum. Não sei mais."

Ficamos parados. Então damos uma risada tensa. Me sinto muito menos hostil e muito mais sóbrio quando vou apagar a luz de novo. Ao virar para Jamie, vejo que estica a mão para mim do colchão no chão. Sento na ponta e ele me puxa para o travesseiro.

Ficamos de lado, olhando um para o outro. Esperamos que o outro fale. Então Jamie suspira, com uma expressão resignada. "Não gosto da ideia de você com outra pessoa."

Engulo a surpresa. "Te digo o mesmo."

"Falei pra Holly que tinha outra pessoa", ele disse. "Logo que ela chegou."

Sinto um aperto no coração. "Sério?"

A voz dele engrossa. "Sério."

"Falei o mesmo pro Sam", confesso. "Ele já chegou chegando, mas eu falei na hora que não era para aquilo que estava lá."

Ele estreita os olhos. Se aproxima de mim, passando um braço na minha cintura e descansando a mão quente na minha bunda. "Onde ele pegou?" Jamie aperta minha bunda. "Aqui?"

Dou risada. "É."

"Filho da puta."

Eu me inclino e beijo a ponta do nariz dele. "Só foi até aí. Juro."

"Não precisa. Confio em você."

Sinto um friozinho na barriga com essa declaração sincera. Ele confia em mim. Sou um babaca de merda. Porque *confiança* foi a última coisa que senti hoje quando imaginei Jamie com as mãos naquela garota. E o fato de Holly ter uma vagina torna tudo mil vezes pior. Nunca tive que me preocupar com a possibilidade de o cara na minha cama preferir uma garota a mim.

Mas também não me preocupava com o que os caras na minha cama faziam depois que *saíam* dela. É diferente com Jamie. Passo mal quando o imagino me deixando. Fico pior ainda quando penso que estou competindo não apenas com um, mas com dois gêneros pela sua afeição.

Só que, independente de qualquer coisa, não posso vencer por muito tempo. Quando o acampamento acabar, vamos seguir caminhos diferentes. Eu não estava brincando com Cassel no outro dia — se quero ser bem-sucedido entre os profissionais, preciso me segurar.

"Acho que precisamos de regras ou algo do tipo", Jamie diz, pesaroso.

Engulo em seco. Sempre tive uma relação de amor e ódio com regras. "Como assim?"

"Tipo, enquanto estivermos juntos, somos exclusivos."

Rá. Porque estou morrendo de vontade de pegar outra pessoa... Mesmo assim, assinto, porque garantir que *ele* não vai ficar com mais ninguém me interessa muito. "Fechado. Que mais?"

Ele aperta os lábios. "Ah... só tenho isso. E você?"

Sinto algo preso na garganta. Sei que preciso botar para fora, mas não tenho vontade. Faz muito tempo que quero esse cara. Uma eternidade. A ideia de me separar dele em menos de um mês acaba comigo.

Mas vou ter que fazer isso.

"Vai acabar quando formos embora daqui." Minha voz sai rouca, e torço para que ele não note a dor nela. "Só durante o verão."

Jamie fica em silêncio por um momento. "É." Ele soa igualmente rouco. "Imaginei."

Não sei dizer como se sente a respeito. Decepcionado? Triste? Aliviado? Sua expressão não revela nada, mas decido que não vou pressionar por uma resposta. Além disso, a regra é minha. Deveria ficar contente que ele não a contestou.

"É melhor a gente dormir", murmuro.

"É." Ele fecha os olhos, mas em vez de virar, se aproxima e me dá um beijo.

Eu retribuo com doçura. Quando ponho uma mão em seu quadril, o tecido não me parece familiar. Não é o tipo de cueca que ele costuma usar, então interrompo o beijo para dar uma olhada no escuro. "Canning", sussurro. "Você tá usando a cueca de gatinhos?"

Mesmo sem luz consigo ver os cantos de sua boca se contorcendo. "E daí se estiver?"

Por alguma razão, isso me deixa imensamente feliz. Eu me inclino para encostar meu sorriso no dele. Mas Jamie se contorce um pouquinho, como se estivesse desconfortável. Então enfia a mão na cueca e procura algo.

"Tudo bem por aí?", pergunto, imaginando se ainda está com a etiqueta.

"Só, hum, uma bala na cueca."

Rimos, e nossos lábios se encontram de novo. E de novo. Finalmente consigo relaxar. Seus braços me enlaçam e me sinto em casa.

Nossas bocas se encaixam perfeitamente. Toda vez que nos beijamos, eu me apaixono ainda mais por ele, e não tem nada a ver com sexo ou desejo. É *ele*. Sua proximidade, seu cheiro, o jeito como me acalma.

Minha vida é caótica desde que consigo lembrar, e sempre tive que lidar com isso sozinho. As críticas dos meus pais, a confusão com minha sexualidade. Mas, por seis semanas todo verão, eu não estava sozinho. Tinha Jamie, meu melhor amigo, meu porto seguro.

Agora tenho ainda mais dele. Seus braços fortes à minha volta e seus lábios preguiçosos colados nos meus. Me mata que eu tenha que desistir disso quando for pra Toronto.

Nos beijamos um pouco. Não temos pressa de fazer nada além disso.

Nossos paus nem fazem parte da equação. Só ficamos deitados aos beijos, enquanto suas mãos sobem e descem pelas minhas costas, com carinho, me deixando seguro.

Em algum momento pego no sono, com a cabeça no peito dele, ouvindo seu coração bater.

26

JAMIE

Julho

Alguns dias depois, recebo um e-mail do meu agente.

Um ano atrás, eu enchia a boca para dizer isso. *Meu agente.* Parece bem importante, não?

Não tanto assim.

Quando eu era criança, colecionava cards de hóquei. Vinham em pacotes de dez com um chiclete que tinha um gosto horrível. Em cada pacote havia um jogador bom — com sorte, que eu ainda não tinha — e nove caras de quem você nunca tinha ouvido falar. Esses nove ficavam no fundo de uma caixa de sapato, onde esperavam. Muito de vez em quando, um deles ficava famoso, mas era exceção.

Dez anos depois, sou para o meu agente como um dos caras no fundo da caixa de sapato. Na verdade, acho que ele nem escreve os e-mails que recebo.

Esse último pergunta quando vou mudar para Detroit. *O clube vai colocar você em um hotel perto do rinque até que encontre uma casa. O contato da corretora segue anexo. Marque um encontro com ela assim que chegar a Detroit.*

O fim do verão está cada dia mais próximo. Não posso mais adiar meus planos.

Entre os treinos no rinque na quinta, procuro por Pat em seu escritório apertado. Como prometi à minha mãe que tentaria voltar para casa, preciso ver se isso é possível.

"Tem um segundo?", pergunto da porta.

Pat acena para que eu entre, então tira os olhos do computador. "E aí, treinador?"

Ainda acho engraçado quando ele me chama assim. Para os mais novos, diz: *E aí, garoto?*

"Preciso planejar minha vida, o que é sempre muito divertido. Você tem ajuda o suficiente pro fim do mês?"

Ele me observa, pensativo. "Senta aí, Canning."

Me jogo na cadeira como um garoto que foi chamado para a diretoria. Mas não tenho certeza do motivo. A expressão dele é séria, e acho que estou prestes a descobrir por quê.

"Não ouvi você mencionar Detroit o verão inteiro", ele diz, juntando a ponta dos dedos. "Por quê?"

"É... Tenho andado ocupado." *E você nem quer saber com o quê.*

Pat sorri para mim, balançando a cabeça. "Não acredito nisso. Desculpa. Um cara que está prestes a ter tudo que sempre quis não consegue ficar quieto. Nem mesmo você."

Merda. O treinador está dando uma de psicólogo para cima de mim. "Bom... não sei. Só não tenho certeza de como vai ser. Vai ver que daqui a um ano só vou falar disso."

Ele assente devagar. Pensativo. Me sinto como uma ameba no microscópio. "Você sabe que te considero um puta goleiro. Você joga com o coração, e alguém vai notar isso. Mesmo que demore um pouco."

De repente fica difícil engolir. "Obrigado", consigo dizer.

"Mas às vezes imagino o que você pensa. Nem todo mundo quer se meter na confusão quando poderia, por exemplo, ser treinador."

Agora é minha vez de encarar. "Quem ia me contratar como treinador?"

Pat olha para o teto dramaticamente antes de voltar ao meu rosto. "Muita gente, Canning. Você tem treinado garotos o verão inteiro desde que começou a faculdade. Ficaria feliz em recomendar você. E suas estatísticas são excelentes. As melhores do seu time. Talvez até a Rainier queira você."

É meio inebriante me permitir pensar nisso. Treinar? Como um trabalho em tempo integral? Parece incrível. Como parte da equipe técnica de um time universitário eu poderia viver bem. Só que nunca tinha imaginado que poderia fazer isso.

Pat conhece gente. E muita. No país inteiro. Para onde eu gostaria de ir?

A ideia sai pela minha boca antes que eu possa pensar melhor. "Você acha que alguém em Toronto pode precisar de um técnico de defesa?"

As sobrancelhas grossas de Pat se levantam, mas apenas por um segundo. "Não sei, Canning. Eles não gostam muito de hóquei no Canadá." Então ele começa a rir. "Vou ver o que descubro."

Saio do escritório me sentindo mais leve, mesmo que nada tenha mudado de fato. Só tenho uma ideia nova na cabeça.

Mas é uma puta ideia.

É a sexta-feira antes do fim de semana dos pais, então os treinadores têm a noite de folga em vez do sábado, porque precisamos jantar com eles amanhã.

Quando Wes e eu frequentávamos o acampamento, nunca recebíamos ninguém nesse fim de semana. Minha família não podia comprar passagem para sete pessoas e largar tudo para me ver jogar em Nova York. E os pais de Wes... não estavam nem aí. O pai gostava do fato de que às vezes o filho ganhava jogos do campeonato estadual, mas não movia um fio de cabelo se não houvesse algo de que se gabar. E nunca conheci a mãe dele. Às vezes me pergunto se ela realmente existe.

Como treinadores, temos que estar presentes e nos mostrar disponíveis no fim de semana dos pais. O acampamento se sustenta pelo pagamento deles, e quando aparecem querem ter certeza de que os filhos recebem atenção vinte e quatro horas por dia.

Os garotos não querem atenção vinte e quatro horas por dia. Mas isso não é problema nosso.

Wes e eu acabamos de voltar do rinque e avaliamos nossas opções.

"Fala mais sobre esse show ao ar livre", ele diz. "É o que vamos fazer hoje à noite?" Wes está dando uma olhada nas mensagens no celular.

"Acho que a música vai ser boa."

Ele olha para mim. "Diz o cara que tem boy bands no celular."

"De zoeira", rebato. "Já falamos sobre isso."

Wes ri. "Quer saber? Vamos fazer um trato. Faz um tempão que não como um bom pedaço de carne. Se você achar um eu encaro o show."

"Aqui, cara." Finjo abrir a braguilha.

Ele atira o travesseiro em mim. "Preciso de comida, Canning. Fica mais fácil aguentar música ruim depois de um belo grelhado."

Pego o celular. "Podemos ir de carro, né?"

"Claro."

A maior parte dos restaurantes de Lake Placid só tem hambúrguer, mas o Squaw Lodge Boathouse, em West Lake, parece bom. Como o show vai ser lá perto, faço uma reserva e torço pelo melhor.

Então vou até o armário e pego uma polo de Wes.

Eu a ponho na cama dele e pego uma camisa e uma bermuda de sarja para mim.

"Você quer que eu me arrume?", Wes pergunta, já enfiando a polo. "Estamos indo pra um encontro, Canning?"

"Acho que sim. O restaurante parece chique demais para bermuda de nadar e chinelo."

"Então a culpa é minha." Ele quer soar ranzinza, mas fica admirando meu peito enquanto visto a camisa. "Você ficou bem assim. Irreconhecível."

Mostro o dedo do meio para ele.

Fico olhando pra Wes enquanto vai para o banheiro escovar os dentes. Me pego secando sua bunda. Ultimamente tenho olhado bastante para ele, e depois tenho uma reação do tipo *puta merda* quando percebo que estou envolvido com um cara.

Quando eu era pequeno, gostava de andar pelo mato sozinho. Caminhava no escuro e ficava esperando que algo assustador acontecesse comigo, só para ver se sentia alguma coisa. Mas nunca funcionava direito, assim como minhas tentativas recentes de me assustar com o que está acontecendo.

Porque é Wes. Ele não é assustador. E o que a gente faz na cama é uma delícia.

O restaurante é mesmo chique. Mas não estamos molambentos demais, porque tem uma doca no lugar. Em outras palavras, alguns dos clientes chegam em pequenos barcos, queimados de sol e com o cabelo bagunçado pelo vento.

Não conseguimos uma mesa do lado de fora, porque só fiz a reserva há uma hora. O interior à meia-luz é confortável, com cadeiras de couro e velas nas mesas. Somos levados a uma mesa nos fundos, e quando sento tenho certeza de que foi uma ótima ideia. Sinto cheiro de pão de alho e vejo uma longa lista de cervejas artesanais.

"Vamos comer como vikings", Wes diz, dando um sorriso convencido para a hostess. "Qual carne é a melhor?"

A garota fica muito feliz em bater papo. "A mais pedida leva molho de tomate", ela diz, jogando o cabelo para trás. "Mas eu gosto do New York strip."

"Ah, claro que gosta. Obrigado pela dica."

Ela vai embora balançando os quadris. Seguro um sorriso. "Você pensou em fazer uma piadinha horrível com striptease, né? Seja sincero."

Wes estica a mão para pegar a minha. Ele fica com uma cara séria, do tipo que só faz para tirar sarro de mim. "Pensei em fazer uma piadinha *ótima* com striptease. Dã."

Então um cara nos surpreende. "Oi! Meu nome é Mike e vou servir vocês esta noite..."

Com calma, Wes tira a mão da minha e olha para o garçom.

O cara olha para Wes, para minha mão e para ele de novo. "Bem-vindos ao Squaw Lodge Boathouse. Já conhecem a casa?" Sua voz assume um tom ligeiramente diferente. Mais delicado e até um pouco afetado.

Estou distraído, mas Wes encara o garçom e diz: "Não, é a primeira vez".

"Ah! Vocês vão adorar..."

Ele e o garçom falam sobre o cardápio, mas eu me desligo completamente. Foi a primeira vez que alguém olhou para mim e decidiu que eu era um homem gay em um encontro, então estou tentando decidir como me sinto a respeito. Não me entenda mal — vou para todo canto com Wes. A qualquer dia da semana. Mas tem algo estranho em de repente estar em um encontro com ele. Como se tivesse vestido a roupa de outra pessoa e desempenhasse um papel.

Peço uma cerveja e uma carne quando chega a minha vez, e o garçom se afasta para fazer o pedido.

"Surtando?", Wes pergunta, chutando meu pé embaixo da mesa.

165

"Não", digo depressa. E não estou mesmo. "Nem ligo se disparamos o gaydar do cara ou não."

Wes faz uma careta. "Não tem problema se estiver. Olha, esse cara só está com inveja. Mas algumas pessoas podem ser horríveis. Quer dizer, as coisas que a gente faz toda noite são ilegais em alguns lugares."

"Que bom que tenho você pra me animar."

O sorriso dele é torto. "Mas tem vantagens."

"É? Manda. Qual é o lado bom de ser gay?", eu o chuto de volta por baixo da mesa.

"Bom, *paus*", ele diz. "Claro."

"Claro."

Wes sorri. "Tá, agora imagina isso. Você acorda um fim de semana do lado do seu namorado supergostoso, e vocês transam por horas, como animais. Depois passam o resto do dia vendo esportes na tv e ninguém diz: *Querido, você falou que a gente ia ao shopping!*" Ele fala a última parte com uma voz alta e fina.

Dou risada. "E ainda dá pra deixar o assento da privada sempre levantado."

Wes abre as mãos. "Viu? Outra vantagem. Eis mais um: seus pais não insistem pra você ter filhos."

"Tenho cinco irmãos", lembro. "Eles sabem que têm pelo menos um time de basquete garantido."

O garçom traz as cervejas e dou uma piscadinha antes de ele ir.

"Olha só pra você!", Wes comenta. "Tá ficando bom nisso."

"Como se fosse difícil." Ele sorri para mim. Odeio quebrar o clima, mas tem uma coisa que anda me incomodando. "O que seus pais disseram quando você contou?"

O rosto dele se desfaz. "Bom. Primeiro eles não acreditaram. Minha mãe achou que era só uma fase e meu pai não disse uma palavra."

"Quando foi?"

"No primeiro ano da faculdade. Decidi contar no caminho da casa do meu avô no Dia de Ação de Graças. Estávamos presos no carro."

"Que timing, hein."

Ele dá de ombros. "Eu não soube o que fazer com aquela reação. Nem me ocorreu que pudessem simplesmente me ignorar. Ainda que, agora, faça todo o sentido."

A confissão faz meu coração doer. Também me faz imaginar como minha própria família reagiria se soubesse que estou com um cara. Mas, não importa quantas vezes tente imaginar a cara de horror e desgosto deles, não cola. Sempre me apoiaram em tudo.

"E o que você fez?", pergunto, esperando que meu rosto não revele minha angústia.

"Bom, Canning, é de mim que estamos falando. Eu fiquei puto pra caralho. Na próxima vez que fui pra casa, peguei um cara qualquer numa festa e fiz um boquete nele na sala quando sabia que eles estavam pra chegar."

Nossa. "Eles devem ter entendido o recado."

Wes toma um longo gole da cerveja e eu vejo seu pescoço forte trabalhar. "Funcionou. Meu pai gritou tudo o que eu esperava que tivesse gritado da primeira vez. Falou que era nojento. Que eu ia acabar com a minha carreira. Porra. Essa ainda era a maior preocupação dele."

Merda. "O que sua mãe disse?" Wes nunca a mencionava. Como ela pode não defender o filho?

"Ela só concorda com ele. Nunca fala muito."

Porra, eu cortei *mesmo* o clima. Mas, por sorte, as entradas chegam, e ficamos felizes de novo. Às vezes é fácil assim.

27

WES

Dirijo por mais um quilômetro e meio até o parque onde vai ser o show. Nenhum de nós conhece o lugar, mas é legal. O gramado se estende até a água. Uma concha acústica foi montada, e pessoas de todas as idades se espalham pelo chão.

Achamos fácil um lugar para ficar. Sento, mas Jamie continua de pé. "Porra, não pensei nisso", ele diz, olhando para a bermuda limpa.

Olho para ele. "E eu pensando que era o gay aqui."

Ele dá um tapinha no alto da minha cabeça. "É o fim de semana dos pais. Tenho que estar apresentável."

"Entendi." Levanto. "Espera um segundo." Corro até o carro e pego um cobertor velho no porta-malas. Quando me junto a Canning, abro um sorriso presunçoso. "Viu? Meu carro bagunçado pode ser útil às vezes." Estico o cobertor na grama e sento em cima.

Jamie fica ao meu lado. Deitamos ao mesmo tempo, e minha mão esbarra na sua. Movo a minha alguns centímetros, para dar espaço para ele.

Mas Jamie pega minha mão.

Não quero que perceba o quanto gosto daquilo, então não o encaro. Em vez disso, olho para o céu escuro sobre o lago e imagino como cheguei aos vinte e dois anos sem nunca ter tido um encontro. Eu tirei sarro de Jamie, mas aqui estamos. Jantar e música. Sentados na porra de um cobertor no parque. Nunca estive em um encontro antes e não devo ser muito bom nisso.

Depois de um tempo, a banda começa. São quatro caras — um vocalista, um guitarrista, um baixista e um baterista. A primeira música é um cover fraco do Dave Matthews.

"Hum", Jamie diz.

"Quê?"

"Tô preocupado."

"Com a música?" Estou de bom humor. "Acho que estão só aquecendo. Toda banda faz cover do Dave Matthews. Deve ser obrigatório."

Infelizmente, as coisas não melhoram.

"É uma música do Billy Joel?", Jamie pergunta.

Presto atenção por um segundo. "Ai, meu Deus, pode ser. Acho que eles estão tentando tocar 'New York State of Mind'."

"Não sei se estão conseguindo."

Viro a mão e aperto seus dedos enquanto o céu escurece.

A terceira música é tão ruim que achamos graça. O cantor olha para o público e anuncia: "Vamos tocar uma música original do meu amigo Buster".

Jamie e eu aplaudimos, como se conhecêssemos o cara. *Isso aí, Buster!*

"Chama 'Chuva cativa', e este é o lançamento mundial."

O baterista faz a contagem, e os primeiros quatro acordes não são tão ruins. Mas a letra... é péssima. Não tenho ideia do que o cara está falando. Chuva cativa o atinge como uma... locomotiva.

"Ai, meu Deus." Jamie suspira. Sua mão procura a minha.

A música continua, e sinto que ele começa a chacoalhar ao meu lado.

"Shhh! Tô tentando ouvir!", digo, mas ele me belisca com a mão livre. "Cara, ele acabou de rimar 'frango' com 'barango'."

Jamie ri, e eu me estico para tapar sua boca. Ele lambe minha mão. Eu limpo na sua camiseta. Quando estamos a segundos de voltar às nossas lutinhas de MMA, faço uma sugestão. "Hora de nadar?"

Ele me encara. "Não trouxe calção."

"Sério?"

Quando a música finalmente acaba, Jamie levanta e vai na direção das árvores que circundam o gramado. Coloco o cobertor debaixo do braço e o sigo.

Ele está esperando alguns metros para dentro do mato. "Cuidado com as ervas venenosas", ele diz, e eu congelo e olho pra baixo. "Você acredita em qualquer coisa!"

"Credo, Canning."

Ele ri e vai para perto da água.

Daqui não dá para ver o pessoal no gramado, mas ainda conseguimos ouvir a banda. Está quase completamente escuro, o que é bom para a gente. Tem algumas pedras na beira da água, então tiro os sapatos e os deixo num lugar seguro, depois tiro a polo.

Jamie está delicadamente pondo as roupas sobre uma pedra. Tirou até a bermuda. Tinha esquecido que precisava manter a roupa limpa.

"Duvido que você nade pelado."

"É óbvio que eu vou nadar pelado", ele diz.

Muito bem. Não posso deixar o cara sozinho. Tiro toda a roupa e deixo na pedra. Não é uma noite quente, mas quando mergulho vejo que a temperatura da água não está tão ruim. Viro para Jamie, que está caminhando até a beira do lago, e gosto do que vejo. A penumbra forma sombras no abdome dele.

Vou mais fundo, e a água acaricia minha pele nua. O som da risada de Jamie me faz sorrir no escuro. Quando ele me alcança, deixa que eu pegue sua mão. Juntos, mergulhamos e nadamos um pouco. Algumas pessoas provavelmente conseguem nos ver de longe agora. Mas está bem escuro.

Entramos até o pescoço, e o lago está lindo e um pouco assustador se você for do tipo que se assusta. Me pergunto se é o caso de Jamie. "Acho que senti alguma coisa no meu pé." Não senti, mas ele não sabe disso.

Ele faz uma careta. "Deve ser só um peixe."

"Verdade." Movo o pé embaixo d'água, encontrando a panturrilha de Jamie e passando meu dedão nela.

Ele se afasta de mim. "Tonto."

Isso me faz rir, e ele atira água em mim. "É meio escorregadio aqui." É verdade. "Fico preocupado com sanguessugas. Você já assistiu *Conta comigo?*"

"Argh", ele reclama. "Que quebra-clima." Jamie se aproxima de mim. De repente ele se joga para a frente, agarra meus ombros e me envolve com suas pernas fortes. "Agora só vão poder pegar você."

E então me beija.

Porra. É foda. Abro a boca e nossas línguas se enroscam de imediato. Gemo em sua boca, mas não importa, porque a música está alta de novo, e a escuridão fornece toda a privacidade de que precisamos. Os dedos dele percorrem os fios na minha nuca. Ele tem gosto de cerveja boa e sexo. Estou num lago com o cara mais bonito do mundo grudado em mim, com o pau duro contra a minha barriga. O céu deve ser assim.

Agarro sua bunda, incapaz de resistir à vontade de enfiar um dedo nele. Jamie geme na minha boca. "Você é viciante, Wes."

É o que eu quero ouvir. Só o comi mais uma vez desde a primeira, há quase uma semana. Da segunda, eu o peguei por trás e tive que cobrir sua boca o tempo todo para que não gritasse.

Eu o quero de novo, mas trepar no lago não é uma opção. Não temos camisinha ou lubrificante, só um gramado cheio de gente a menos de cem metros de distância.

Levo a mão à virilha dele e passo a mão de leve no seu pau enquanto nossas bocas se unem num beijo voraz. Então pulo, porque a mão *dele* está nas minhas costas agora, os dedos *dele* entrando na minha bunda.

"Vou comer você um dia desses", ele sussurra.

É, eu sei que vai. E sei que vou deixar. Talvez um cara tenha me machucado, mas Canning pode ter o que quiser de mim. Aceito tudo.

Jamie enfia o dedo e eu arfo. Nossa. Tinha esquecido como aquelas terminações nervosas eram sensíveis.

"Você gosta disso, hein?" Vejo as gotas d'água em seu rosto perfeito enquanto sorri para mim. Um sorriso safado e lindo.

"Uhum." Enfio a língua em sua boca de novo, esfregando meu pau no dele enquanto toca meu cu.

Ele me beija de volta, rapidamente, antes que nossas bocas voltem a se separar. Jamie quer conversar. Não. Ele quer me torturar.

"Você é apertadinho", ele diz.

O ângulo só permite que a ponta do seu dedo me penetre, mas mesmo assim é o bastante para me fazer gemer.

"Meu pau vai adorar entrar em você, Wes." Os lábios dele vão para o meu pescoço, plantando beijos ávidos na minha pele molhada. "E você vai me implorar pra fazer isso."

Estremeço. Acho que ele está certo.

Quando seu dedo sai, seguro um gemido de decepção. A provocação fugaz tinha me excitado de um jeito que não achei que fosse possível.

"Mas não hoje", ele diz, decidido, como se estivesse conversando sozinho. O sorriso safado retorna quando se inclina para mordiscar minha mandíbula. "Hoje à noite quero que você me coma. Fiquei pensando nisso o dia todo."

Solto um rosnado. "Você precisa calar a boca, Canning, ou vou fazer isso agora. Debruçar você naquela pedra e pegar o que é meu."

Ele dá um beijo molhado embaixo da minha mandíbula. "Você só fala." Então se solta de mim e nada de volta para a margem, como se não tivesse nenhuma preocupação no mundo.

Nadar com o pau duro é muito difícil. Mas talvez deva pensar na ereção como uma boia. Ou um remo, porque ela é grande o bastante para projetar a porra de uma canoa inteira para a frente. Nadamos lado a lado por um tempo, então boiamos de costas e encaramos o céu escuro.

Dou risada quando noto que tanto meu pau quanto o dele estão levantados, como se cumprimentassem a lua. "Devemos fazer alguma coisa a respeito?", pergunto.

Jamie ri. "Acho que sim. Tô morrendo aqui."

"Eu também."

Num acordo não dito, nadamos até a beirada e ficamos pingando ali. Jamie olha para as suas roupas arrumadas e diz: "Foda-se". Coloca só a cueca e segura o resto.

Faço o mesmo, e por sorte não encontramos ninguém na curta caminhada até o estacionamento. A cueca dele é preta e a minha é azul-marinho, então não são transparentes, mas, mesmo assim, andar sem roupa por Lake Placid é um pouco demais.

Pouco depois, estamos no carro. Dou a partida e saio, ficando tenso quando Jamie estica o braço e pega meu pau por cima da cueca molhada.

"Não vou conseguir dirigir em linha reta se você continuar fazendo isso", eu aviso.

"Mantenha os olhos na estrada", ele brinca. "E não se preocupe. Não vamos muito longe."

Franzo a testa. Pensei em ir para o dormitório, mas aparentemente Canning tem outra ideia. Não andamos mais de cinco minutos quando ele indica um caminho de cascalho à direita. "Vira aqui."

Um sorriso toma conta do meu rosto quando percebo o que ele tem em mente. É o estacionamento de uma das trilhas que costumávamos fazer. Costuma ficar deserto até durante o dia, então à noite é que ninguém vai aparecer mesmo.

Estaciono na pequena clareira perto do início da trilha e, antes que possa desligar o carro, Jamie já está no meu colo.

28

JAMIE

Eu não estava exagerando. Estou viciado em Ryan Wesley. E no momento preciso desesperadamente de uma dose dele. Há algumas semanas, a possibilidade de ficar com um cara teria me assustado. Agora é tão óbvio que tudo em Wes me excita — sua voz rouca, seu corpo forte, as tatuagens espalhadas por sua pele dourada. Minha boca está na dele em um segundo, minha língua entrando enquanto sento sobre suas coxas musculosas.

Ele suspira contra meus lábios. "Você é insaciável."

Sou mesmo. Eu me remexo contra seu quadril, enquanto minhas mãos sobem e descem pelo seu peito. A questão agora não é se eu quero ou não dar uns pegas nesse cara. É como vou conseguir parar. Afasto o pensamento, porque estou prestes a explodir.

Mas talvez tenha sido muito apressado na minha escolha de lugar, porque o banco da frente é pequeno demais para acomodar dois jogadores de hóquei com tesão. Minhas pernas já estão doendo e, quando me mexo tentando ficar confortável, aperto a buzina com as costas e o som estridente reverbera pelas redondezas.

Wes começa a rir. Então ri ainda mais quando faço outra tentativa de me acomodar. "Vamos lá pra trás?", ele finalmente consegue dizer.

Uma boa ideia. Ele vai primeiro, sua bunda acertando meu rosto quando vira. Monto em cima dele e voltamos imediatamente a rir, porque aqui atrás é igualmente apertado. Não conseguimos deitar lado a lado, então eu fico em cima dele, e quando abaixo em uma tentativa de beijo bato a cabeça na maçaneta. Quando ponho a mão na cabeça, surpreso, dou uma cotovelada no olho dele.

"Puta merda!", Wes grita. "Tá tentando me matar, Canning?"

"Não, mas..."

"Abortar missão!", ele diz, rindo.

Foda-se. Toda essa movimentação só serviu para que eu esfregasse meu pau no corpo inteiro dele. Se não gozar logo, vou enlouquecer.

"A gente vai conseguir", eu digo. Então sento e bato a cabeça no teto.

"Hum", ele diz, solene. "Será que posso confiar?"

"Jogadores de hóquei superam as dificuldades", argumento, esticando o braço para pegar a bermuda dele no banco da frente. Encontro a carteira no bolso de trás, pego a camisinha e mando: "Bota aí".

"Sim, senhor." Ele ainda parece estar segurando o riso, mas seus olhos agora brilham de desejo. Sem cortar o contato visual, Wes desce a cueca até os tornozelos.

Tiro a cueca enquanto ele põe a camisinha, então me curvo e o coloco na boca. Sinto o gosto medicinal do látex, mas tento ignorar. É a primeira vez que não temos lubrificante, então quero me certificar de que o preservativo está bem molhadinho antes de montar nele.

Caralho, isso é algo que eu nunca imaginei que faria. Montar num cara.

"Lindo." A voz dele é baixa e rouca. "Tô adorando, mas você não precisa fazer isso. Pega a carteira."

Me estico até o banco da frente mais uma vez e a passo para ele. Wes abre outro pacote. É lubrificante. Um segundo depois, uma mão deliciosamente escorregadia entra em mim, me acariciando e me fazendo arrepiar.

"Muito útil", solto.

Ele não responde. Está ocupado demais me abrindo com os dedos.

Quando fazemos isso, tem sempre o momento desconfortável em que ele entra pela primeira vez. Antes que meu corpo entenda o que está acontecendo. Mas, agora que sei como funciona, nem me contraio. Fico ansioso por isso. Poucos minutos depois, estou tirando a mão de Wes e sentando no seu colo de novo.

O modo como me comporto com ele não é nem um pouco como lidaria com uma mulher. Ele é tão grande e forte quanto eu, então não preciso me segurar para não machucar o cara. Seus ombros largos são um lugar firme onde apoiar minhas mãos. Eu levanto e espero por ele.

Ele se posiciona embaixo de mim, e nós dois soltamos um gemido enquanto deslizo por seu pau duro.

Por um momento, não me mexo. Ficamos nariz com nariz, batendo os cílios. A língua de Wes surge e lambe meu lábio inferior. Mergulho em sua boca, enfiando minha língua. Não tenho muito espaço para me mexer, mas não importa. Cavalgo nele com movimentos rápidos e curtos. O ângulo é maravilhoso — eu o tenho bem onde quero.

Wes segura minha bunda com suas mãos fortes, e com cada investida solta um gemido delicioso. Nossos peitos se esfregam e nossas bocas se tocam de novo. Meu pau está preso entre nossas barrigas, melando nós dois com o líquido pré-ejaculatório.

O clímax me pega de surpresa. Num segundo estou brigando com Wes para ver que língua fica em que boca. No outro, luto contra a necessidade de explodir. E perco. "Cacete. Preciso gozar."

Wes geme na minha boca, e eu me projeto nele mais uma vez. É então que eu sinto — o orgasmo percorrendo meu corpo inteiro. Meus membros formigam quando eu me inclino para a frente, repousando o rosto no pescoço dele. O mundo fica embaçado, e eu sinto que gozo em todo o seu corpo embaixo de mim.

Wes solta um rosnado, e os músculos em seu pescoço se contraem. Então ele joga a cabeça para trás e estremece enquanto goza também.

Respiração pesada e batidas fortes de coração são tudo o que podemos ouvir depois. Descanso no peito suado, feliz demais para me mexer. Suas mãos traçam padrões preguiçosos nas minhas costas.

Eu poderia me acostumar com isso. De verdade.

Depois de um tempo, Wes me dá um tapinha na bunda. "Vamos lá, lindo. Não podemos ficar aqui para sempre."

Odeio ouvir isso, mas é difícil argumentar contra a verdade. Então tiro meu corpo satisfeito de cima do dele e começamos o ridículo processo de tentar nos limpar em um lugar tão apertado sem nos machucar.

E até que nos saímos bem.

Na manhã seguinte, arrastamos nossos corpos cansados da cama para o rinque, onde os outros treinadores já estão reunidos.

Os pais vão chegar às nove, o primeiro jogo começa às dez, e Pat tem uma lista de tarefas gigantesca para nós. Ele começa a dar instruções assim que nos aproximamos do grupo, mas para no meio de uma frase quando nota o rosto de Wes.

"O que aconteceu com você, Wesley?"

Mordo os lábios para suprimir uma risada. O contorcionismo sexual no carro ontem à noite deixou Wes com um belo olho roxo, cortesia do meu cotovelo. Não está tão escuro, mas visivelmente inchado.

"Canning me bateu", ele responde, sério.

Pat olha para mim, então de volta para Wes. "O que você fez?"

Wes dá uma risadinha. "Então você acha que eu mereci?"

"Acho que você é metido a espertinho e que é um milagre que não apareça com um olho roxo todos os dias." Pat está sorrindo enquanto diz isso. Então bate palmas e volta ao trabalho. "Vocês dois podem dar um beijinho e fazer as pazes quando forem ao supermercado, porque vão cuidar do gelo. Aproveita pra colocar um pouco nesse olho."

Minha nuca esquenta com a menção ao beijo. *Ah, Pat, se você soubesse...*

Wes levanta a sobrancelha. "Gelo?"

"A máquina do refeitório quebrou, então vocês vão ter que ir até o mercado comprar alguns sacos." Ele já nos dispensou e virou pra Georgie e Ken. "Verifiquem o equipamento. Precisamos de capacetes e protetores extras para os pais que quiserem jogar com a gente depois."

Wes e eu saímos enquanto Pat ainda está bancando o sargentão. Sento no banco do passageiro, sorrindo ao me lembrar das aventuras de ontem à noite.

Ele lança um olhar pesaroso por cima do ombro. "Nunca mais vou olhar pro banco de trás do mesmo jeito."

"Peraí, você nunca tinha pegado ninguém no seu carro?"

"Não. Eu tinha um quarto só pra mim na Northern Mass, então costumava levar os caras pra lá. Ou ia pra casa deles." Ele faz uma pausa. "Essa era a melhor opção, aliás. Porque eu não tinha que mandar os caras embora se quisessem passar a noite."

Franzo a sobrancelha. "Você nunca passou a noite com ninguém?" Nós dois dormimos juntos toda noite.

"Não", ele confirma.

"Por quê?" De repente estou muito curioso quanto à sua vida amorosa. Não a parte sexual — a ideia dele com outra pessoa me deixa puto —, mas a do relacionamento. Desde que o conheço, Wes sempre foi solteiro. Agora, sabendo que é gay, faz sentido que nunca tivesse uma namorada. Mas e os *namorados*?

"Não queria que ninguém se apegasse a mim", ele diz, dando de ombros com os olhos focados na estrada.

Isso só me deixa mais curioso. "E você se apegava *a eles*?"

"Não." Aparentemente isso é tudo o que ele vai dizer hoje.

"Você já tinha ido a um encontro com alguém?", pergunto devagar.

Ele fica quieto por um momento. "Não", ele admite. "Eu não namoro, Canning. Dá muito trabalho."

Por alguma razão, sinto um buraco no estômago. Quero perguntar o que eu sou então. Um rolo prolongado? Um caso de verão? Sempre soube que ia terminar em algum momento, mas achei que significasse alguma coisa para ele.

Porque significa para *mim*. Não sei o que exatamente, mas tenho certeza de que o que sinto vai além do sexo.

"E quando for pra Toronto não vai poder rolar nada", ele diz, sombrio. "O celibato vai ser um saco."

Uma sensação desconfortável toma conta de mim. "Falou com seu pai sobre o negócio da *Sports Illustrated*?"

"Ainda não. Mas não vou falar. Não tô nem um pouco a fim de me meter nisso." Wes muda de assunto rápido, como costuma fazer quando a conversa é sobre ele. "E você? Já comprou a passagem pra Detroit?"

Ótimo. Ele escolhe o único assunto que não quero discutir. "Não."

"Cara, você precisa ver isso."

Wes estaciona na frente do mercado e saímos do carro. Espero que esqueça a conversa agora que chegamos, mas ele ainda está falando a respeito quando entramos no ar-condicionado da loja.

"Você tem que se apresentar em três semanas", ele me lembra, pegando um carrinho. "Tá pensando em alugar uma casa? Onde os jogadores costumam morar?"

Assinto, pensando na minha conversa com Pat. Ele me chamou há alguns dias e disse que tinha sondado alguns lugares. Vamos conversar de novo na segunda, mas ainda não contei a Wes.

Decidindo me abrir um pouco, pego outro carrinho e digo: "Honestamente, não sei como me sinto quanto a ir pra Detroit".

Ele me encara assustado. "Como assim?"

"Tipo..." Respiro fundo. Foda-se. Melhor contar logo.

Vamos para os freezers no fundo, e Wes me ouve sem que sua cara revele nada enquanto meio que repito tudo o que falei para Holly — não quero ser o reserva durante minha carreira inteira, minha falta de entusiasmo com a vida em Detroit, a possibilidade de ser mandado para um time B e nunca jogar uma partida de verdade. Só não comento a possibilidade de me tornar técnico. Ainda não estou pronto para falar disso, especialmente considerando que nada é oficial.

Paro de falar, e ele continua quieto. Morde os lábios, pensativo. Então abre o freezer e pega um saco de gelo. "Sério mesmo que você está pensando em não jogar a temporada?", Wes finalmente diz.

"É." O ar frio atinge meu rosto quando pego mais dois sacos e coloco no meu carrinho. "Você acha que sou louco de jogar no lixo a chance de virar profissional?"

"Sim e não." Ele coloca outro saco no carrinho. "Acho que todas as suas preocupações são válidas."

Paramos a conversa quando uma mulher com um carrinho surge no corredor. O passo dela vacila quando vê o olho roxo de Wes, e ela segue em frente com um olhar atento.

Wes olha para mim, rindo. "Ela acha que somos delinquentes."

Viro os olhos. "Ela acha que *você* é um delinquente. E deveria. Eu, por outro lado, sou um santo."

Ele ri. "Devo acabar com as ilusões dela contando como consegui o olho roxo, são Jamie?"

Mostro o dedo do meio para ele, então pego mais dois sacos. Empurramos nossos carrinhos lado a lado até o caixa e entramos na fila atrás de um casal mais velho com um carrinho cheio de caixas de cereal. Só isso e nada mais.

"Então minhas preocupações são válidas", retomo enquanto esperamos nossa vez.

Ele assente. "É difícil pros goleiros. Não dá pra negar."

"Mas?"

"Mas essa é sua única chance." A voz dele fica mais suave. "Se não agarrar, pode se arrepender pelo resto da vida. Olha, se eu estivesse no seu lugar, talvez ficasse em dúvida também, mas..."

"Não, você não ficaria. Ia se apresentar na hora, mesmo se significasse esperar anos por uma oportunidade."

"Verdade." Ele descansa os braços no carrinho. "Mas isso porque eu amo hóquei. Mesmo que só jogue cinco minutos a temporada inteira, vale a pena. É tudo o que importa pra mim."

Mas é tudo o que importa *pra mim*?

Fico ainda mais perturbado quando penso em todo o trabalho que envolve uma carreira profissional no hóquei. Os treinos diários, a dieta restrita, a programação fatigante. Amo jogar, de verdade, mas não tanto quanto Wes, acho. Se comparar o nível de satisfação que tenho ao impedir um gol ao orgulho que sinto ensinando alguém como Mark Killfeather a se tornar um jogador melhor, um *homem* melhor... Honestamente, não sei o que é mais importante para mim.

"Só acho que você deve dar uma chance", Wes diz, me tirando dos meus devaneios. "Vai pelo menos pra pré-temporada, Canning. E se você chegar e de repente já virar titular?"

É, e aí posso ir treinar montado em um Pégaso, ficar amigo de um gênio da lâmpada e ser pago em ouro de duende.

Wes nota minha expressão e suspira. "Pode acontecer", ele insiste.

"É, quem sabe", digo, pouco empolgado.

O casal de velhinhos empurra o carrinho de cereais, e Wes e eu damos um passo à frente, colocando o gelo na conta do Elites. Cinco minutos depois, estamos colocando os sacos no porta-malas do carro.

Ainda estou longe de chegar a uma conclusão quanto ao que fazer, e Wes parece saber disso. Ele aponta com a cabeça para o posto de gasolina a cinquenta metros do mercado. "Vamos pegar uma raspadinha."

"O gelo vai derreter se ficar muito tempo no porta-malas", eu lembro.

Ele vira os olhos. "Só vai levar cinco minutos. Além disso, é cientificamente comprovado que raspadinhas ajudam a tomar decisões importantes."

"Cara, você realmente precisa parar de usar a ciência o tempo todo."

Rindo, trancamos o carro e vamos até o posto, onde Wes pega dois copos vazios e me acompanha até a máquina de raspadinha. Ele enche o próprio copo com xarope de cereja e espera. Mas não consigo decidir. Coloco um pouco de cada sabor no meu copo.

Na hora de pagar, o balconista de meia-idade ri ao ver minha raspadinha multicolorida. "Já fiz isso", ele comenta. "Fiquei enjoado por dias. Não diga que não avisei, filho."

Wes ri. "Meu amigo gosta de experimentar um pouco de tudo."

Olho de canto de olho para ele pelo péssimo comentário. Pagamos e vamos embora, mas mal demos dois passos quando Wes bate na própria testa. "Esquecemos os canudos. Peraí. Vou pegar."

Enquanto ele entra, eu me recosto perto da porta, admirando a bela Mercedes classe S prata que para em uma das bombas de gasolina. Um homem grisalho desce e alisa a frente da gravata. Porra, o terno do cara deve custar mais dinheiro do que meus pais ganham o ano inteiro.

Ele olha pra mim e pergunta: "Você trabalha aqui?".

Balanço a cabeça. "É autosserviço."

"Claro." Seu tom é condescendente pra caralho, e ele mantém um sorrisinho de escárnio no rosto enquanto abre a tampa do tanque.

Franzindo a testa, esqueço o sr. Esnobe e vejo Wes sair. Ele me entrega um canudo e franze a própria testa quando nota minha cara. Claramente acha que é por causa de toda a história de Detroit, porque solta um suspiro baixo.

"Você vai resolver", ele diz baixo. "Ainda tem tempo."

Então passa um braço nos meus ombros e me dá um beijo na bochecha. Todo o meu corpo se tensiona, porque o sr. Esnobe escolhe esse exato momento para olhar para a gente.

E a expressão em seu rosto me atinge como um golpe.

Aversão.

Aversão pura e maliciosa.

Cara. Ninguém nunca me olhou desse jeito. Como se eu fosse merda de cachorro em que ele teve o azar de pisar. Como se quisesse varrer minha existência da face da Terra.

Wes também fica tenso. Acabou de perceber que estamos sendo observados.

Não, que estamos sendo *julgados*.

"Você conhece esse cara?", ele diz, cauteloso.

"Não."

"Ele parece familiar."

Parece? Estou chocado demais com sua expressão para reparar.

"Ignora", Wes murmura, indo para o carro.

Minha respiração vacila enquanto o sigo. A menos que a gente dê toda a volta pelo posto para chegar no carro — o que estou incrivelmente tentado a fazer agora —, não temos como não passar pela Mercedes. Conforme nos aproximamos do homem de terno, eu me vejo protegendo meu corpo como faço quando um disco vai me atingir. Estou na defensiva, pronto para me proteger a qualquer custo, mesmo sabendo que estou sendo ridículo. Afinal, esse cara não vai me atacar. Ele não vai...

"Veados do caralho", ele murmura quando passamos.

Essas duas palavras são como um soco no estômago. De canto de olho, vejo Wes se encolher, sem dizer uma palavra. Só continua andando, e eu me esforço para acompanhar seu passo.

"Desculpa", ele diz, quando chegamos ao carro.

"Você não tem nada do que se desculpar." Mas não posso negar que estou abalado. A bolha em que Wes e eu vivemos o verão inteiro acaba de estourar. Se de alguma forma conseguirmos continuar nos vendo depois do acampamento, posso ter que enfrentar esse tipo de merda o tempo todo.

Inacreditável.

"As pessoas são péssimas." Seu tom é gentil enquanto entramos no carro. "Não todas, mas algumas."

Minha mão treme quando coloco a raspadinha no suporte do carro. "Isso acontece muito?"

"Não. Mas acontece." Ele pega a minha mão, e sei que percebe que estou tremendo quando nossos dedos se entrelaçam. "É uma merda, Canning. Não tenho como negar. Mas não deixe esses filhos da puta te afetarem. Foda-se."

Aperto a mão dele. "Foda-se", concordo.

Mesmo assim, a volta para o acampamento é silenciosa. Não falamos muito quando deixamos os sacos de gelo no refeitório. Queria poder esquecer o comentário — e o olhar — preconceituoso, mas continuam comigo. Me atormenta. Ao mesmo tempo, sinto orgulho de Wes. Não, é mais uma admiração, porque é preciso ser muito forte para suportar esse tipo de coisa. Os próprios pais se recusam a aceitar a sexualidade dele, mas nem isso o abala.

"Treinador Canning, treinador Wesley!", Davies chama quando chegamos ao rinque. "Venham conhecer meu pai."

Os degraus estão lotados de adolescentes e parentes, todos ansiosos para conhecer os técnicos que vão transformar seus filhos em campeões. Shen conversando animado com seus pais, sorrindo largamente enquanto fala sobre seu progresso. Alguns passos à frente, Killfeather está sozinho, mordendo o lábio inferior e olhando em volta.

Wes e eu chegamos a Davies e seu pai quando vejo algo prata de canto de olho.

Viro a cabeça e sinto o coração subir para a garganta quando a mesma Mercedes do posto estaciona. Killfeather dá um passo à frente, parecendo ainda mais agitado agora.

A porta do motorista abre.

O idiota desce do carro e se dirige ao garoto com uma voz irritada. "Não tem um estacionamento mais perto?"

Killfeather visivelmente engole em seco. "Não. Só aquele atrás do prédio."

"Vou deixar o carro aqui, então."

"É uma saída de incêndio", o garoto aponta. "Estaciona lá, pai. Por favor."

Cacete. *Pai?*

O medo me atinge no exato momento em que o homem registra minha presença. Ele vira a cabeça e aterrissa os olhos escuros em mim. E depois em Wes.

Quando seus lábios se contorcem de raiva, um único pensamento toma conta da minha mente.

Fodeu.

29

WES

Cacete. Eu *sabia* que o filho da puta do posto parecia familiar. Prendo a respiração quando nossos olhares se encontram. Mas o sr. Killfeather logo volta a atenção para o filho.

"Vai se foder", ele cospe. "Vai se foder. Cadê o Pat?"

"Bem aqui", diz uma voz calma. Pat aparece na porta aberta, com os lábios levemente retorcidos. "Algum problema?"

"Pode apostar. É pra *isso* que estou pagando? Pra ter dois *degenerados* passando o dia inteiro com meu filho? Que porra é essa?"

As cabeças viram mais rápido que em um jogo de tênis em Wimbledon. O rosto de Pat fica branco. Seus olhos se concentram em mim por uma fração de segundo, e sinto um aperto no coração.

Vou estragar tudo. Acabar com Pat e com o negócio dele.

O filho da puta já notou que atraiu toda a atenção dos outros pais. Então se aproveita disso. "Não vou ficar quieto enquanto vejo isso."

Então o filho dele intervém. "Pai!", o garoto grita. "O que você tá fazendo?"

Pat trava tanto a mandíbula que até parece um bloco de granito. "Venha comigo. Se vai criticar minha equipe de treinadores da NHL, pode fazer isso na privacidade do meu escritório." Ele vira e desaparece dentro do prédio.

Espero até que o filho da puta passe. Enquanto sobe os degraus, o cara me lança um olhar maligno. Eu o sigo para dentro. Jamie continua ao meu lado, parecendo abatido.

"Vou ouvir o que ele tem a dizer", sussurro. "Mas você não precisa ir."

Jamie só me lança um olhar exasperado e vem atrás de mim.

Porra. Acabei de foder com o último verão de Jamie no Elites. Arruinei o emprego que ele tanto ama. O cara vai se arrepender amargamente do dia em que me conheceu.

Um minuto depois, entramos os quatro no pequeno escritório de Pat, e eu fecho a porta.

O filho da puta claramente sabe que não pode hesitar e já parte para o ataque antes que Pat possa falar. "Nem vem dizer que não sabia. Como pôde contratar esses dois pra trabalhar com um bando de adolescentes impressionáveis?"

Pat respira fundo, mas seu rosto está vermelho. "Não tenho ideia do que aconteceu. Alguém pode me explicar?"

Jamie abre a boca para falar, mas levanto a mão. Estou tremendo de raiva, mas minha voz sai firme o suficiente. "Vamos deixar que o sr. Killfeather explique ao treinador *exatamente* o que ele viu." Viro para o filho da puta. "E não precisa se segurar, cara. Não nos poupe de nenhum detalhe."

Funciona, porque o filho da puta começa a parecer desconfortável. Estou usando sua própria homofobia contra ele. O cara nem consegue falar, de tão enojado. "Eles..." O filho da puta pigarreia e aponta para mim. "Ele deu um beijo no outro."

E agora tenho que dar crédito a Pat. Um vislumbre de surpresa aparece em seu rosto, mas some um nanossegundo depois.

Falo antes de Pat de novo. "Não descreveu tão bem, cara. O que mais você viu? Tô esperando pra ouvir a perversão."

O filho da puta balança a cabeça. "Já é o bastante, pode acreditar."

"Sério?", rosno. "Onde foi que eu beijei o treinador Canning?"

Ele está claramente exasperado pelo modo como estou agindo, o que significa que está dando certo. "No posto de gasolina!"

"Em que parte do corpo, cara?" Quase dou risada, porque uma veia salta no meio da testa do filho da puta.

"Hum, *aqui*", ele diz, apontando para a bochecha. "Mas não faz diferença."

Continuo pressionando. "Sério? Porque eu acho que importa. Conheço Jamie desde sempre, e ele tinha acabado de me contar algo importante sobre sua carreira, então o abracei. Com um só braço. Não se esqueça disso. Eu *reconfortei* um amigo em todos esses detalhes sórdidos — meio abraço e um beijo na bochecha. Agora pode me algemar." Ofereço meus pulsos para ele.

O filho da puta parece prestes a explodir. "Mas eu vi... Acho que vocês dois *claramente*..."

Pat entra na conversa. "Na verdade não importa o que você acha. *Esse* é o problema? Um momento privado entre dois amigos?"

"Amigos que..."

"Não é da sua conta!", Pat grita. "Nem da minha. Nunca vi meus treinadores fazerem nada inapropriado. São todos muito profissionais no rinque. E é para isso que são pagos."

"Não!", o filho da puta argumenta. "Estou pagando pelo seu bom julgamento, e vou dizer para quem quiser ouvir que você não sabe quem seus próprios funcionários são. Isso vai dar merda. Esses dois vão criar confusão e..."

Pat o corta. "A única *confusão* que tivemos aqui foi no dia em que a namorada do treinador Canning apareceu e seu filho fez um comentário inapropriado sobre o corpo dela."

O queixo do filho da puta cai. "Então é pior do que você pensa, treinador, porque o sr. Canning obviamente é um depravado. Eu sei o que vi. E meu filho e eu estamos fora daqui."

Merda. Coitado do Killfeather. Tem um cretino como pai e ainda vai ser tirado do acampamento?

O rosto de Pat permanece inalterado. "Você é livre pra fazer como achar melhor. Mas não vou aceitar que difame meus treinadores."

"Eles fazem isso sozinhos."

Depois disso, o cretino vai embora.

Um silêncio ensurdecedor recai sobre o escritório. O único som é o suspiro alto de Pat, até que Jamie tenta dizer alguma coisa. "Treinador, eu..."

Pat levanta a mão. "Me dê um minuto pra pensar."

Jamie fica quieto. Não olha para mim, por mais que eu queira.

"Certo", Pat diz. "Podem voltar pro quarto. Mando uma mensagem quando souber o que o babaca vai fazer. Desculpe por ter mencionado sua amiga, Jamie..."

"Não se preocupe", ele diz rápido.

Pat balança a cabeça. "Não deveria importar! Não estou nem aí se você tem namorada ou não. Mas o cara me deixou nervoso. E o fato de que a situação me pegou completamente de surpresa significa que vocês dois se comportaram de maneira irrepreensível."

Isso já não é verdade. Ainda bem que Pat não está por perto quando vamos nadar pelados ou trepar no carro.

"Administro este acampamento há vinte anos", ele diz, nos encarando. "Já tive que pedir mais discrição ao pessoal da equipe. Mas não é o caso aqui."

Jamie está da cor de um tomate. Parece que adoraria ativar um alçapão no chão do escritório.

Finalmente abro os punhos. "Pat? Desculpa se vou tornar seu dia mais complicado, mas não vou ficar lá em cima esperando a sua mensagem. A gente deveria jogar, não é? Não vou fugir. Minha vida privada é assunto meu. Poucas pessoas sabem a respeito dela, mas se um babaca decide me confrontar, eu encaro. Senão pareço fraco. Tenho todo o direito de estar aqui. Tenho todo o direito de treinar aqueles garotos."

Pat aperta a ponta do nariz. "Claro. Só estava tentando proteger você daquele babaca. Ponha os patins então. Ele que se foda."

30

JAMIE

Talvez eu seja um covarde, mas aceito a sugestão de Pat e fico de fora do jogo. Não tenho medo do pai de Killfeather nem do que as pessoas vão falar de mim.

Mas estou *triste*. E não quero que todo mundo veja isso.

Antes de hoje, não sabia exatamente o que Wes tinha que enfrentar. Nunca tinha ouvido ninguém fazer um discurso homofóbico fora dos filmes. Não sabia que um homem em um carro de cem mil dólares podia causar tanto estrago.

Como todo mundo está no rinque, o segundo andar do dormitório está deserto quando coloco a chave na fechadura. Entro e me jogo na cama.

Apesar de triste, posso tirar pelo menos uma coisa positiva da experiência. Uma conclusão que estava relutante a dar um nome.

Sou... bissexual.

É, eu sei, não é exatamente uma revelação de final de filme do M. Night Shyamalan, mas é a primeira vez que permiti que a palavra se enraizasse na minha consciência. Sou bissexual, porque sinto por Wes mais do que apenas uma conexão física.

Consigo me ver num *relacionamento* com ele. Consigo me ver feliz e completo ao lado dele.

Cogitei procurar trabalho perto de Toronto. Assim Wes e eu poderíamos continuar com... o que quer que sejamos um para o outro. Mas não vai acontecer. Está claro que ele quer que eu vá pra Detroit. Ele *precisa* que eu esteja a quatro horas de distância.

Só durante o verão, ele disse na noite em que conversamos a respeito. E tudo bem. É tudo o que temos.

Algum tempo depois, ouço barulhos no corredor. Consigo ouvir o eco ainda que o quarto de Killfeather fique no canto oposto do prédio. "Não quero ir!", ele grita depois que uma porta se escancara.

"Vai pra porra do carro *agora*."

"Você não pode me obrigar!" O garoto está resistindo ao máximo. Mas sei muito bem quem sempre ganha esse tipo de briga.

A voz que responde é baixa e fria. "Se não estiver no carro em sessenta segundos, não vai disputar o campeonato este ano."

Ai. Pegou bem onde dói.

Ouço o inevitável — o som das rodinhas da mala nos ladrilhos e passos na escada. Quando olho pela janela um minuto depois, vejo meu goleiro entrando no banco do passageiro, e o pai colocando as malas no carro. O babaca nem levou uma multa por estacionar em local proibido.

Eles saem um minuto depois, e é o fim dos Killfeather, pai e filho.

Evito o churrasco também.

Como não fui aos jogos, Pat não precisa de mim, e uso esse tempo para me recuperar. Tenho que encarar o fato de que o verão está perto do fim.

Então ligo para minha mãe no telefone do trabalho, que está sempre sujo de argila. "Oi, querido!", ela diz animada ao atender. "Está ligando pra dizer que vai vir pra casa?" Ela sempre vai direto ao ponto. Com seis filhos, sempre precisou fazer isso. O dia não tem horas o bastante para ficar de papo furado.

"Vou, com certeza. Pat ainda não me substituiu, mas vou dizer que preciso da semana de folga."

"Excelente", ela diz, com o mesmo tom de voz que usava quando tirávamos boas notas. "Precisamos ver você antes de entrar pra NHL. Enquanto ainda tem todos os dentes."

"Que animador", reclamo.

"Não sei por que meus filhos escolhem profissões tão perigosas", ela diz. "Sempre falo pro seu irmão vir me visitar enquanto ainda tem todos os órgãos vitais."

Ele é policial. "Credo, mãe. Scott nunca nem teve que usar a arma."

"Verdade, mas balas não são a maior preocupação dele agora." Ela me atualiza sobre as notícias, contando que meu irmão voltou a morar com eles. Levou um fora da namorada e, como moravam juntos, precisava de um lugar para ficar por um tempo.

"Ele está no mesmo quarto de antes?", pergunto, tentando imaginar. Scott tem vinte e oito agora.

"Sim, mas quase nunca fica em casa. Pegou um monte de turnos extras. Acho que quer se manter ocupado."

"Que coisa", murmuro.

"James." A voz da minha mãe sai afiada. "Por que tá chateado?"

"Não tô", digo. Mas é impossível enrolar minha mãe. Não se pode criar seis filhos sem desenvolver incrivelmente as capacidades de percepção.

"Se você diz... Mas logo menos vamos nos ver. Vou fazer lasanha e segurar o prato debaixo do seu nariz até que me responda algumas perguntas."

A lasanha dela é maravilhosa. Provavelmente vou confessar tudo se fizer mesmo isso. "Mal posso esperar", digo, sincero. De repente estou louco para voltar pra casa.

"Te amo, querido", ela diz. "Compra logo a passagem."

"Pode deixar."

Conversar com minha mãe me fez bem. Então saio e pego um cheeseburguer com bacon em uma lanchonete na Main Street. Enquanto como, vejo os Red Sox perderem e penso em Wes. Ele está no churrasco, provavelmente respondendo a todas as perguntas dos pais sobre o processo de recrutamento da NHL. É o cara perfeito para isso.

Não é a minha área, isso é fato. Wes sempre quis ser profissional. Foi a primeira coisa pessoal que me disse, quando éramos adolescentes.

Eu escolhi jogar hóquei porque meus irmãos já tinham quebrado todos os recordes de futebol americano possíveis do ensino médio. Amo o jogo. Mas certamente menos que Wes. Porque ninguém ama mais que ele.

O dormitório ainda está vazio quando volto. Escovo os dentes e pego um livro que trouxe para o acampamento e ainda não tive tempo de ler. Deito na cama de camiseta e cueca. Talvez Wes chegue com vontade de relaxar.

Durmo com o livro no peito.

Acordo com o som da chave virando na fechadura. Ainda com sono, pisco para Wes enquanto se aproxima da minha cama.

"Como foi?", pergunto, com a voz rouca.

Ele não me responde. Só tira o livro do meu peito e coloca no chão.

"Você tá bem?"

Wes ainda está em silêncio, mas não é desconfortável, porque ele está inclinado ao lado da cama, me admirando. Então estica uma mão e tira o cabelo da minha testa. Depois se inclina e me dá um beijo na bochecha, igual ao que causou todo o problema mais cedo. No mesmo lugar.

O toque de seus lábios me faz tremer e me inclinar, pedindo mais.

Os lábios macios continuam a beijar meu rosto. Meu pescoço. Sua doçura me é pouco familiar. O contraste entre o tamanho e a força desse homem e a delicadeza do seu toque faz com que eu me arrepie.

Uma mão quente pousa entre minhas pernas, tocando o tecido fino da cueca. A pressão suave me encoraja a mover os quadris. Um pouco de fricção seria ótimo agora. Mas só recebo um carinho com o dedão.

Parece que Wes está a fim de me torturar sendo bonzinho. E eu estou a fim de deixar. Afundando na cama, fecho os olhos enquanto ele me enche de beijos suaves e toques mais suaves ainda. Quando vou colocar a mão em seu peito, ele me impede e as devolve ao colchão.

"Tudo bem. Faça o que quiser", resmungo.

Ele nem ri. Só desliga o abajur e começa a tirar a roupa. Cada peça. Fico deitado enquanto meus olhos se acostumam à escuridão, admirando cada centímetro recém-exposto de pele macia e músculos definidos. Uma ereção impressionante bate em sua barriga. Quero sentar e enfiar seu pau na boca, mas só aguardo, preguiçoso. Não sei o que está planejando, mas tenho certeza de que vou gostar.

Então ele se inclina e beija a tira de pele exposta entre minha camiseta e a cueca. "Humm", deixo escapar. Estou duro e ele ainda nem me tocou de verdade. Suas mãos entram na minha cueca e eu levanto os quadris. Num instante, ele a tira. No seguinte, cobre a minha boca com a mão e engole meu pau de uma vez só.

O calor e a pressão são tão repentinos e chocantes que é um milagre que eu não morda sua mão. Wes trabalha com a boca, enquanto minha barriga treme e meus quadris se movem. Minha nossa. Sei que temos que ficar em silêncio, mas não vou sobreviver a isso.

Ele me solta e meu corpo inteiro estremece. Wes desaparece do meu campo de visão por um momento. Quando retorna com a camisinha e o lubrificante, suspiro aliviado.

Ele me oferece uma mão e eu a aceito, permitindo que me sente para tirar a camiseta. Então abre minhas coxas com os joelhos. Agora estamos nos beijando de verdade. E estou louco de desejo. Toda a leveza de alguns minutos atrás vai embora como vapor, deixando um rastro de fogo. Os beijos são duros e quentes. Puxo a língua de Wes para a minha boca e chupo forte.

Ele geme — é o primeiro som que ouço dele esta noite —, e minha garganta voraz engole o som. De joelhos, ele se cola lentamente ao meu corpo, nossos peitos batendo, nossos paus latejando. O desejo dói de um jeito maravilhoso.

Wes senta um pouco, interrompendo o beijo. Alcanço a camisinha, esperando avançar um pouco. Mas ele a pega da minha mão e abre a embalagem.

E, em vez de colocar no próprio pau, coloca no meu. A respiração trava no meu peito. "Tem certeza?"

A resposta de Wes é um beijo. Nossas línguas se enroscam de novo. Então ele abre o lubrificante e aplica um pouco na própria mão. Ele põe a mão para trás, com uma expressão séria no rosto. Sei quando enfia o dedo, porque morde o lábio.

"Deixa comigo", sussurro. Lubrifico a mão e estico o braço. Wes apoia os dois punhos na cama e se aproxima de mim para beijar minha mandíbula.

Eu o acaricio, e ele suspira no meu ouvido. Quando enfio o dedo, Wes apoia a cabeça no meu ombro. "Isso", digo. Quando o penetro mais, ele congela por um segundo. Então o ouço respirar fundo e sinto que começa a relaxar.

Ele é quente e apertado, diferente de tudo o que já experimentei. Abro caminho. Ao mesmo tempo que ele luta contra, também tenta relaxar. Paro para colocar uma quantidade absurda de lubrificante na mão. E agora consigo chegar lá. Faço um movimento de vaivém com o dedo, e ele estremece contra o meu corpo.

O rosto de Wes ainda está enterrado em mim. Gosto disso. Quero que fique aqui para sempre.

31

WES

É difícil.

Este é o tema do dia, aparentemente: a dificuldade. Mas agora pelo menos é uma escolha minha. Deixar outro homem entrar no meu corpo não é fácil. Não sei por quê. Só não é.

Mas eu quero. Toda vez que fico tenso, repito a mesma coisa para mim mesmo: *É o Jamie. Tudo bem.* E então consigo relaxar. Ele não tem pressa. Me lê como um bom goleiro faria. É firme e gentil como em todas as outras coisas.

Porra. Eu amo o cara pra caralho.

Hoje foi outro lembrete de como as coisas são. Da primeira vez que toquei Jamie, fingi que dava algo a ele quando na verdade estava tomando. Ele me perdoou, claro. Infelizmente, o verão foi mais do mesmo. Dei minha afeição a ele. Mas, por outro lado, o deixo à mercê de babacas como Killfeather.

Jamie perdeu seu principal jogador hoje. Grandes chances de nunca mais rever o garoto. E a culpa é minha.

Uma mão de Jamie faz carinho nas minhas costas enquanto a outra me prepara. "Lindo", ele sussurra. "Você aguenta mais?"

Balanço a cabeça no pescoço dele. Um segundo dedo se junta ao primeiro. Luto contra a dor. *É o Jamie. Tudo bem.* Respiro fundo e tento relaxar.

"Isso", ele me estimula. "Quero que você monte em mim, tá? E quero que goze no meu peito."

Uma onda de desejo percorre minha coluna. Desço nos seus dedos, e sou recompensado com um toque na próstata. Isso. O prazer me faz estremecer, e sei que Jamie sorri.

Depois de alguns minutos, ele entra com o terceiro dedo. Começo a dar pequenas investidas. Ele murmura incentivos, enquanto peço ao meu corpo que suporte um pouco mais. Faz anos que não tento isso. Esperava que tivesse ficado fácil, mas, como tudo na minha vida, preciso trabalhar muito para conseguir.

Mas consigo. E esse é mais um motivo para gostar de Jamie. Meu destemido e amoroso homem. Está fazendo isso por mim, e faz parecer fácil.

Ele é incrível.

Sento um pouco mais reto, dando um beijo quente nele para indicar que estou pronto. Sua boca me recebe feliz. Tiro mais um pouco de proveito dele. Para criar coragem. Então fico de joelhos e me preparo.

Jamie se acomoda de modo a ficar apoiado na cabeceira, com travesseiros nas costas. Passa um pouco de lubrificante no pau, e só de ver isso minha boca saliva. Ele se posiciona embaixo de mim.

Bem ali, com seus olhos castanhos olhando para cima, me desejando, ele é a coisa mais sexy que já vi.

Então eu faço. Mergulho no seu pau. A boca de Jamie se abre em um grito silencioso, e seus lindos olhos quase se fecham. A queimação volta, mas não é nada com que eu não consiga lidar. Levo um minuto para me adaptar, e aproveito o tempo para pegar o rosto maravilhoso de Jamie nas mãos. Por um segundo, só admiro a visão. Ele está vermelho e desgrenhado, queimando de tesão. Vim pra Lake Placid para tentar ser seu amigo. Consegui muito mais que isso. E sou muito grato.

Eu o beijo, tentando demonstrar isso. Ele está quase soluçando na minha boca agora, então talvez me compreenda. Experimento mover os quadris e gosto do resultado. Então apoio as mãos nos ombros de Jamie e começo a fazer o cara me foder. Movo os quadris até acertar o ângulo. Quando consigo, é maravilhoso. O prazer pulsa por todo o meu corpo a cada estocada. É muito, muito bom.

Embaixo de mim, Jamie pega meu pau gotejante na mão. Seus lábios estão entreabertos, e ele engole em seco. Vejo desejo por todos os lados. Está na posição de sua mandíbula e no movimento do seu braço enquanto me masturba.

Ele lambe os lábios. "Se gozar, vou com você."

Agora que ele disse isso, é o que eu quero. Fecho os olhos, diminuo o ritmo e foco no prazer de cada estocada. Tudo se mistura. Só identifico a onda de êxtase que recebo dele.

Quando abro os olhos, é a expressão de Jamie que me leva ao clímax. Uma mistura de desejo e maravilhamento tão potente que me vejo no limite. "Jamie", deixo escapar, perseguindo a sensação. Me deixando levar.

Gozo, e ele estremece embaixo de mim. Caio em seu peito sujo antes que acabe. Meus lábios repousam em sua orelha e gemo baixo enquanto minha bunda aperta seu pau.

"Nossa", ele sussurra.

É. Eu o abraço e seguro pelo tempo que posso.

Já não sei como vou abrir mão dele quando o verão terminar.

32

JAMIE

O acampamento está acabando. Sério, as últimas cinco semanas voaram. Agora falta só uma e não consigo me conformar. Acho que o tempo voa quando você passa o dia jogando hóquei e a noite trepando.

Quando o treino da tarde termina, os garotos estão animados. Correção: os atacantes estão animados. Os goleiros, por outro lado, estão de mau humor. Foi um jogo de placar alto. Não teve jeito de parar os garotos do Wes hoje.

Killfeather definitivamente faz falta. Ele era muito talentoso. É, eu me corrijo, porque o garoto não morreu. Seu pai homofóbico só decidiu que era uma boa ideia tirar o filho de um dos mais reconhecidos acampamentos de hóquei do país. Porque o Elites está cheio de pervertidos e tal. Babaca.

Patino até a rede, onde meu goleiro de quinze anos tira o capacete com uma expressão chateada.

"Fui um bosta hoje", Brighton me informa.

"Você teve um dia ruim", digo com um sorriso. "Mas não é um bosta. Parou mais discos do que deixou entrar."

"Tomei *sete*."

"Acontece, garoto. Você fez tudo certo." Não estou mentindo. Brighton seguiu todos os conselhos que eu dei hoje. Só que os conselhos de Wes para os atacantes foram melhores.

Sopro o apito para chamar o outro goleiro, que parece igualmente chateado enquanto patina até nós.

"Sou um..."

"Me deixa adivinhar: bosta?" Sorrio pra Bradowski. "Brighton e eu já falamos disso. Vocês se esforçaram hoje e jogaram bem. Não quero que voltem pro dormitório e fiquem de mau humor, tá?"

"Tá", eles dizem em uníssono, nem um pouco convincentes.

Suspiro. "Vejam por esse lado. Brighton, você deixou entrar sete de..." Falo com Georgie quando passa por nós. "Quantos tiros os garotos de Wes deram pro gol?"

"Trinta e cinco", Georgie responde sem parar.

"Sete de trinta e cinco", digo a Brighton. Faço a conta rapidamente. "Vinte por cento. Bradowski, você deixou oito passarem, mas parou tantos discos quanto Brighton. Não é uma estatística muito ruim." Dou risada. "O treinador Wesley e eu costumávamos nos desafiar pra tiros livres o tempo inteiro quando treinávamos aqui. Tinha dias em que ele mandava cinco discos e todos entravam."

As orelhas de Wes devem estar queimando, porque ele aparece do nada atrás de mim. "Tudo bem por aqui?"

"Sim. Só estava falando pra eles como você costumava acabar comigo nos tiros livres."

Quando Wes levanta a sobrancelha, percebo que está pensando na última vez que fizemos aquilo. Incrível. Agora estou pensando na mesma coisa, e só espero que os garotos não percebam minhas bochechas ficando vermelhas.

"É, Canning não tinha a menor chance contra mim", Wes diz, se recuperando rápido. "Independente da posição, aliás. Como atacante ou goleiro. Ele sempre perdia."

Aperto os olhos. "Que mer... hum, mentira. Esqueceu a última vez?"

Tenho que dar crédito a Wes — ele sequer pisca, mesmo que eu saiba que está pensando no que aconteceu depois.

Os garotos sorriem. "Revanche", Brighton grita.

Os olhos de Bradowski se iluminam. "É! Isso aí!"

Wes e eu trocamos um olhar. Deveríamos mandar os garotos para o vestiário, para que não se atrasem pro jantar, mas eles não vão obedecer. Bradowski e Brighton já estão chamando os companheiros que ainda não chegaram ao túnel.

"O treinador Canning e o treinador Wesley vão se enfrentar no mano a mano!"

Tá. Acho que é isso que vamos fazer, então.

Wes pisca pra mim e diz: "Valendo o mesmo?".

"No duro?"

Sorrimos diante da minha escolha de palavras.

Dez minutos depois, estamos vestidos e assumimos nossas posições. O público cresceu — até os outros treinadores vieram ver, incluindo Pat. Estou com todo o equipamento de proteção, porque de jeito nenhum vou ficar exposto enquanto o novo atacante do Toronto me alveja.

Wes fica se exibindo com seus movimentos exagerados ao patinar para a linha de tiro, então se detém e olha para mim. O brilho safado em seu rosto acelera meu coração. Posso praticamente ouvir sua provocação: *Se prepara pra chupar meu pau, Canning.*

Respiro fundo e bato o taco no gelo. Um apito soa, e Wes vem na minha direção. Com um tiro veloz, o público comemora. *Gol.*

Merda. Ele não tá pra brincadeira. Deixo quieto e procuro me concentrar, defendendo os dois próximos tiros e conseguindo trazer a multidão para o meu lado.

Wes sorri para mim quando alinha o próximo disco. "Pronto? *Tem certeza?*"

O filho da puta repetiu exatamente o que eu disse para ele ontem à noite, antes de eu enfiar o pau no rabo dele. Esse meu namorado adora mexer com a minha cabeça.

Peraí.

Não tenho a menor chance contra o disco que passa voando por mim, porque meu cérebro está concentrado em outra coisa.

Meu namorado? Achei que estava conformado com o fato de que não íamos ficar juntos. E agora estou pensando em Wes como meu *namorado*?

Afasto a ideia da cabeça e me forço a me concentrar na defesa. Quando minha luva engole o último disco, solto o ar aliviado. Deixei só dois entrarem. O que quer dizer que preciso marcar dois para empatar e três para ganhar. Considerando que ele nem de perto é tão bom quanto eu no gol, já sinto o gosto da vitória.

Mas Wes parece confortável demais diante do gol. Seus olhos cinza caçoam de mim por trás da máscara. "Vem com tudo", ele grita, zombeteiro.

O convencido realmente acha que pode me parar.

Porra. O convencido realmente me para. Meu primeiro tiro fica na luva dele.

Aperto os dentes e tento driblar o cara na segunda tentativa, mas Wes tem olhos de águia e não se deixa enganar. Segura o tiro com o protetor, e o próximo com o taco. Merda. Preciso acertar os últimos dois para empatar.

Os garotos comemoram felizes quando minha quarta tentativa é bem-sucedida. O disco passa por cima do ombro de Wes e atinge a rede.

"Você só pode empatar", ele cantarola. "Chupa, Canning!"

Sei exatamente o que ele quer que eu chupe.

Brighton faz um barulho de tambor batendo na placa em volta do rinque e logo outros garotos o seguem. O ritmo acompanha as batidas do meu coração. Respiro fundo e começo a patinar. Puxo o braço, olho e dou um tiro.

O disco voa no ar.

Eu erro.

Os garotos enlouquecem quando Wes deixa a rede e passa por eles distribuindo high fives. Eu o observo com desconfiança, pensando quando foi que ficou tão bom na defesa. Há quatro anos era péssimo.

Afastando o pensamento, aceito o consolo dos goleiros, que na verdade parecem meio felizes que eu tenha perdido. Acho que perceberam que às vezes até os melhores se saem mal.

Enquanto os garotos correm para o vestiário, Wes patina até mim e levanta a sobrancelha. "Ou você não está treinando tiro ou me deixou ganhar."

"Não deixei", digo, entre os dentes cerrados. Então um pensamento me ocorre. Naquele último confronto antes da faculdade... ele tinha me deixado ganhar? Porque o cara que vi no gol hoje não era o mesmo de quatro anos atrás...

Estou prestes a fazer essa pergunta quando Pat nos interrompe. "Canning", ele diz, de perto do banco. "Uma palavrinha."

Wes dá um tapinha no meu ombro. "Te vejo no jantar."

Patinamos em direções opostas, e Pat não fala nada até que Wes esteja bem longe.

"Um amigo de Toronto me ligou hoje de manhã." Como sempre, ele vai direto ao ponto.

Fico tenso. "Sobre a possibilidade de uma vaga de treinador?"

Pat assente. "O nome dele é Rodney Davenport. Ele treina um dos times da liga júnior. Fica em Ottawa, mas conhece bem o técnico principal do time de Toronto, Bill Braddock. E falou com o cara por você."

Fico surpreso. "Sério?"

"Contei tudo sobre você pra Davenport. E dei minha recomendação." Pat dá de ombros. "Você tem uma entrevista em Toronto no dia 28."

"Sério?" Estou de queixo caído. Uma parte de mim não esperava que Pat de fato conseguisse algo.

"É uma vaga de assistente do coordenador defensivo dos times juniores, então você teria que trabalhar com garotos dos dezesseis aos vinte. Na verdade, a entrevista é mera formalidade. Eles ficaram muito impressionados com sua experiência."

Puta merda. Acho que todos os anos de trabalho no Elites vieram bem a calhar.

"Eu..." Não sei o que dizer. Então me dou conta de uma questão importante. "Se eu for pra Toronto com..." Pigarreio. Não tenho vergonha, mas nunca falei sobre isso. "E se tiver caras lá como o sr. Killfeather?"

Pat tira um papel do bolso da camisa. "Essa é a política contra discriminação da liga. Dei uma olhada. Está tudo, bom, coberto."

Passo os olhos na folha. Não pode haver discriminação contra raça, religião, gênero ou orientação sexual.

"Isso... ajuda", digo, e Pat sorri. "Dia 28, então?" Merda. É na semana que vem, três dias antes de eu ter que me apresentar em Detroit. Se eu for mesmo para lá. A ideia de aparecer para a pré-temporada parece cada vez menos tentadora à medida que se aproxima.

Quero me profissionalizar?

Ou quero ajudar jovens talentosos a se profissionalizarem?

"Braddock precisa de uma resposta até o fim da semana", Pat diz. "Estão considerando outro candidato, então se decidir não ir à entrevista provavelmente vão contratar o cara."

Minha mente gira, e a indecisão toma conta de mim. Preciso falar com Wes antes de qualquer outra coisa. Ele deixou mais do que claro que não quer sair com ninguém em Toronto. Disse que eu deveria ir para Detroit.

Temos que conversar antes que eu tome qualquer decisão.

Mas desconfio que sei exatamente o que vai dizer.

33

WES

Canning está estranho. Não disse quase nada durante o jantar, depois vetou minha sugestão de ir ao cinema, dizendo que queria ir dormir.

Subimos a escada do dormitório em silêncio, e eu queria saber o que se passa dentro da cabecinha linda dele. Jamie não parece bravo ou triste. Só preocupado, o que é tão pouco comum para ele, por isso *eu* fico preocupado.

"Sobre o que Pat queria falar?" Só estou tentando puxar papo, mas meu esforço é inútil.

"Coisas de treino", ele responde, então se fecha de novo.

Solto um suspiro e o sigo para o segundo andar, admirando como sua bunda fica no jeans. Passamos o verão inteiro de bermuda e chinelo, mas está surpreendentemente fresco esta noite, então posso desfrutar da sua imagem de calça. Ele está espetacular.

"Quer ver alguma coisa no laptop?", pergunto quando entramos no quarto. "Cassel me mandou um vídeo hilário do..."

Sua boca está na minha antes que eu consiga terminar a frase.

Jamie me empurra contra a porta e enfia a língua na minha boca. Meu reflexo é beijar o cara de volta, ainda que todos os alertas estejam soando na minha cabeça. Ele pega a minha cintura e cola a porção inferior de seu corpo na minha, gemendo.

Minha nossa. Não sei de onde veio essa onda repentina de paixão, mas meu pau certamente gosta disso. Depois de um minuto ou dois, estou duro. Jamie nota, e suas mãos estão frenéticas quando procura o botão da minha calça.

"Estou te devendo uma chupada", ele murmura.

Verdade. Os tiros livres. Tinha esquecido o prêmio. Não que faça diferença, já que a gente se chupa o tempo todo sem precisar de motivo para isso.

Ele abaixa minha calça e minha cueca, ajoelhando em desespero. Os alarmes na minha cabeça soam mais forte.

"Ei." Passo meus dedos no seu cabelo para acalmar seus movimentos frenéticos. "O que aconteceu?"

"Nada ainda." Ele lambe a cabeça do meu pau, e eu vejo estrelas. "Mas espero que *isso* aqui esteja dentro de mim logo mais."

Então ele enfia tudo na boca, provando que aprendeu algumas coisinhas neste verão. Agora consegue me chupar inteiro, e normalmente eu ficaria caidinho por isso.

Mas tem alguma coisa estranha esta noite.

Sua urgência é visível. Eu me recosto na porta e tento me entregar, mas, apesar de sua boca mágica, não consigo. Coloco a mão no seu queixo e peço: "Vem aqui".

Jamie dá uma última chupada que percorre meu corpo até os dedos dos pés. Quando levanta, viro de modo que as costas dele estejam apoiadas na porta. Pego seu queixo nas mãos e olho para seu rosto lindo. As bochechas estão vermelhas e seus grandes olhos castanhos estão tomados de uma emoção que não consigo identificar.

Vou descobrir o que é, mas primeiro o beijo. Uma vez. Duas. "Canning", sussurro. "Não vamos transar até você me contar o que tá rolando."

Ele abaixa os olhos. "Talvez eu trabalhe como técnico no ano que vem", ele diz, com a voz rouca.

"Sério?" Eu nem sabia que ele estava considerando a possibilidade. Dependendo do lugar, pode ser uma boa solução para suas angústias. Mas uma parte de mim ainda sente que é loucura desperdiçar a chance de se tornar um jogador profissional. "Onde?"

"Tem uma vaga de assistente defensivo na equipe júnior de um time grande..." Ele engole em seco. "Em Toronto."

Em Toronto. As palavras ricocheteiam na minha mente. Por um breve segundo, meu coração parece um foguete. Eu poderia dar um grito inapropriado de alegria, mas continuo focado nos olhos cautelosos de Jamie. Ele sempre foi o mais esperto.

202

Eu o avalio rapidamente. Meio segundo depois, meu peito se contrai e minhas mãos largam seu rosto. Ele se retorce quando isso acontece.

Não posso ficar com Jamie em Toronto. Se formos descobertos, não vão ter nenhum motivo para me manter no time. Sou a porra de um novato, torcendo para me tornar valioso para a equipe.

Mais alguns segundos passam antes que eu consiga reunir coragem de dizer isso para ele. Porque é de Jamie Canning que estamos falando. As chances de amar outra pessoa tanto quanto o amo são as mesmas de ser atacado por um tubarão.

Em Toronto.

Mas as chances de Jamie de seguir em frente são bem melhores. A gente se divertiu muito nas últimas semanas, mas isso tudo não significou tanto para ele como significa para mim. Esse cara gato provavelmente é mais hétero que qualquer outra coisa. E, mesmo que eu esteja errado quanto a isso, ele tem duas vezes mais parceiros possíveis no mundo do que tinha há seis semanas.

Jamie pode ter qualquer pessoa. Não vou pedir que espere por mim.

"Fala alguma coisa", ele murmura.

Não quero. Meus olhos ardem e minha garganta está seca. Mas não vou mentir. Ele merece que eu seja honesto uma vez na vida.

"Não podemos ficar juntos em Toronto", digo.

Só seis palavrinhas. Mas fazem os olhos dele ficarem vermelhos.

"Desculpa", acrescento. Isso nem começa a descrever o que sinto.

Ele passa por mim, se afastando da porta. Visto o jeans de novo. Quando fecho o zíper, Jamie colocou depressa uma bermuda. Ele coloca o tênis sem nem amarrar.

"Vou correr", grunhe.

Quando ele vai até a porta, saio do caminho. É exatamente o oposto do que quero fazer, e meu coração grita para que o chame de volta.

Mas a porta abre e bate, e ele vai embora.

Em pânico, corro para a janela. Um minuto depois, ele sai pela varanda e começa a correr na rua, ainda com os cadarços desamarrados.

Mesmo quando está fora do meu campo de visão, preciso de um minuto para respirar e me recompor. Não consigo acreditar que acabei de fazer isso. Não é o que eu quero. Meus pensamentos giram enquanto procuro por uma solução.

Mas não tem uma. Dediquei uma década da minha vida para chegar em Toronto. Meu pai vai acabar comigo se estragar tudo.

Jamie Canning foi meu primeiro amor. Mas nunca o tive para mim.

Tem um lado positivo aqui. Só um. Sei que ele está puto agora porque foi rejeitado. Isso nunca é legal. Mas lá no fundo tenho certeza de que vai seguir em frente. As Hollys do mundo vão esperar por ele de braços abertos. Alguma garota linda vai notar Jamie antes de a semana terminar, e daqui a alguns meses o desastre de hoje vai ser só uma memória ruim.

Como eu.

Engulo o pensamento, então olho para o chão e para a minha mala.

34

JAMIE

É domingo, dia de jantar em família na casa dos meus pais em San Rafael, na Califórnia. Dessa vez não vou acompanhar pelo Skype — faço eu mesmo o macarrão. Piquei uma montanha de alho, várias cebolas e azeitonas. Vamos estar em dez esta noite — nós oito mais o marido da Tammy e o novo namorado da Jess. Estou na cozinha com minha mãe há uma hora e meia e estamos longe de terminar.

Mas percebi que cozinhar é terapêutico. Mantenho as mãos ocupadas e não tenho que olhar nos olhos de ninguém.

Já faz quarenta e oito horas que estou em casa, e minha mãe me circunda como um tubarão. Sabe que tem algo muito errado comigo. Eu só disse que estou em meio a uma crise profissional, e contei sobre a entrevista que tenho daqui a três dias, que entra em conflito com o fato de que me esperam em Detroit no sábado que vem.

Tudo o que eu disse é verdade. Mas não é *toda* a verdade. Escolher entre duas profissões é difícil, mas não tão doloroso quanto o que Wes fez comigo.

Depois daquele momento horrível no quarto, saí para correr. Quando voltei, cinco quilômetros mais tarde, ele tinha ido embora. E não estou dizendo que tinha ido tomar umas — ele tinha abandonado o trabalho. Todas as roupas dele haviam desaparecido. O banheiro estava só com as minhas coisas.

Os patins não estavam mais lá.

Soube no mesmo instante que ele não ia voltar. Quando desci para tomar café no dia seguinte, Pat foi muito simpático. Quando perguntei se ele tinha pessoal o bastante para trabalhar na próxima semana se eu fosse pra Califórnia, garantiu que sim sem fazer nenhuma pergunta.

Passei os últimos dois dias tentando não ficar deprimido no quarto. Agora o gramado está muito bem aparado. Já perdi quatro vezes para o meu pai no xadrez. E finalmente terminei o livro que levei para o acampamento.

Mas continuo sofrendo com a perda do meu melhor amigo/ namorado/ ou sei lá o quê. Nunca chegamos a dar um nome ao que tínhamos. E agora nunca vamos precisar fazer isso.

"Cacete", xingo, depois de cortar a ponta do dedo. A faca escorrega da minha mão quando seguro o corte.

"James." A voz da minha mãe é gentil. "Talvez seja melhor você parar um pouquinho." Ela nem reclama do palavrão. Devo estar mal mesmo. "Vou pegar um Band-Aid", ela diz.

Dois minutos depois, ela já cobriu o machucado. "Posso cuidar da frigideira com a outra mão", ofereço.

"E se em vez disso você me contasse o que está acontecendo?"

Eu poderia fazer isso. Meus pais não ficariam horrorizados diante da ideia de eu estar envolvido com outro homem. São hippies californianos da cabeça aos pés. Se Wes e eu ainda estivéssemos juntos, teria contado fácil. Mas por que falar agora? Meus irmãos iam me encher pelo resto da vida. ("Quer saber qual camisa combina com essa calça? Pergunta pro Jamie. Ele foi gay por algumas semanas.") Não se dá esse tipo de munição a cinco irmãos à toa.

De qualquer maneira, não preciso responder, porque a porta da cozinha abre e a primeira onda de gente começa a chegar.

"Jamester!", minha irmã Tammy grita. "Segura aqui."

Antes que eu possa recusar, tem um bebê nos meus braços.

"Carne fresca!", minha irmã diz, e ri. O marido dela passa pela gente para pegar uma cerveja.

Olho para o bebê. "Hum, oi", digo a Ty. Não o vejo há dois meses, e posso jurar que dobrou de tamanho.

"Nhá", ele responde, com quatro dedos enfiados na boca. Então tira a mão babada e pega meu nariz.

O sorriso de Tammy dobra de tamanho. "É bom ter você de volta, garoto." Ela tem trinta anos, mas me chama de "garoto" desde que tinha doze, e eu, quatro.

Ty e eu pegamos uma cerveja na geladeira e vamos para o deque, que tem uma vista linda da baía de San Rafael. Meus pais compraram esta casa há trinta e quatro anos, quando Joe nasceu. É por isso que têm essa vista e estão nesse bairro caro. O imóvel em si precisou de duas reformas quando a família cresceu. Atualmente, tem cinco quartos. Como sou o mais novo, consegui ter um só para mim apenas um ano antes de ir pra faculdade. Minha vida foi uma série de beliches, brigas pelo cereal mais gostoso e refeições barulhentas.

Porra, eu amo este lugar.

"Acho que preciso acrescentar um terceiro lugar à lista", digo a Ty. Quando olho para ele, está me encarando com seus olhinhos castanhos arregalados, parecidos com os meus. "Detroit, Toronto ou Califórnia?", pergunto.

Ty coça o rosto e parece considerar a situação. Ele pensa *muito* a respeito. Então vem um som de peido. Seu rosto relaxa e começo a sentir o cheiro.

"Você acabou de cagar no meu colo?", pergunto.

Ele olha para mim, todo inocente.

"Ele tá aqui! Jamie!"

Viro para minha outra irmã, Jess. Antes que ela possa reagir, entrego o bebê. Então dou um beijo nela. "É bom ver você, maninha."

"Você acabou de me entregar um sobrinho cagado?"

"É daí que vem o cheiro?"

"Você é fogo!", ela reclama. Somos os mais novos da família. Jess tem vinte e cinco, e é com quem tenho mais intimidade. O que significa que enlouquecemos um ao outro.

"Não aceito devoluções", acrescento.

Ela vira os olhos. "Tá bom. Vou pegar uma fralda. Mas faz alguma coisa de útil e pega uma cerveja pro Raven, vai." Ela vai embora, passando por um cara que eu nunca vi na vida.

"Você é..." Ela disse *Raven*? Que porra de nome é esse?

"Raven", o cara repete, e ergue o punho fechado.

Sério? Bato nele com o meu, só para não ser mal-educado.

"Você é o jogador de hóquei", ele diz. Noto que sua voz é meio etérea.

"Isso", respondo, sem dar muita corda. Porque não faço ideia do que vou ser no fim da semana.

"Legal", ele diz, parecendo chapado. Minha irmã tem dedo podre. Mas quando Raven apoia o quadril na proteção do deque e cruza os braços, noto as tatuagens saindo pela manga da camiseta, acompanhando as curvas do bíceps. Nada mal.

Puta merda. Agora estou secando o namorado da minha irmã. Argh! *Vai se foder, Ryan Wesley. Olha só no que me transformou!* Mas é um pensamento ridículo, e agora tenho vontade de rir.

"Quer uma cerveja?", pergunto, segurando a risada.

"Pode ser", ele grunhe. Muito falante, esse Raven. Se Wes estivesse aqui, ele...

Beleza.

Droga.

A refeição é barulhenta e divertida, como sempre. Ouvindo meus irmãos batendo papo, esqueço Wes por pelo menos algumas horas.

"Temos um atleta profissional na família", diz Scotty, "mas ele desperdiça o talento no hóquei."

"Ainda dá tempo", Brady, o outro gêmeo, diz. "Jamie pode passar pro futebol americano. San Francisco está precisando de jogadores na defesa."

"Já pensei em tudo", meu pai anuncia. "O time dele vai jogar contra Anaheim em novembro..."

Sinto um peso no estômago, porque não acredito nas chances de eu ser escalado para o jogo que ele está imaginando.

"O que significa que vamos todos poder ir ver o San Francisco juntos!", meu pai completa.

Típico. Pelo menos se eu abandonar o hóquei ninguém vai ficar muito chateado.

Tiramos sarro de Tammy por causa da barriga dela. E de Joe por causa da calvície. Quando eu me torno o alvo, nem ouço o que dizem.

O dia voa em uma espiral de fofocas e provocações. Os pratos estão lavados e a torta de pêssego quase acabou. A maioria do pessoal já foi embora, e só sobramos eu, meus pais, Brady e Scotty, que está ficando aqui por um tempo.

Estamos no deque de novo, pés apoiados no corrimão, vendo o sol se pôr enquanto Scotty me conta o que aconteceu com a namorada. "Ela disse que não queria casar com um policial. E, de verdade, fiquei pensando em como poderia mudar de profissão. Tenho um diploma em justiça criminal e sete anos de experiência. Considerei mesmo largar tudo."

A voz dele sai rouca, e o que sinto vai além da empatia.

"Então percebi que provavelmente não faria diferença. Se ela me amasse, meu trabalho não importaria. Mas ela não amava. Não o bastante, pelo menos."

A conta, por favor. Tem uma chance pequena, mas significativa de que eu comece a chorar com a cerveja na mão. Não vai ser divertido explicar o motivo?

"Pelo menos sei que fiz tudo o que podia", ele acrescenta. "Disse que a amava e que queria ficar com ela. Falei o que pensava e deixei tudo claro. Não me arrependo de nada."

Porra. Mas eu não posso dizer o mesmo. Wes me afastou, mas o que eu fiz? Fui correr. Deixei que escapasse. Não disse que o amava. Nunca disse. Em vez disso, engoli o sentimento.

Sou um retardado.

"Jamie?", minha mãe chama com delicadeza.

"Quê?", pergunto.

"Tudo bem por aí?"

Como as mães conseguem fazer isso? É inconveniente pra caralho. "Tudo", murmuro, sem convencer ninguém.

"Quem quer que seja, meu bem... se é importante pra você, fala pra ela."

Argh. Acho que vou ter que ver alguém depois da entrevista em Toronto.

35

WES

Me aproximo das janelas que vão do chão ao teto daquela que pode vir a ser minha sala de estar e olho para a vista panorâmica do lago. É com certeza o melhor de todos os apartamentos que eu vi hoje, mas as águas calmas do Ontário me lembram demais de Lake Placid. E de Jamie.

Mas quem estou tentando enganar? *Tudo* me lembra de Jamie. Ontem à noite nem consegui ficar no bar do hotel sem pensar no lugar à beira da estrada em que demos nosso primeiro beijo. Esta manhã passei por uma loja de doces e pensei nas Skittles roxas que ele comprou para mim. No último apartamento que visitei, passei dez minutos olhando para o futom no chão, pensando nos nossos colchões emparelhados no dormitório.

Não tenho como evitar Jamie Canning, por mais que tente.

"Não tem negócio melhor nessa região", a corretora diz, animada. Ela vem até mim e fica ali, admirando a vista. "Nunca vi um aluguel tão baixo pra dois quartos com vista pro lago."

Viro de costas para a janela e estudo a enorme sala aberta. O apartamento não está decorado, mas consigo imaginar como ficaria com móveis. Um sofá de couro e uma tv enorme. Uma mesa de jantar. Banquetas para tomar café da manhã no balcão.

Consigo me imaginar vivendo aqui, sem dúvida. E, tenho que admitir, neste bairro é muito menos provável que eu quebre o celibato autoimposto. A cena gay não é tão animada quanto a dos outros lugares que visitei. Um dos apartamentos ficava na rua não de um, mas de *três* bares gays.

Não que eu pretenda ir paquerar em bares. A ideia de ficar com alguém além de Jamie me mata.

"Não sei se isso é bom ou ruim pra você", a corretora continua, "mas os donos estão pensando em vender dentro de um ou dois anos. Se você morar aqui e estiver pensando em investir em uma propriedade em Toronto, provavelmente conseguiria comprar o apartamento."

Franzo a testa. "E se decidirem vender antes e eu não estiver interessado em comprar? Vou ter que recolher minhas coisas e mudar?"

Ela balança a cabeça. "Vocês assinariam um contrato de um ano. É seu por pelo menos esse tempo."

Foda-se. "Vou ficar com este", digo. Porque, honestamente, não aguento mais procurar. Só preciso de um lugar para dormir. Não importa onde.

Nada vai me deixar animado mesmo. Só penso em Lake Placid. E na Califórnia. Onde quer que Jamie Canning esteja.

Me sinto um babaca por ter largado o cara daquele jeito. Mas nunca fui bom com despedidas. O que só prova que sou tão imaturo e imprudente como era há quatro anos. Quando o cortei da minha vida pela primeira vez. Acho que é o meu jeito.

Sou mesmo um babaca.

O rosto da corretora, que, como o resto do mundo, ignora meus sentimentos, se ilumina. "Ótimo. Vou providenciar a papelada esta noite."

Cinco minutos depois, atravesso as portas de vidro da entrada e saio para o ar quente de julho. Tem um ponto de bonde no próximo quarteirão, então enfio as mãos nos bolsos e ando até lá. Só quero voltar para o hotel e passar o resto do dia sem fazer nada, mas de repente mudo de ideia.

Chega de sofrer. Acabou tudo com Canning. Em alguns dias, vou começar a treinar e não vou ter mais tempo de explorar meu novo lar.

Vou até um café com vista para o lago para almoçar. Depois ando pelas redondezas, me permitindo admirar minha nova cidade. As ruas são limpas e as pessoas incrivelmente gentis. Nem consigo contar o número de vezes que ouço "Com licença", "Desculpe" e "Muito obrigado" nas duas horas que passo explorando.

Tomo um banho rápido quando chego ao hotel antes de riscar o próximo item da minha lista de tarefas, que agora tem "Mandar e-mail pra agente" e "Encontrar apartamento" cumpridos.

Em seguida vem "Telefonar pro meu pai". Afe. Mal posso esperar.

Digito o número de casa, então sento na beira da cama, já temendo ouvir o som de sua voz. Mas quem atende o telefone é minha mãe.

"Ryan, que bom que ligou", ela diz em seu tom rápido e sem emoção.

É, tenho certeza de que ela está superanimada. "Oi, mãe. Como estão as coisas em Boston?"

"Ótimas. Acabei de chegar, na verdade. Tive uma reunião da sociedade de conservação histórica hoje à noite. Estamos negociando o restauro de uma livraria velha em Washington com a prefeitura."

"Parece legal." Só que não. "O papai tá por aí?"

"Sim. Vou passar pro outro ramal."

É, nossa casa em Beacon Hill tem um aparelho em cada cômodo, porque é o que os ricos fazem. Quem quer perder tempo indo até outra sala para passar o telefone para alguém quando pode ficar contando pilhas de dinheiro?

Meu pai entra na linha em seguida e me cumprimenta com frieza. "Pode falar, Ryan."

Oi pra você também, pai. "Oi. Só queria falar sobre a entrevista para a *Sports Illustrated*."

Ele fica imediatamente na defensiva. "O que tem?"

"Não vou fazer." Fico em silêncio. Quando ele não responde, me apresso. "A temporada de estreia é sempre imprevisível, pai."

"Sei." O tom dele é cortante. "E isso não tem nada a ver com você querer esconder suas... atividades... da revista?"

"Não é isso", insisto. "Não posso ficar com um jornalista na minha cola o ano todo, principalmente se acabar sendo um fracasso." Cerro os dentes. "Quanto às minhas *atividades*, não precisa se preocupar. No momento, isso não é uma questão."

"Sei", ele repete. "Então era mesmo só uma fase." Ele soa prepotente.

É, pai. Minha sexualidade é uma fase. O que eu sou, lá no fundo, não passa de uma fase.

A amargura fica presa na minha garganta, ameaçando me sufocar. Não consigo lidar com ele agora. Ou nunca. Mas especialmente agora.

"De qualquer maneira, obrigado pela oferta, mas não vai rolar. Agradeça ao seu amigo."

Desligo sem me despedir, então levanto, resistindo à vontade de socar alguma coisa. Sou uma pessoa ruim por odiar meus pais? Não, por *desprezar* os dois? Às vezes acho que vou direto para o inferno só pelas coisas que penso.

Mordendo a bochecha, dou uma olhada em volta. Decido ver um pouco de tv. Pedir serviço de quarto. Fazer *qualquer coisa* para distrair meus pensamentos de Jamie, dos meus pais e da minha vida zoada.

Mas parece que as paredes estão me esmagando. Preciso sair deste lugar. Preciso sair da minha cabeça.

Pego a carteira e o cartão do quarto, coloco no bolso e saio do hotel. Chegando à calçada, hesito, porque, na verdade, não tenho ideia de onde ir. Considero entrar no bar do outro lado da rua e tomar um drinque, mas tenho medo de não conseguir parar. Na minha primeira noite em Toronto fiquei tão bêbado que passei a noite me alternando entre vomitar na privada e me enrolar na cama sentindo saudade de Jamie. Me recuso a fazer disso um hábito.

Começo a andar. São oito da noite de um dia de semana, então as lojas ainda estão abertas e as calçadas cheias. Nada nem ninguém desperta meu interesse. Continuo andando. Então caminho mais um pouco, até que a placa de néon de um estabelecimento chama a minha atenção.

O estúdio de tatuagem me atrai como uma luz no fim do túnel. Eu me vejo andando na sua direção sem pensar muito a respeito, e de repente estou na porta.

Já faz um tempo que penso nisso, mas me pareceu meio ridículo. Agora, é agridoce. E apropriado.

Hesito por um momento, então vejo os horários de funcionamento do estúdio ao lado da porta. Fecha às nove. São oito e vinte agora. Provavelmente não vai dar tempo de o tatuador me atender, mas sou um cara impulsivo.

Um sino toca quando entro e me aproximo do cabeludo atrás do balcão. Está com uma regata preta, recostado em uma cadeira giratória, com uma revista no colo. Seu pescoço, seus braços e seus ombros são cobertos de tatuagens.

"Oi", ele diz. "Como posso ajudar?"

"Consegue me encaixar?", pergunto.

"Sim, mas depende do que você quer fazer. Se for grande, vamos precisar de mais sessões." Ele dá uma olhada na tatuagem escapando da minha manga. "Mas você já deve saber disso."

Olho em volta, examinando as fotos que cobrem as paredes. Tem coisas incríveis aqui. "Você fez todas?"

"Claro." Ele sorri. "Quer uma imagem customizada?"

"Não, é bem simples." Mostro o pulso direito. "Só uma coisa escrita aqui."

"Sem problemas." Ele levanta da cadeira e deixa a revista de lado, então me diz o preço.

Dá para pagar, e confio instantaneamente no cara. Quando ele diz "Vamos lá?", eu o sigo sem fazer mais perguntas.

Ele me leva para trás de uma cortina escura, onde há um espaço limpo e organizado. É um bom sinal.

"Meu nome é Vin", ele diz.

Levanto a sobrancelha. "Seu sobrenome é Diesel?"

Ele ri. "Não. É Romano. Vin é apelido de Vincenzo. Minha família é italiana."

"Sou Wes."

Trocamos um aperto de mão e ele aponta para uma cadeira. "Senta." Vin arregaça as mangas e pergunta: "O que você quer que eu escreva?".

Pego o telefone no bolso, tocando na tela para abrir o bloco de notas. Encontro o que marquei e passo para ele. "Esses números."

Ele estuda a tela. "Em algarismos ou por extenso?"

"Algarismos."

"Que tamanho?"

"Pouco mais de um centímetro?"

Vin assente, pega um papel e anota os números antes de me devolver o celular. O lápis voa na folha antes que me entregue o rascunho, pouco depois. "Tipo assim?"

Balanço a cabeça. "Perfeito."

"É fácil agradar você." Com um sorriso, ele começa a preparar sua estação, pegando os suprimentos do armário enquanto acompanho todos os seus movimentos. Fico feliz em ver que pega uma agulha nova, o que significa que as descarta depois do uso.

Ele senta na minha frente. Coloca um par de luvas de borracha, tira a agulha da embalagem e pega a maquininha.

"Onde fica?", ele pergunta.

Franzo a testa. "O quê?"

Ele desinfeta a parte interna do meu pulso. "Esses números... São coordenadas de latitude e longitude, certo? Indicam que lugar no mapa?"

"Lake Placid", respondo, bruscamente.

"Hum." Ele parece intrigado. "E por que Lake Placid? Fica à vontade pra me mandar ficar na minha, se quiser."

Engulo em seco. "Não, tudo bem. É um lugar que significa muito pra mim, só isso. Foi onde passei os melhores verões da minha vida."

Vin coloca tinta preta em um dos recipientes plásticos na bandeja à sua frente. "Odeio o verão."

Não consigo evitar um sorriso. Achava que alguém que tem que passar pelo rigoroso inverno canadense por metade do ano adoraria o tempo quente. "E por quê?"

"Porque sempre termina." Ele suspira, desanimado. "Dura o que, dois, três meses? E então vai embora e voltamos a tremer debaixo dos casacos. O verão tira uma com a nossa cara." Ele dá de ombros e repete: "Sempre termina".

Vin tem razão. O verão sempre termina.

36

JAMIE

Estou detonando na entrevista. E não estou sendo convencido, só honesto.

Meu possível futuro chefe, Bill Braddock, tem cerca de quarenta anos e é um cara legal. Dá para perceber. Passamos quarenta minutos falando das melhores maneiras de treinar atacantes para que sejam mais responsáveis nas defesas. Quando Bill fala de estratégia, seus olhos brilham.

Quero esse emprego. De verdade.

"Desculpa", Bill diz. "Fugi do assunto de novo."

"Tudo bem", digo. "Mas esse é o ponto. Ensinar os garotos a relaxar pra que possam defender sua área com eficiência."

Ele assente, entusiasmado. "Como você aprendeu a manter a calma? Vi vídeos seus."

"Ah." Dou risada. "Sou o mais novo de seis irmãos. Nasci em meio ao caos. Tô acostumado."

Braddock ri. Dá até um tapinha no joelho. "Incrível. Era muito ruim?"

"Era. Quando você tem seis filhos, sempre acaba perdendo um. E costuma ser o mais novo. Eu me lembro de estar no corredor de cereais do mercado, escolhendo entre dois tipos diferentes. Quando olhei, todo mundo tinha sumido. Outra vez paramos pra descansar no lago Tahoe e foram embora sem mim. Pelo menos voltaram assim que perceberam que eu não estava no carro, depois de vinte e cinco quilômetros."

Bill está vermelho de tanto rir. "Quantos anos você tinha?"

"Uns sete? Oito? Não sei. Mas já sabia que não podia entrar em pânico."

"Incrível." Ele ri, então estica a mão para mim. "Vem trabalhar comigo, Jamie. Acho que vamos nos dar bem."

Aperto a mão dele. "Vou adorar."

"É uma decisão importante. Você pode tirar o fim de semana pra..."

Balanço a cabeça. "Quero ser treinador. Não preciso do fim de semana."

Ele se recosta, e pela sua expressão sei que está impressionado. "Muito bem, então. Posso colocar você em contato com um corretor? Achar um lugar pra morar pode ser difícil. Toronto é uma cidade cara. Pagamos nossos treinadores o melhor que podemos, mas ninguém é rico aqui..."

"Sim, vou precisar ver isso." Pela primeira vez em uma hora, penso em Wes. Talvez esteja a poucos quilômetros de mim, também procurando apartamento.

Preciso falar com ele — já decidi isso. Mas depois vou precisar dar um jeito de tirar o cara da minha cabeça. Não quero ficar constantemente procurando seu rosto quando estiver andando na rua.

Seguir em frente vai ser difícil.

Levanto e estico a mão mais uma vez. Bill a aperta, sorrindo como se tivesse ganhado na loteria. Pelo menos vou trabalhar para um cara legal. Espero que isso signifique que o time é legal também.

"Me diga como posso ajudar você", Bill pede, levantando da cadeira. "De verdade. Pode mandar um e-mail perguntando sobre os bairros ou qualquer outra coisa."

"Pode deixar."

Cinco minutos depois, estou de volta às ruas de Toronto, afrouxando a gravata que usei na entrevista. Não almocei, então sento em uma mesa do lado de fora de um restaurante e peço um sanduíche e um café gelado.

Toronto é um lugar bacana. Uma cidade grande. Preciso dar um jeito de ver Wes hoje. Tentei ligar de manhã, assim que saí do avião, mas o número dele não existia mais. Entrei em pânico, achando que ele poderia ter cancelado o celular só para se livrar de mim. Quando recebi uma mensagem no meu próprio celular explicando as tarifas que seriam cobradas no Canadá, me dei conta de que ele só devia ter mudado para uma operadora local.

Tem que ser isso, né?

De qualquer maneira, preciso pensar em outro modo de localizar Wes depressa. Poderia ir ao rinque, mas duvido que iam simplesmente me deixar entrar. E, mesmo que deixassem, talvez ele não gostasse nada disso...

O celular toca e me assusta. Meu coração acelera. Mas é claro que não é Wes. A tela diz HOLLY.

"Oi", eu atendo, tentando soar tranquilo. Não nos falamos desde o encontro desconfortável em Lake Placid, mas ainda espero que ela estivesse sendo sincera quando disse que continuaríamos sendo amigos. "Você nunca vai adivinhar onde estou agora."

Ela ri, e isso me reconforta. "Não é em Detroit, então?"

"Não. Toronto. Vou trabalhar como treinador."

"Sério? Que demais, Jamie. Estou tão orgulhosa. Que bom que seguiu seus instintos."

Isso me deixa feliz. Todo mundo gosta de ouvir que fez a coisa certa. "Obrigado. Agora tenho que me adaptar. O dinheiro canadense é meio engraçado."

Holly ri. "Por que Toronto? Vai me contar a respeito da garota misteriosa?"

"Hum..." Droga. "Não sei se vai dar certo. Não estamos bem."

"Ah, Jamie..." Ela parece genuinamente chateada. "Sinto muito. O que aconteceu?"

A garçonete traz minha comida e eu agradeço. "Então", volto a falar, olhando por cima do ombro. Estou sozinho num lugar aberto, atendi o celular porque sabia que não ia incomodar ninguém. "Você vai morrer de rir." Preciso contar para alguém. E Holly vai guardar segredo. Ela é uma boa amiga.

"Conta."

"A garota misteriosa não existe. É um cara."

Ela fica em silêncio por um momento. "Sério?" Parece não acreditar.

"Sério. Acho que sou... hum..." Nunca disse em voz alta antes. "Bi." Pronto. Não foi tão difícil.

"Eu... uau!", Holly diz. "Não esperava nem um pouco por isso."

"Nem eu." Dou risada. "Foi um verão bem interessante."

"Quem é? Peraí. É o cara do hotel! E do rinque! Ryan sei-lá-o-quê."

Cacete. Tinha esquecido como as mulheres são intuitivas. "Holly, não conta pra ninguém. Não importa muito pra mim, mas pode pegar bem mal pra ele."

Ela suspira audivelmente. "Não vou contar, claro. Mas... ele te *largou*? Vou matar esse cara."

Isso me faz sorrir. "Você é a melhor. Já falei isso?"

"Tenho meus momentos." Holly suspira de novo. "Ei, agora posso parar de pensar no tipo de garota pelo qual você me trocou. Imaginar o que ela tem que eu não tenho tomou muito do meu tempo. Agora pelo menos sei a resposta: um pau."

Dou risada. "Ah, Holly, é bom falar com você."

"Com você também."

Quando desligamos, o sorriso continua no meu rosto. Como o sanduíche pensando em todas as coisas malucas que aconteceram nas últimas seis semanas.

E uma lembrança em particular resolve o problema de como encontrar Wes.

Chamo a garçonete e pego o celular. Tenho que baixar um aplicativo.

37

WES

O primeiro treino é duro, mas é assim que eu gosto. O treinador Harvey começa com um exercício desenvolvido para melhorar nossa habilidade de acelerar em curva, e só levo cinco segundos para me dar conta de que estou entre os profissionais agora. *Você não está mais na faculdade, menino.*

É outro nível de intensidade, e suo pra caralho indo de um lado pro outro, seguindo as instruções do técnico. Tento me forçar a acompanhar aqueles que treinam juntos há muito mais tempo que meus meros cinco minutos.

E a coisa só fica mais difícil, mas tudo bem por mim. É tudo o que tenho. Foi a decisão que tomei. É a melhor escolha que já fiz. Vou focar em jogar o melhor hóquei que posso pelos próximos anos.

Quando terminamos, estou tão suado que sai vapor da minha cabeça quando tiro o capacete. Minhas pernas parecem gelatina enquanto me encaminho para o vestiário.

"Bom treino, cara. Você foi uma boa escolha", um jogador chamado Tomkins diz. Entrou no time há três temporadas e está indo bem, então fico contente em ouvir isso.

"Valeu. Tô feliz de estar aqui."

E é verdade. Na maior parte do tempo.

Depois do banho, me visto e vou embora. Estou cansado e não preciso socializar, porque vamos todos jantar juntos daqui a duas horas.

Pego o celular para ver se alguém ligou, mas é claro que não. Só tenho uma notificação no Grindr. É esquisito, porque não escrevi para ninguém desde que cheguei a Toronto. Tenho me comportado. Na verdade, deveria apagar a porra do aplicativo. Para não cair na tentação e tudo o mais.

Mas eu o abro, caso seja uma mensagem de alguém que conheço. Mas é de um perfil novo, com uma foto que não reconheço. Estava prestes a deletar quando vejo o nome do cara.

A mensagem é de SkittleRoxa. Quando eu abro, ele está a pouco mais de três quilômetros de distância.

Um arrepio percorre meu corpo. Jamie Canning está em Toronto.

Fico tenso enquanto abro a mensagem, porque ele deve estar puto comigo. Mas tenho que fazer isso.

Wes, preciso de quinze minutos do seu tempo. Vou aceitar o cargo de treinador e preciso te dizer uma coisa. Vamos morar na mesma cidade. É grande o bastante, mas mesmo assim. Diga onde podemos nos encontrar. Pra mim tanto faz, na Starbucks ou onde quer que os canadenses tomem café.

Por favor.

J

Respondo antes que possa pensar a respeito. Digo sim. Não porque é a coisa certa a fazer, mas porque sou incapaz de dizer não. Mas um café não é a melhor opção. Tem gente demais. Peço que me encontre no meu futuro apartamento.

A corretora me perguntou se eu queria tirar medidas. Aparentemente as pessoas fazem isso. Eu disse que sim e ela me deixou a chave na portaria.

Corro para lá.

O porteiro me entrega a chave e digo que estou esperando alguém para olhar o apartamento comigo. Ele diz que vai deixar que a pessoa suba assim que chegar.

Pego o elevador com o coração acelerado. Quando entro, já vejo o lugar com novos olhos. É grande demais para uma pessoa só. Deveria ter procurado um lugar com apenas um quarto. Jamie vai ver esse lugar e achar que fugi dele para viver a vida boa de jogador da NHL. Como se eu ligasse para isso.

Mas o balcão de granito e os tacos de madeira de cerejeira riem de mim. *É o que você queria.*

Eu deveria estar tirando medidas, mas sequer tenho uma trena. E nem é o apartamento que eu preciso medir — é o tamanho da minha coragem. Jamie está a caminho para dizer que sou um grande filho da puta, e não tenho como argumentar contra isso.

Quando ouço a batida na porta, ainda não estou pronto.

Mas respiro fundo e abro. Ele entra usando a porra de um terno com gravata, gostoso o bastante para me enlouquecer. Eu me afasto num reflexo, porque não posso tocar nele. Nunca tive nenhuma força de vontade quando se trata de Jamie Canning. E estou cansado de mandar sinais contraditórios. Não posso mais fazer isso com ele.

"Oi", ele diz, cuidadoso. "Lugar legal."

Dou de ombros, porque minha boca está seca demais para falar. Seus grandes olhos castanhos percorrem a sala, o que me dá um minuto para admirar o homem que eu amo, provavelmente pela última vez. Ele está bronzeado e de cabelo curto. Sei exatamente quão macio é ao toque dos meus dedos. E sei que tem um milhão de cores diferentes de perto.

Minha bunda bate no balcão da cozinha e eu quase caio.

"Tudo bem aí?", ele pergunta.

Assinto, porque é a única coisa que posso fazer. É difícil. Mas a culpa é minha. Apoio uma mão no balcão de granito, e a temperatura fria me acalma.

"Bom, tem algo que eu preciso dizer, mesmo que você não queira ouvir."

Os olhos de Jamie me procuram, mas não sei para quê. Cansei de ser um babaca com ele, e não posso revelar como me sinto. Isso me deixa mudo. É o melhor que posso fazer.

"Não sei o que você acha que aconteceu nesse verão", ele continua, enfiando a mão nos bolsos. Se o negócio de técnico não funcionar, ele deveria virar ceo de alguma empresa, porque fica incrível de terno. "Na verdade, tenho certeza de que você inventou um monte de bobagem nessa sua cabeça teimosa. Deve pensar que me corrompeu, me manipulou ou qualquer merda dessas."

Meu rosto fica vermelho. Porque é mesmo o que eu penso.

"Você acha que eu só estava de bobeira. Experimentando. Que eu vou..." Ele esfrega as mãos, como se as estivesse limpando. "Simplesmente voltar pras garotas. Encarar tudo o que aconteceu como uma fase."

É, eu penso isso também.

"*Não* vai acontecer, Ryan. Não comigo. O que rolou foi que eu recuperei meu melhor amigo por um tempo e me apaixonei por ele." Sua voz engrossa. "Não tô falando da boca pra fora. Eu amo você, porra, e sei que é inconveniente. Mas não tive a chance de dizer em Lake Placid, então tô dizendo agora. Caso seja possível estender aquele verão. Eu te amo e queria que as coisas fossem diferentes."

Sinto uma pressão nos meus ouvidos e o mundo sai de foco. Estou afundando, minhas costas escorregam contra o armário de madeira, minha bunda pousa no chão de cerejeira. Meus olhos estão molhados, e eu viro para a janela. Vejo o azul. Que vista do caralho. É linda, mas eu nem ligo.

Porque nada é tão lindo quanto o homem que acabou de dizer que me ama, mesmo eu sendo um babaca.

"Wes." A voz é suave, e ele se aproxima de mim. Ouço o ruído do paletó sendo tirado. Alguns segundos depois, Jamie senta no chão ao meu lado.

De canto de olho, vejo braços musculosos revelados pelas mangas da camisa arregaçadas. Ele abraça os joelhos e suspira. "Não queria chatear você", Jamie diz, baixo. "Mas tinha que falar."

Ele está bem aqui. O cheiro de xampu e o calor do seu corpo contra o meu são inebriantes. Senti sua falta. Tanto que tenho andado por aí com um buraco no lugar onde ficava meu coração.

Mas ele foi preenchido de novo. Meu coração voltou, porque Jamie está aqui.

E ele me ama, caralho.

O ar me escapa e eu estremeço. "Não posso escolher."

"Você já escolheu, e eu entendo..."

Balanço a cabeça violentamente. "Não. É sério. Não *posso* escolher. Não *vou* escolher entre você e o hóquei. Quero ambos. Mesmo se der tudo errado." Olho pra Jamie de novo, finalmente, bem a tempo de ver o cara estremecer.

"Não quero ser o motivo pelo qual sua carreira na NHL não deu certo", ele diz, veemente. "Eu entendo, Wes. De verdade."

Uma lágrima corre pelo meu rosto, mas nem ligo. Tiro a mão de Jamie do seu joelho e dou um beijo nela. É tão bom.

"Desculpa. Vamos dar um jeito. Eu te amo, porra."

Ele respira com dificuldade. "Mesmo?"

"Claro. E não vou deixar que vá embora daqui."

"Nunca?", ele brinca, apertando minha mão. "É um jeito de impedir os boatos."

Suspiro. "Precisamos de uma estratégia. Tenho que ficar longe da mídia o máximo possível."

"Viu só? É por isso que eu..."

"Para, lindo", murmuro. "Me deixa pensar um segundo."

Não podemos mentir para sempre para salvar minha carreira — não é justo com Jamie. Talvez ele não tenha pensado muito a respeito, mas me assumi gay há tempo suficiente pra saber que viver no armário é uma merda.

"Preciso ser discreto até junho", decido. "E pronto. E só se Toronto for longe nos play-offs. Só uma temporada."

"Mas e depois?"

Dou de ombros. "Depois você pode ir comigo no próximo churrasco do time ou o que quer que seja."

Jamie ri, mas estou falando sério. Só precisei olhar para ele hoje pra me dar conta de que não posso lidar com diferentes áreas da minha vida como se elas não fossem relacionadas. Nunca vai funcionar.

"E se acontecer alguma coisa antes de junho? Tipo..." Ele suspira de novo. "Não posso mentir pra minha família. Vou pedir que sejam discretos, e eles vão tentar. Mas não tô brincando quando digo que não quero criar problemas pra você. Pensa bem nos riscos que está disposto a correr."

"Você vale a pena", sussurro. *Eu* valho a pena, porra. Não se trata de generosidade. Se Jamie é corajoso o bastante para entrar aqui e dizer que me ama, também tenho que me arriscar. "Vou ter que conversar com a assessoria de comunicação. Vou deixar o pessoal avisado."

Ele aperta minha mão. "Você não pode estar falando sério."

Apoio a cabeça no painel de madeira. "Mas estou, e muito. É a minha vida, e a sua. Faz anos que amo você, lindo. Se a NHL não pode lidar com isso, então preciso encarar os fatos."

A expressão de Jamie se alivia. "Mas vai ser péssimo."

"Não. Péssimo seria se você me deixasse." Passo a mão pelo cabelo, e ele pega meu pulso, apertando os olhos castanhos.

"Quando fez isso?"

Jamie está olhando para a minha nova tatuagem, e eu me sinto meio bobo ao responder: "Alguns dias depois que fui embora do acampamento".

As pontas ásperas dos seus dedos passam por cima da tinta preta. "São as coordenadas de onde?" Não fico surpreso que tenha descoberto. Ele é esperto.

"Lake Placid", digo.

Ele me encara. "Sei." Ele pigarreia, mas, quando fala, sua voz ainda é estranha. "Você me ama mesmo, hein?"

"Sempre amei." Engulo em seco. "E sempre vou amar."

Não sei quem avança primeiro. Mas um segundo depois nossos lábios estão colados. Gemo antes mesmo que a língua de Jamie esteja na minha boca. Eu o beijo forte, e ele retribui.

O tempo voa. Não paramos de nos beijar. Meus lábios incham e o beijo é tão forte que chega a doer. Mas não se trata de sexo. Cada beijo é uma promessa de algo. Sei que precisamos parar. Temos que fazer planos e preciso ir jantar com o time, mas toda vez que digo a mim mesmo que *esse* é o último, preciso de mais um. E mais um.

Mas uma hora acabo me afastando. "Você tem que morar aqui", solto.

"Quê?", Jamie diz, parecendo confuso. Suas bochechas estão vermelhas e seu cabelo está todo bagunçado.

"Um novato de vinte e dois anos pode dividir o apartamento, ainda mais se for com um ex-colega de time. Seria ainda mais esquisito se você ficasse entrando e saindo o tempo todo."

Ele sorri, e eu acho que está prestes a fazer uma piada sobre "entrando e saindo". "Você acabou de me pedir pra morar com você?"

"Bom... é. Você quer?"

Os olhos de Jamie passeiam pelo lugar. "Não posso pagar um lugar assim."

Balanço a cabeça. "Não tem problema. Você fica com as contas ou algo assim."

"Não posso..."

"Claro que pode. Considere um presente por todo o tempo em que fugi de você."

"Não posso não pagar *nada*."

"Tudo bem. Você ajuda com o que ia gastar alugando outro lugar." Levanto e ofereço a mão para ele. "Vem conhecer." Não quero falar sobre dinheiro. Foda-se.

Jamie pega minha mão e me segue pelo corredor até a cozinha.

"A gente pode colocar uma cama neste quarto, mas não vai ser o nosso. Podemos pôr uma mesa aqui, se você precisar pro trabalho. Tipo um escritório."

Parece tão simples. Toronto de repente é o lugar onde realmente quero estar. "Este é o nosso quarto." Entro no cômodo amplo, que fica em um canto do apartamento. "É bem reservado. Ninguém vai ouvir quando a gente trepar." Arrisco olhar pra Jamie e noto que seus olhos estão arregalados.

Puta que o pariu. Não devia ter dito isso. Agora estou de pau duro e não temos tempo de fazer nada a respeito. "Peraí. Que horas são?"

Ele olha o relógio. "Seis."

Merda! "Preciso estar num restaurante em meia hora, e meu hotel é do outro lado da cidade..." Penso no que estou usando. Calça esportiva e chinelo. Ótimo. Vou chegar atrasado ao primeiro evento do time. *Caralho.* Dou risada, porque é isso ou chorar. E já chorei o bastante hoje.

"Lindo, quer usar meu terno?", Jamie oferece.

"Sério?"

Ele dá de ombros. "Experimenta para ver como fica..."

"Vamos ver." Dou risada, porque isso é muito louco. Mas é o que acontece quando eu e Jamie estamos juntos. Coisas muito loucas.

E temos mais ou menos o mesmo tamanho. A cintura de Jamie pode ser um pouco mais larga que a minha, mas ele está de cinto.

Vejo que está olhando para o próprio corpo, provavelmente pensando o mesmo. "Que número de sapato você usa?"

"Quarenta e dois."

"Esse é quarenta e três", ele diz. "Deve dar."

Sorrimos como idiotas enquanto tiramos as roupas no quarto vazio. Jamie fica só de meias, e eu solto um gemido diante da visão. "Espero que o jantar não demore muito. Você passa a noite comigo no hotel?"

Ele lambe os lábios. "Claro. Depois me manda o endereço." Ele me passa a camisa e eu a visto. Tem o cheiro dele. Vou ficar com tesão a noite toda. É o melhor tipo de tortura.

Concluímos a troca e até que não fica ruim. Os ombros estão um pouco largos, mas e daí? "Esqueci uma coisa."

"O quê?"

Tento dar o nó na gravata, mas sem espelho demoro bastante. "Lembra aquela noite em que a gente estava fazendo a lista de vantagens de ser gay? Pegar as roupas do namorado emprestadas é outro item."

Dando risada, ele tira a minha mão e dá o nó na gravata. "Você ficou bem gostoso de terno."

"Você fica gostoso de qualquer jeito."

Ele estica a mão e aperta meu pau por cima da calça. "Vai ganhar uma chupada depois só por ter dito isso."

Gemo. Então tenho uma ideia tão safada que quase não consigo falar com a cara séria. "Hoje à noite quero você só com minha camisa do Toronto."

Jamie começa a rir e dá um tapinha no meu rosto. "Babaca. Não sou uma fãzinha."

"Por favor! Nunca comi uma. É minha única chance."

Ele me envolve com seus braços e aperta minha bunda. Recebo um único beijo ardente antes que se afaste. "Agora me dá a chave do quarto e vai jantar. Chega de beijo."

Quando saio na rua, alguns minutos depois, estou meio tonto enquanto ando em sapatos ligeiramente grandes.

Mas nunca me senti melhor em toda a minha vida.

38

WES

Agosto

No fim da primeira semana da pré-temporada, o treinador Harvey me coloca na segunda linha com Erikkson e Forsberg. Erikkson foi um dos maiores pontuadores da temporada passada. Forsberg fez Chicago vencer três vezes o campeonato antes de ir para o Toronto. De repente eu, Ryan Wesley, novato e imaturo, estou patinando com duas grandes lendas.

É um bom sinal, porque significa que estão considerando me escalar para esta temporada, em vez de me mandar para um time B para melhorar meu jogo.

Treinamos por dois minutos. Logo antes de o treinador mudar a formação, meu tiro passa pelo goleiro (que também já venceu o campeonato) e Erikkson me cumprimenta com um sorriso por trás da máscara.

"Essa foi boa, garoto!"

O elogio me deixa feliz. Fico ainda mais animado quando vejo que o treinador balança a cabeça em aprovação no banco. "Você é bastante instintivo", ele diz quando me apoio nas placas laterais por um momento. "Não hesita. Gosto disso."

Ouvir isso é bom para o meu ego? Com certeza. Nas últimas duas semanas, aprendi que elogios vêm do nosso treinador principal com tanta frequência quanto acontecem eclipses solares. Mesmo pressionando a gente e sendo durão, é um cara legal fora do gelo e sabe tudo de hóquei.

Forsberg se aproxima de mim enquanto rumo para a saída e bagunça meu cabelo como se eu tivesse cinco anos. "Você é rápido, Wesley. Continua assim. Quero você jogando comigo."

Meu coração dá um salto maluco. Minha nossa. Será que é verdade?

Mas meu bom humor não dura muito. Tenho um encontro marcado com um dos assessores do time em meia hora. Dependendo de como for, o treino não vai ser a única coisa a terminar hoje. Pode acontecer o mesmo com a minha carreira.

Antes mesmo que comece.

Mas não mudei de ideia, não importa quantas vezes Jamie me peça para reconsiderar. Não vou desistir dele. O ano pode ser difícil, especialmente se o assessor insistir para que o relacionamento seja mantido em segredo. Mas sei que vamos superar.

Amo Jamie. Sempre amei. E agora que sei que ele se sente do mesmo jeito, mal posso esperar para vê-lo de novo. Para morar com ele.

Depois de aceitar o cargo de técnico e informar Detroit a respeito, Jamie passou duas semanas em Lake Placid. Ele me contou seu plano quando estávamos deitados na cama do hotel, depois de termos transado. Mesmo completamente feliz como estava, achei que era uma péssima ideia. "Não vai", eu disse. "Você acabou de chegar."

Sorrindo, ele me deu um beijo. "A gente ainda nem pode morar juntos. E Pat precisa de ajuda. Fora que você vai poder focar toda a sua energia em impressionar o treinador."

Estou morrendo de saudade dele, mas fiz o que sugeriu. Tudo o que faço é treinar e conversar com Jamie no celular à noite. Fui para o apartamento há três dias. Comprei só o essencial — um colchão king size e uma TV gigante. Não vou fazer mais nada até ele voltar na semana que vem, para que possamos escolher tudo juntos.

Na verdade, encontrei uma poltrona na calçada ontem e levei para cima. Mas quando coloquei na frente da janela da sala notei que estava meio bamba.

Tirei uma foto e mandei pra Jamie. Sua resposta foi rápida e furiosa: *Se livra disso! Pessoas jogam coisas fora por um motivo! Aposto que alguém morreu nesse negócio!*

Programação da noite: me livrar da poltrona e ir ao mercado.

Sou um ótimo dono de casa. Estou até gostando.

Depois de tomar um banho e me vestir, vou até os elevadores no fim da arena. O assessor concordou em me encontrar em uma das salas do complexo, me poupando de ir até o escritório central do time, do outro lado da cidade, na hora do rush.

Ele está esperando por mim no corredor quando saio do elevador. Já o vi antes. Depois que assinei o contrato, quando me passou todas as informações sobre os eventos promocionais a que eu teria que ir durante a temporada.

"Ryan", ele diz, simpático e já estendendo a mão. "É bom ver você de novo."

"Frank", cumprimento. "Obrigado por ter vindo."

"Tudo por nosso novato preferido." Ele sorri e faz sinal para que eu o siga.

Pouco depois, estamos sentados na pequena sala com vista para o estacionamento. Frank me lança um olhar irônico. "Não é exatamente luxuoso aqui. Não posso nem oferecer uma bebida pra você."

"Tudo bem. Acabei de virar duas garrafas de água no vestiário."

"Peguei o fim do treino. Parece que você está se entrosando bem."

"Acho que sim", admito. "E espero que o treinador concorde."

Frank sorri. "Pode acreditar, garoto, Hal ama você. Fiquei sabendo que, quando eles estavam considerando as possibilidades no *draft*, nem olharam outros centrais. Você foi a primeira e única escolha."

Uma onda de prazer me percorre. Então vem a culpa. Porque a ideia de decepcionar meu novo técnico me deixa enjoado.

Mas a ideia de não ter Jamie na minha vida me faz muito pior.

"Bom, tenho uma coisa importante pra discutir com você", começo, desconfortável.

Frank fica sério de repente. "Tudo bem? Alguém está criando problemas pra você?"

Balanço a cabeça. "Não, nada do tipo." Deixo um suspiro pesaroso escapar. "Provavelmente sou eu quem vai acabar te dando problemas."

Ele ri. "Olha, já tive muitas conversas que começaram assim. É difícil que eu me choque. Manda bala."

Bato as mãos nas coxas para parar de gesticular. "Frank... o colega de quarto que listei como contato de emergência na verdade é meu namorado. Mas, hum, ninguém mais sabe."

Ele nem pisca. "Certo."

Certo? A confusão me atinge enquanto tento entender aquela resposta. Não parece sarcástica, do tipo: *Ceeeeeerto, entendi*. Não pareceu hostil. Não pareceu nada.

"Só tô contando porque, bom, pode vazar. Não quero trazer publicidade negativa pro time", me apresso em dizer. "Minha orientação sexual não tem nada a ver com minhas habilidades no gelo. Pretendo me matar pelo time, e realmente espero que quem eu namoro no meu tempo livre não afete a opinião dos meus colegas sobre meu trabalho. Mas também sei que a mídia vai adorar a história se descobrir."

Frank assente.

"Eu..." Respiro fundo. "Quer dizer, tô morando com alguém. O que temos é sério. O único, hum, escândalo é que se trata de um cara."

Seus lábios se contorcem.

Porra. Ele está *rindo* de mim?

Aperto os dentes e me forço a continuar. "Estamos dispostos a ser discretos, mas não podemos esconder nosso relacionamento pra sempre. Nem acho que precisamos." Solto o ar de repente. "Então achei melhor contar tudo e deixar que você e o time decidam o que acontece agora."

Frank se inclina e apoia os braços na mesa. "Ryan." Ele ri. "Admiro que tenha vindo falar comigo, mas... já sabíamos da sua orientação sexual."

Fico surpreso. "Sério?"

"Somos muito cuidadosos no processo de escolha dos jogadores. A última coisa de que um time precisa é draftar um garoto na primeira rodada só pra descobrir depois que ele tem uma ficha criminal enorme, é viciado em drogas ou tem qualquer outro segredo que possa vir a ser um problema pra nós."

Meu Deus. Então eles sabiam que eu era gay *antes* de me escolherem? Como?

Expresso minha dúvida. "Como vocês sabiam?"

Ele ri de novo. "Você estava tentando esconder? Porque seus colegas de time e treinadores sabiam."

Fico... estupefato. "O técnico contou pra vocês?"

Ele dá de ombros como se não fosse nada de mais. "Ele não queria que você fosse para um time que não te tratasse direito. Fez um favor a você. Como eu disse, Hal ficou impressionado, mas não apenas com seu talento. Você é inteligente, discreto, tem uma cabeça boa. É tudo o que importa pra ele. Pra *nós*."

"Então..." Tento controlar minha voz. "Vocês não se importam que eu esteja envolvido com outro homem?"

"Nem um pouco." Ele junta as mãos. "Na verdade, já tenho o release pronto pra quando isso vazar. Nós vamos apoiar você."

Fico ali, com a mente num turbilhão. Tem algo estranho nessa conversa. É quase como se estivessem querendo usar o release. "E o que vocês ganham com isso?", solto.

Ele sorri. "Hum... a consciência limpa?"

"Mentira. O que vocês ganham com isso?"

Frank abre as mãos num gesto de entrega. "Ano passado trocamos Kim com Anaheim e Owens com Miami, porque tínhamos..."

"... destros demais na defesa", completo.

Frank assente. "Só que Kim era de origem coreana e Owen era..." Ele olha pro teto, tentando lembrar. "Esqueci. Mas algum jornalista esportivo idiota fez um grande escândalo sobre como não temos diversidade no nosso time. Alguém se aproveitou disso pra lançar uma petição que de alguma maneira conseguiu vinte e cinco mil assinaturas."

Não posso acreditar no que estou ouvindo. "Então vocês contrataram a bicha."

Frank vira os olhos. "Não use essa palavra. Não é legal."

Meu gemido ecoa pelas paredes do escritório. "Por favor, me diz que não vão vazar minha orientação sexual da próxima vez que alguém disser que falta diversidade no time. Não quero ser um peão no joguinho de vocês."

Ele sorri. "Não vamos transformar você em um símbolo para os atletas gays. Você sabe como são as fofocas, isso pode acontecer inevitavelmente. Mas não vamos expor você para a mídia e te fazer segurar uma bandeira do arco-íris ou pedir que dê entrevistas como o 'primeiro jogador declaradamente gay da NHL'."

Frank faz as aspas no ar, rindo de novo, e eu percebo que eles pensaram bastante a respeito. Enquanto isso, passei cada segundo desde que fui draftado me preocupando em esconder o fato de que sou gay.

"Mas preciso dizer que, se você está num relacionamento estável, fico muito feliz. Quando a imprensa finalmente descobrir, não vai publicar uma foto sua numa casa de banho desagradável na Jarvis Street. Você e seu namorado jantando à luz de velas me parece muito melhor."

Abro a boca para reclamar do comentário, mas percebo que nem quero comprar essa briga. Toronto vai ficar comigo, mesmo que todo mundo descubra sobre Jamie. *É tudo o que importa*, digo a mim mesmo. O cara à minha frente é pago para pensar como um babaca, da mesma forma que eu sou pago pra pensar como um matador.

"Você tem mais alguma coisa a dizer, Ryan?"

Pisco. "Hum... não. Era isso."

Frank arrasta a cadeira e levanta. "Então espero que não se incomode se pararmos por aqui. Preciso falar com Hal antes de voltar pra esposa e pras crianças."

Sinto as pernas moles enquanto o sigo até a porta, onde ele para e bate no meu ombro. "Você devia ir jantar em casa uma noite dessas. Pode levar seu namorado."

Pisco de novo. Em que porra de planeta estou?

Ele sorri ao notar minha confusão. "Sei que é novo na cidade e ainda não deve conhecer muita gente. Minha mulher adora receber gente do time. Ela vai adorar se você for."

"Ah. Tá, claro. Obrigado pelo convite."

Seguimos para lados diferentes quando chegamos ao saguão. Estou tremendo quando saio para a rua e vou para o metrô. É como se um peso enorme tivesse sido tirado dos meus ombros, e não sei bem como lidar com essa nova sensação. Leveza, tontura. Alívio.

Mal posso esperar para contar a Jamie.

39

JAMIE

Foi um longo dia de trabalho.

Pat faz um intensivo de duas semanas no fim do acampamento, e o lugar fica realmente cheio. Como não tem mais cama no dormitório, os garotos novos ficam com os pais em apartamentos alugados. Otimizamos o tempo no gelo e as horas acordados.

É puxado, mas eu adoro.

Só que hoje estou tenso o dia todo, porque Wes vai encontrar o assessor. Depois do último treino do dia, volto para o dormitório. Deixei o celular no quarto de propósito, para não ficar checando a tela o tempo todo.

Tem algo na minha porta. Um pacote da FedEx. Quando pego, noto que é leve.

Abro a porta e entro no quarto quase vazio. Pat ainda está com um treinador a menos, então foi bom que voltei para ajudar.

A primeira coisa que faço é pegar o celular. Não chegou nenhuma mensagem e o único e-mail é uma propaganda de óculos escuros. Então volto minha atenção ao pacote e o abro.

Uma caixa de presente cai — a mesma que recentemente enchi de Skittles roxas. Abro e encontro um papel dentro. Sorrio quando vejo uma única Skittle roxa colada ali.

É o resultado dos exames médicos do sr. Ryan E. Wesley Jr. Todas as doenças sexualmente transmissíveis conhecidas pelo homem estão listadas ali, seguidas por um "negativo".

Ele escreveu algo no fim da folha: *Eu ia encher a caixa de camisinhas roxas, mas tive uma ideia melhor.*

Eeeee agora estou com tesão e ansioso.

Então ando pelo quarto.

Quando o alerta do meu celular toca alguns minutos depois, eu o pego no bolso e vejo que recebi um e-mail.

Mas não é de Wes.

Querido treinador Canning,

Nem posso acreditar que não terminei o treinamento com você. Ainda não estou falando com meu pai por causa disso. Foi o melhor verão da minha vida, porque trabalhei com você, e fico puto que tenha terminado daquele jeito.

Vou jogar no Storm Sharks U18 este ano. Segue o link, caso queira ver minhas estatísticas. Acho que elas vão melhorar, e você é o responsável por isso.

Abraços,

Mark Killfeather Jr.

Leio o e-mail duas vezes. E mais uma. Não fala nada sobre mim e Wes, não há nenhuma censura. É só um garoto que quer jogar hóquei e agradece a alguém que tentou ajudar.

Porra, tenho orgulho desse e-mail. Estou um pouco mais otimista agora do que há cinco minutos.

Escrevo uma resposta rápida, porque não quero esquecer.

Killfeather, você é um goleiro incrível e foi um prazer trabalhar com você este verão. É claro que vou acompanhar suas estatísticas e seu progresso durante o inverno. Tenho certeza de que vai detonar nessa temporada.

Abraços,

Jamie Canning

Então volto a andar pelo quarto e me preocupar com Wes. E se o mandarem embora e eu nem estiver lá para dar um apoio?

E onde posso fazer um exame de sangue em Lake Placid, tipo amanhã?

Quando o celular toca, dou um pulo, então atendo depressa. "Oi, lindo! Tudo bem? Como foi?"

"Tudo bem." Sua voz rouca entra pelo meu ouvido e chega ao meu coração. Noto que está na rua, e fico pensando se vai poder contar direito o que aconteceu. "Cara, queria que você estivesse aqui agora", ele diz.

Eu me abraço.

"A gente poderia ir num restaurante italiano que todo mundo adora. Tô morrendo de fome e quero contar cada palavra da conversa maluca que acabei de ter."

Estou quase tonto de ansiedade. "Maluca boa ou ruim?"

"Boa", ele garante.

Meu coração se acalma um pouco, mas ainda tenho medo de me empolgar. Porque parece impossível acreditar que um time importante da NHL não se importe com a revelação de Wes. A conta não fecha.

"Mas... não precisaríamos *evitar* os lugares onde o pessoal do time gosta de comer?", pergunto devagar. "Pra não sermos vistos?"

"É, mas daqui a pouco isso não vai importar mais."

"Sério?" Preciso de uma garantia. De um documento assinado.

Quero um calmante. Ou um boquete. Ou ambos.

"Tô tendo um dia ótimo", Wes sussurra.

Minha pressão cai. "Que bom", sussurro de volta.

"Eu te amo", ele diz.

"Eu sei."

Wes ri na minha orelha, e é sua felicidade que me convence de que vai ficar tudo bem.

40

JAMIE

Em uma sexta no meio de agosto, faço a mudança para nosso apartamento. Embora "mudança" seja só um jeito de dizer, porque não tenho quase nada para levar.

No começo da semana, Wes comprou um sofá — um troço bem masculino de couro, se entendi bem. Parece que o gosto dele é meio homem das cavernas, mas nem ligo. Ele também comprou três banquetas para o balcão da cozinha, o que significa que a gente pode se preocupar com uma mesa de verdade depois.

Ontem à noite, depois do primeiro round da nossa maratona sexual estava-morrendo-de-saudades, Wes fez questão de ir ao mercado, mas voltou só com batatinhas, molhos e cerveja, o que significa que tenho que voltar lá para comprar comida de verdade. Talvez ainda não tenha contado para ele que cozinho bem. O cara parece estar preparado para sobreviver com delivery, e dá pra fazer isso fácil em Toronto. Vou comprar umas tigelas e panelas e surpreender meu namorado um dia desses. Acho que vai ser legal.

Enquanto isso, nos divertimos muito no quarto ontem à noite. Depois dormimos por nove horas na nossa cama king size.

É sábado, mas temos um monte de coisa para fazer. Tomamos café da manhã fora e o arrasto por Toronto para comprar algumas coisas de que precisamos. Quando finalmente voltamos, Wes está agitado. Estou quase certo de que vai precisar de uma chupada para ficar mais calmo.

"São três horas da minha vida que nunca vou recuperar", ele reclama enquanto entramos. As palavras ecoam, porque o apartamento ainda está incrivelmente vazio.

O motivo do mau humor de Wes é que demoramos três horas para fazer as compras porque somos dois idiotas que não sabem diferenciar as lojas. Fomos a quatro lugares diferentes antes de encontrar um onde as coisas não pareciam feitas para a rainha da Inglaterra. Foi lá que compramos um tapete e uma mesinha. Mas não tinha máquina de café, então tivemos que ir atrás de outra loja.

"Café bom é inegociável", eu disse quando ele reclamou. Depois que escolhi uma máquina de expresso que faz duas xícaras ao mesmo tempo com moedor integrado, comecei a procurar toalhas. Então Wes cansou mesmo, eu desisti e voltamos para casa.

"Ah, a ironia", ele reclama, tirando os sapatos. "Meu namorado me arrastou pra porra de um shopping."

"Ah, sim", digo, achando graça. "Eu só queria passear. Quem precisa de toalhas? É só esperar o corpo secar."

Wes rabugento vai para o quarto e eu o sigo, porque é um dos dois cômodos da casa com alguma coisa.

Coloco a máquina de café num canto e fico olhando enquanto ele joga a camiseta no chão e sobe na cama gigante. "Quer vir aqui?", ele choraminga. "É uma emergência."

"Sorte sua que você é gostoso", murmuro enquanto tiro os sapatos. "Não tinha ideia de que entrar numa loja te transformava num bebê chorão." Subo na cama, onde um homem sem camisa espera estirado por mim, cheio de tesão.

"Normalmente não transforma", ele diz. "Mas nesse caso..." Ele pega a minha mão e aperta.

Monto no corpo dele, me inclinando para lamber seu mamilo. Wes geme. "Que caso?", pergunto entre as lambidas.

Ele solta o ar, trêmulo. "Resolvi sair de casa com um plugue. Assim ficaria mais fácil pra você me comer quando a gente voltasse..."

Aproximo os olhos dos dele. "Sério?"

Ele assente, parecendo sofrer. "Aí você disse: 'Vamos dar uma olhada em tapetes'. Isso faz, tipo, *horas*. Toda vez que dou um passo esse negócio massageia minha próstata. Se você não me foder nos próximos cinco minutos vou explodir."

Fico mudo. Mas meu pau tem muito a dizer. Estou duro só com a ideia de Wes pronto para mim. Colo a boca na dele, que geme. Minha língua toca seu piercing e já estamos nos pegando.

Nos beijamos como se um meteoro estivesse prestes a atingir a área metropolitana de Toronto. As mãos ansiosas de Wes passam pela minha bunda enquanto chupo sua língua. Seu desejo é como uma droga, e eu quero uma dose depois da outra. Sinto que está duro, apesar da roupa. Wes está prontinho para que eu o coma.

"Humm", ele geme na minha boca. É a coisa mais sexy que já ouvi.

Então a campainha toca.

"Segura a ideia", digo, fazendo menção de levantar.

"Nããããoo!" Wes me enlaça com suas pernas. "Não." Ele me beija. "Não." E de novo. "Nem pensa nisso."

Levar suas mãos ao colchão é fácil, porque ele está com tanto tesão que não consegue se concentrar. "Para, lindo. É o sofá. Pagamos setenta e cinco dólares pra entregarem num sábado."

"Odeio você", ele diz, então me solta.

"Dá pra notar", digo, apertando seu pau duro enquanto saio de cima dele. Wes geme uma última vez, então me xinga, depois xinga o sofá e o universo.

Fecho a porta do quarto para que Wes tenha privacidade e eu consiga me controlar. Uso o interfone e peço ao porteiro que a entrada seja liberada. Então me arrumo um pouco e começo a pensar em coisas entediantes para baixar o volume erguido sob minha bermuda.

Mas não consigo pensar em nada de entediante. Começo a trabalhar na semana que vem e mal posso esperar. Enquanto isso, estou explorando esta cidade maravilhosa em que moro com o homem que amo desde os treze anos. Morar juntos nem me assusta. Somando todas as semanas que passamos no acampamento ao longo dos anos, já vivemos sob o mesmo teto por mais de um ano.

É claro que agora tem muito sexo envolvido. Tudo é diferente, mas, ao mesmo tempo, é exatamente igual. E muito mais divertido.

Quando deixo os caras do sofá entrarem, vejo que são três. "Onde colocamos?", um deles pergunta.

"Em qualquer lugar por ali." Indico a sala de estar. "Vamos ter que arrastar quando o tapete chegar, então tanto faz."

"Lugar legal", aquele que parece o chefe comenta, com um chiclete na boca. Os outros colocam o sofá no meio da sala. Está envolto em plástico, então só posso torcer para que seja o que Wes pediu.

"Valeu." Assino a confirmação de entrega.

Depois que vão embora, fecho e tranco a porta, então vou até o sofá e passo a mão nele. "Ei, Wesley!", grito alto o bastante para que possa me ouvir lá do quarto. "Vem aqui!"

"Não!", ele responde.

Tiro a camisa. Depois a bermuda. "Tô pelado!"

É o bastante. Ele abre a porta do quarto e vem correndo pelo corredor, pelado e carregando o lubrificante. Quando chega, estou sentado com as pernas abertas encostado no sofá, batendo uma como um astro pornô.

Wes lança um único olhar para o recém-chegado. "Cara, o sofá tá usando camisinha."

Agarro seus quadris e o puxo para mim. "Eu vi", digo, beijando sua mandíbula. "É porque ele sabe que vou te comer em cima dele."

Wes geme. "Você só fala..." Ele escorrega a mão entre nossos corpos e põe sobre a minha. Masturbamos um ao outro enquanto nossos beijos ficam mais intensos e profundos.

Chego mais perto e pego sua bunda. Quando minha mão finalmente encontra o plugue, gemo em sua boca.

"Anda", ele ofega.

Tudo acontece rápido. Com uma pegada firme, tiro o plugue, enquanto Wes aperta meu pau. Ele me arranca do sofá e se joga contra ele. "Vai", ordena.

Chego por trás e agarro seus quadris. A cabeça do meu pau desliza pela sua bunda. Como na outra noite, sou atingido pela sensação da pele contra pele. Não há barreira entre meu pau latejante e seu rabo apertado, e quando mergulho na primeira estocada, nós dois gememos em entrega.

"Me fode", ele manda quando eu fico parado.

Mas estou ocupado demais saboreando a sensação incrível de estar dentro dele sem proteção. Movo os quadris e ele grunhe como um urso.

"Juro por Deus, Canning, se você não andar logo, vou..."

Tiro e enfio de novo. Ele solta um som engasgado, e seu corpo inteiro treme.

"Vai o quê?", pergunto, de brincadeira.

Em vez de responder, ele só geme. Baixo, agonizante. Porra, Wes está desesperado. Acho que eu também estaria se tivesse passado o dia inteiro com um plugue esfregando minha próstata.

Passo a mão por suas costas fortes, então me inclino e dou um beijo na sua nuca quando tiro o pau de novo. "Gosto de você assim", murmuro. "Com essa bunda maravilhosa pro ar. Do jeito que eu quero. Implorando."

Ele solta o ar. "Você é sádico."

Rindo, acelero o ritmo. Dou três, quatro investidas frenéticas antes de diminuir o ritmo de novo, o que extrai um gemido estrangulado dele.

"Você precisa aprender a ser paciente", eu digo. Mas, porra, estou tão ansioso quanto Wes. Minhas bolas estão tão cheias que doem, formigando com os sinais do gozo que vai vir a qualquer momento.

"Foda-se", ele murmura. "Quero gozar."

"Reclamar não ajuda em nada, cara."

"Não? Que tal isso então?" Então empurra a bunda contra mim e começa a foder meu pau, com pressa e voracidade.

Puta merda. Não vou conseguir me segurar agora. É bom demais. E estou morrendo de tesão.

Meus dedos apertam seus quadris quando invisto contra ele, cada estocada profunda me levando mais perto do limite. Nossa respiração fica cada vez mais curta conforme nossos corpos se chocam, mas preciso de mais. Preciso... Ponho as mãos em seu peito e o puxo para que suas costas fiquem coladas em mim. O ângulo faz com que Wes grite de prazer. Então ele vira a cabeça para mim e nossos lábios se encontram em um beijo ardente que embaça minha mente.

Estamos unidos de todas as maneiras possíveis. Meu pau está dentro dele, nossas bocas estão coladas, seu corpo forte está contra o meu.

Estico o braço e pego seu pau, reduzindo os movimentos dos quadris. Faço movimentos longos e preguiçosos, no mesmo ritmo das estocadas do meu pau.

"Não vou gozar até que você goze", sussurro. Então enfio a língua em sua boca e chupo seu piercing. Isso basta para que ele goze na minha mão.

Wes precisa de ar. Seu rabo estremece e aperta tanto meu pau que tenho um orgasmo e o sinto nas pontas dos dedos e nas solas dos pés. Eu me entrego, com os braços envolvendo o peito forte do meu namorado enquanto gozo dentro dele.

Nossa posição não é muito estável, então nos separamos e o puxo para o meu lado, sentindo seu cabelo fazer cócegas no meu queixo depois de outra rodada de sexo espetacular. Acho que nunca vou me acostumar com como é bom.

De repente ele ri. "Ainda bem que o sofá tá de camisinha."

"Por qu..." Sorrio quando entendo o que quer dizer. "Acho que desse jeito faz bastante sujeira, né?"

"Gosto de me sujar." A respiração dele esquenta meu ombro. "Mas quando tirarmos o plástico vai ser melhor botar uma toalha ou algo do tipo se formos transar aqui."

"*Se?*" Do jeito que as coisas andam, nenhuma superfície do apartamento vai escapar ilesa.

Ele ri de novo, então solta um suspiro e se aconchega em mim.

Acontece que ficar abraçadinho em um sofá envolto em plástico não é muito aconchegante.

Então tomamos um banho rápido juntos e deitamos na cama. Estamos molhados e com os cabelos pingando.

"Agora entendi por que você queria as toalhas", Wes diz enquanto eu beijo uma gota d'água no ombro dele.

"Tá vendo?", suspiro, então procuro por mais gotas na sua pele. Dou uma lambida no piercing na sobrancelha, e o gosto metálico me arrepia. Adoro ter um bad boy na cama comigo.

Wes passa a mão devagar pelas minhas costas, e é maravilhoso. "Precisamos de toalha e de um plugue pra você. Assim vai saber o que passei."

"Mas valeu a pena", digo. "Porra..."

Ele passa a mão no meu cabelo molhado. "Que bom que gostou. Queria facilitar pra você."

"Como assim?" Tem algo sério no seu tom, então paro com os beijos pra encará-lo. "Facilitar como?"

Ele desvia o rosto. "Você sabe. Quando você ficava com mulheres, não precisava gastar meia hora se preparando pro sexo."

Tenho vontade de rir, mas me seguro por causa da expressão séria dele. "Com quantas mulheres você transou, Wes?"

Ele levanta um dedo, constrangido.

Me assusto por um momento, até que me lembro do verão em que estávamos com dezesseis anos, quando Wes apareceu no acampamento e admitiu que tinha perdido a virgindade. Conseguir os detalhes sórdidos, no entanto, tinha sido como arrancar um dente. Agora sei por quê.

"Tá, *uma*. E vocês dois eram inexperientes e não sabiam o que estavam fazendo." Dou de ombros. "*Muitas* mulheres precisam de bastante preparação. Você já tá partindo de uma ideia errada. Mas esse nem é o ponto. A gente adora umas preliminares também, tipo os boquetes."

Ele me dá um sorriso fraco. "É, mas..."

"Mas o quê?"

"Bom, nunca vou ser capaz de dar tudo o que você gosta."

Ah. "Cara, para com isso. Não tô louco por uma boceta." Isso soou *muito* mais esquisito do que eu esperava, então nós dois rimos. "Mas é sério. Eu gostava de mulheres, mas nunca me apaixonei por uma." A cada vez que digo isso fica mais óbvio. E a cada vez que digo isso o rosto de Wes se alivia. "Promete que não vai mais se preocupar com isso? Porque não tenho outra maneira de provar além de fazendo sexo loucamente com você."

"É uma opção." Seu sorriso convencido está de volta, e fico feliz por isso.

"Ótimo." Viro e me acomodo nele. "Daqui a pouco tenho que entrar no Facebook."

"Por quê?"

Sinto um friozinho na barriga só de pensar a respeito. "O jantar de domingo é amanhã. Então tive que me assumir hoje pra eles."

"No Facebook?", Wes se surpreende.

Estico o braço para beliscar a bunda dele. "Acha que eu sou o quê? A gente tem um grupo privado. Só pais, filhos, maridos e mulheres. Nem falei seu sobrenome pra eles."

Ele fica quieto, mas sua mão traça círculos preguiçosos nas minhas costas. "Tá preocupado?", finalmente diz.

É uma pergunta justa. "Na verdade, não. Eles não vão pirar porque estou com um cara. Mas talvez fiquem, tipo: 'Por que não contou antes?

Foi por isso que desistiu de jogar? E por que mudou pro Canadá?'. Não quero que façam muitas perguntas."

"Quando você escreveu?"

"Hoje de manhã, antes de sair pro café. Faz, tipo, cinco horas. É uma da manhã na Califórnia agora. Eles já devem ter visto."

"Vai pegar o celular", Wes sussurra.

41

WES

Espero na cama sozinho, torcendo por Jamie. Ele deve ser o cara mais tranquilo que já conheci. Amo isso nele. Mas o deixa vulnerável. As pessoas podem reagir de forma horrível a coisas bem menos importantes que o irmão estar em um relacionamento homossexual. Se alguém não tiver sido legal, vou ter que socar alguma coisa.

Jamie não volta. Então ouço um gemido na sala de estar.

Levanto e corro. Encontro Jamie encolhido na beira do sofá de camisinha, com o rosto nas mãos.

Meu estômago gela. Não quero isso para ele. Levei quatro anos para superar a reação dos meus pais. Porra, provavelmente ainda não superei.

Ele entrega o celular para mim, e eu pego com a mão tremendo. O post é puro Jamie:

Oi, pessoal. Me sinto meio idiota fazendo isso pelo Facebook, mas não tem outro jeito de falar com todo mundo antes de amanhã. E é sobre isso que vocês vão falar no jantar, de qualquer jeito. Caso estejam pensando que minha conta foi hackeada, não foi. Como prova, confesso que fui eu que quebrei o anjinho da árvore de Natal quando tinha sete anos. Ele morreu com uma tacada de beisebol, mas juro que não sofreu.

Bom, tenho que colocar vocês a par de algumas coisas. Aceitei o emprego em Toronto e recusei a oferta de Detroit. Parece o certo para a minha carreira, mas não é tudo. Estou morando com meu namorado (e não é um erro de digitação). O nome dele é Wes e nos conhecemos em Lake Placid há nove anos.

Caso não tivessem nenhum assunto pro jantar, agora têm. Amo vocês.

Jamie

Embaixo do post tem uma selfie que tiramos ontem. Estamos na cozinha, com tudo o que compramos no mercado espalhado. Jamie estava me zoando por causa dos meus hábitos alimentares, e eu estava tirando uma com a cara dele por algum outro motivo. Nem lembro qual. Mas nossas cabeças estão encostadas e eu estou fazendo um sinal de heavy metal. A gente parece tão feliz que eu quase não me reconheço.

Desço pros comentários, morrendo de medo.

Joe: PQP. Sério, Jamester? Você tá saindo com um torcedor dos Patriots? É um pecado. Sinto muito pela sua alma.

Volto para a foto e noto que estou usando a camiseta da vitória do Super Bowl 2015. Oops.

Tammy: Não ouve esse babaca, Joe! Seu namorado é muito gato. E a Jess me deve vinte dólares.

Brady: Concordo com o Joe. E quando a gente for ver um jogo no Dia de Ação de Graças? Vai ser superesquisito.

Joe: Boa, Brady.

Jess: Não te devo nada! Você disse que era por causa de uma GAROTA.

Tammy: Eu disse que era por causa de "alguém".

Jess: cof nem fodendo cof

Cindy Canning: Olha a boca, Jess! Jamie, querido, quando você vai trazer seu namorado pra jantar aqui? E é um pacote de Doritos ali no fundo da foto? Não tem comida saudável no Canadá? Vou procurar na internet e te mandar uns endereços.

Cindy Canning: E obrigada por confessar sobre o anjinho. Mas eu sabia que tinha sido você. Sempre foi um péssimo mentiroso.

Scotty: Jamie, o papai não lembra a senha do Facebook, mas pediu que eu dissesse que te ama e blá-blá-blá.

Deixo uma risada escapar e Jamie olha para mim. "Eles são ridículos."

"Acho que são..." Engulo em seco, porque estou muito feliz por ele. "São incríveis."

Ele dá de ombros. "Passei a vida toda tentando chamar a atenção. Juro por Deus, eu poderia anunciar que queria viver a vida como um vampiro transexual e eles ainda diriam: 'Você é tão fofo, Jamie'."

Tenho dificuldade para engolir em seco de novo, mas tenho que fazer isso por causa do enorme nó na minha garganta.

Como sempre, Jamie nota meu desconforto. O cara me conhece da cabeça aos pés. "O que foi?"

"Nada. Só..." Consigo falar apesar do nó. "Você tem muita sorte, Canning. Sua família te ama. Tipo, de verdade. E não só porque eles são obrigados a isso por um laço de sangue."

A sobrancelha dele se ergue. Sei que está pensando na *minha* família, mas não deixo que minta por meus pais.

"Minha mãe é uma esposa troféu", digo, duro. "E eu sou um filho troféu. Nem meu pai nem minha mãe nunca me viram como nada além disso, e nunca vão ver. É... uma merda."

Jamie me puxa para ele. "É mesmo", ele concorda. "Mas o caso com as famílias é que sangue não significa nada. Você só precisa se cercar de gente que te ama. Essas pessoas que são sua família."

Afundo no sofá ao lado dele, sentindo o plástico nas minhas pernas. Ele passa um braço musculoso nos meus ombros e beija minha têmpora. "Eu sou sua família, lindo." Então pega o celular da minha mão e aponta para a tela. "E esses malucos logo mais vão ser também, se você deixar. Tipo, vão deixar você louco às vezes, mas pode acreditar que vale a pena."

Acredito nele. "Mal posso esperar pra conhecer todo mundo", digo, tranquilo.

Sua boca passa pela minha mandíbula antes de chegar aos meus lábios. "Eles vão amar você." Ele me beija devagar e com doçura. "*Eu* te amo."

Passo o polegar no lábio inferior dele. "Te amo desde o primeiro verão, quando tinha treze anos. E ainda mais agora."

Nossos lábios estão a milímetros de se tocar quando ele diz: "Preciso saber uma coisa, e você tem que prometer ser sincero".

"Sempre sou com você, lindo", protesto.

"Isso é bom. Continue assim." Seus lindos olhos castanhos brilham. "Você perdeu nos tiros livres de propósito?"

Sei exatamente de quando está falando. Meus lábios tremem, então os aperto pra não sorrir.

"E aí?"

Dou de ombros.

"Wesley..." Há um tom de alerta em sua voz. "Me diga o que aconteceu."

"Bom..." Eu hesito. "Não sei. Estava morrendo de medo de ganhar, porque sabia que ia ter que liberar você da aposta. E estava morrendo de medo de perder, porque queria muito tocar em você, mas não queria que soubesse disso."

O rosto dele é compreensivo, mas não preciso disso. É coisa do passado. Eu me aproximo e beijo seu nariz. "Então mal me lembro dos dois últimos tiros. Eu, tipo, entreguei pra Deus."

Jamie ri de mim. E então me beija. Ponho as mãos em seu pescoço e o puxo para mais perto. Sinto sua pele quente contra a minha, e sei que estou em casa.

Porque minha casa é com *ele*.

Epílogo

WES

Ação de Graças

"Ryan Theodore Wesley! Abaixa essa faca agora!"

Congelo no mesmo instante. A mãe de Jamie vem até mim, com uma mão no quadril, apontando com a outra para a faca na minha mão.

"Quem ensinou você a picar cebolas?", ela pergunta.

Olho para a tábua à minha frente. Até onde posso dizer, não cometi nenhum crime mortal contra a cebola.

"Hum..." Encaro Cindy Canning profundamente. "É uma boa pergunta. Ninguém me *ensinou*. Meus pais têm uma cozinheira que trabalha quatro vezes por semana e... Peraí, você me chamou de Ryan *Theodore*?"

Ela dispensa a pergunta como se não tivesse importância. "Não sei qual é seu nome do meio, então tive que inventar. Porque, querido, preciso chamar você pelo nome inteiro quando te dou uma bronca pelo jeito como está picando as pobres cebolas."

Não consigo segurar a risada. A mãe do Jamie é incrível. Fico muito mais relaxado na cozinha deles do que imaginei.

Chegamos à Califórnia há dois dias, mas, como tive um jogo na primeira noite, fiquei no hotel com o pessoal do time. Depois que acabamos com San Jose, dei as entrevistas de sempre e vim pra San Rafael ontem de manhã para ficar com Jamie e a família dele.

O grande almoço de Ação de Graças vai ser o verdadeiro teste para ver se me aceitam. Já conheci os pais de Jamie e um irmão. Até agora tudo correu bem.

"Você precisa picar em pedaços menores", Cindy diz. Ela dá um tapinha na minha bunda pra eu me mexer, então assume meu lugar. "Sente aí. Observe enquanto eu pico. Pode anotar se quiser."

Sorrio para ela. "Acho que Jamie não comentou que não sei fazer nada na cozinha, né?"

"Com certeza não." Ela me lança um olhar severo. "Mas você vai ter que aprender, porque não posso passar a vida me preocupando com a possibilidade de o meu filhinho não estar comendo bem na Sibéria."

"Toronto", corrijo. "Você deve imaginar que quem cuida da comida é ele..."

Agora que a temporada de hóquei começou, a vida está corrida pra caralho. Os treinos são pesados e a programação é exaustiva. Mas Jamie é minha rocha. Vai a todos os jogos em Toronto e, quando saio do aeroporto arrastando meu corpo destruído para casa depois de cada viagem, está me esperando para massagear meus ombros, me dar comida ou trepar comigo até que nem consiga enxergar direito.

Nosso apartamento é um lugar sagrado, meu refúgio. Nem posso acreditar que considerei a possibilidade de enfrentar o primeiro ano como profissional sem ele.

É fácil perceber de onde vem o jeito carinhoso dele, porque sua mãe está atrás de mim o dia inteiro.

Ouço alguém na porta e vejo o pai de Jamie entrando na cozinha. "Toronto", ele diz. "Que tipo de cidade não tem um time de futebol americano? Me explique isso, Wes."

"Eles têm um", digo. "Os Argonauts."

Richard aperta os olhos. "Disputa a NFL?"

"Não, é da liga canadense, mas..."

"Então eles não têm um time", ele diz, firme.

Seguro a risada. Jamie me avisou que sua família era fanática por futebol americano, mas achei que estivesse exagerando.

"Cadê o Jamie?" Richard olha em volta na cozinha como se esperasse que ele pudesse sair de algum armário.

"Foi buscar Jess", Cindy diz. "Ela quer beber hoje, então vai vir sem carro."

Richard assente em aprovação. "Boa garota", ele diz, como se Jess pudesse ouvir isso de alguma maneira, mesmo estando do outro lado da cidade.

Tenho que admitir que estava aterrorizado com a perspectiva de conhecer a família de Jamie. Quer dizer, eu sabia que eram gente boa. Mas um pai e três irmãos mais velhos? Tinha um medo inexplicável de que me odiassem logo de cara. Por ser o homem que está trepando com o garotinho deles e tal.

Mas o pai de Jamie tem sido ótimo, e eu já conheci Scott, que está morando com eles. Fomos os três tomar cerveja no bar ontem à noite, e quando os melhores momentos dos jogos do dia anterior apareciam nas TVs, Scott batia na mesa e gritava "Esse é o meu cunhado!" toda vez que eu aparecia. Ele e Jamie ficaram loucos quando o gol que eu marquei surgiu nas telas.

É, meu primeiro gol como profissional. Ainda estou pirando nele. Estou jogando cada vez mais, e a última partida foi um recorde para mim — vinte minutos no gelo e um gol. A vida é boa.

Tão boa que estou me sentindo mais generoso do que o normal, por isso escorrego do banco e digo: "Vocês me dão licença um minuto? Vou ligar pros meus pais pra desejar um feliz Dia de Ação de Graças".

A mãe de Jamie sorri para mim. "Ah, que gracinha. Fique à vontade."

Saio e pego o celular no bolso. Porra, continuo sorrindo enquanto ligo para os meus pais em Boston. Mas logo o sorriso desaparece. É o que acontece quando ouço a voz do meu pai.

"Oi, pai", digo, brusco. "Pode falar?"

"Na verdade, não. Sua mãe e eu estamos saindo. Temos uma reserva."

Claro que têm. A única vez que minha família passou a Ação de Graças em casa foi quando o presidente da corretora de valores do meu pai estava se divorciando. O cara não tinha para onde ir, então se convidou para passar com a gente. Minha mãe teve que contratar um cozinheiro para fazer a porra de um banquete pra gente.

"O que você quer, Ryan?", ele pergunta, ríspido.

"Só... desejar um bom Dia de Ação de Graças", murmuro.

"Ah. Bom, obrigado. Pra você também, filho."

Ele desliga. Sem nem passar para a minha mãe. Mas é claro que ele fala pelos dois.

Fico olhando para o telefone mesmo depois de desligar, imaginando o que eu fiz em outra vida para ter me dado tão mal na loteria dos pais.

251

Mas o pensamento não tem tempo de criar raízes, porque a porta da frente de repente se abre e o barulho invade o lugar.

Passos. Vozes. Risadas altas e gritinhos felizes. Parece que um pelotão acabou de marchar casa adentro. E é praticamente isso, porque, puta merda, a família de Jamie é enorme.

Sinto um aperto diferente no peito.

Em segundos, estou cercado, sendo puxado em todas as direções e abraçado por pessoas que nunca vi na vida. Apresentações são feitas, mas mal gravo os nomes. Estou ocupado demais respondendo a todas as perguntas sendo atiradas em mim como discos.

"Jamester mostrou a casa?" *Sim.*

"Mamãe mostrou as fotos do Halloween em que Jamie se vestiu de beringela?" *Não, mas alguém deve fazer isso imediatamente.*

"Você ganha um bônus toda vez que marca um gol?" *Hum...*

"Você tá apaixonado pelo meu irmão?"

"*Tammy!*", Jamie repreende a irmã mais velha, que fez a última pergunta.

Olho e o encontro em meio à multidão. É como se o sol tivesse aparecido. Faz só uma hora que o vi pela última vez, mas ele sempre tem o mesmo efeito sobre mim.

Eu costumava lutar contra essa reação, mas já não preciso fazer isso. O que é mais chocante do que a maneira como sua família recebe esse completo estranho que está transando com Jamie. A menos que todos sejam ótimos atores.

Ele se enfia entre os irmãos e passa o braço no meu ombro. "Deixem o coitado em paz. Ele chegou ontem."

Joe resmunga. "Acha que vamos pegar leve porque ele acabou de chegar? Não conhece a gente?"

Jess se mete entre nós dois rindo e agarra meu braço. "Vamos beber algo, Wes. É mais fácil aguentar esses manés com uma bebida na mão."

Sorrio enquanto ela me leva para a sala de jantar, mas a mãe de Jamie nos chama da cozinha quando passamos. "Jessica, preciso do Wes! De você também, Jamie. Podem assaltar o barzinho mais tarde."

"Eu não ia..." Jess para de repente e vira para mim, com uma expressão derrotada. "Ela lê mentes, sério."

Sou levado para a cozinha, só que agora quem está do meu lado é Jamie. Sua mãe gesticula para que esperemos. Ele aproxima a boca do meu ouvido e diz: "Está se divertindo?".

"Muito", digo, e é verdade. Porque, porra, a família dele tem sido ótima. Acho que posso parar de me preocupar tanto. Talvez haja um lugar no mundo onde não preciso provar nada para os outros o tempo inteiro. Tá, dois lugares. Porque a vida em certo apartamento de Toronto está indo muito bem.

"Temos um presentinho pra casa nova, garotos."

Vejo a mãe de Jamie colocando duas caixas em cima do balcão. Uma diz "Jamie" na etiqueta e a outra diz "Ryan".

"Ah", Jamie diz. "Vocês não precisavam ter feito isso."

"O último passarinho deixou o ninho." Cindy suspira. "Se não posso ver sua casa, pelo menos posso comprar alguma coisa pra ela."

"Você pode ver", eu me pego dizendo. "Vai visitar a gente."

Meus olhos e os de Jamie se encontram, e ele parece achar graça. Talvez esteja pensando a mesma coisa que eu — quando ela for, vamos ter que esconder todos os brinquedinhos sexuais que ficam no armário do banheiro.

"Vou visitar!", ela diz, animada. "Agora abram!"

Os irmãos de Jamie aparecem e ficam à nossa volta enquanto abrimos as caixas. Puxo a tampa e vasculho entre o papel de seda. Encontro uma caneca linda feita à mão escrito "DELE". Ouço algumas risadas e viro para olhar o presente de Jamie.

Outra caneca escrito "DELE".

"Mãe!", Jess grita. "A ideia de canecas com nome é diferenciar qual é de quem! Você devia ter colocado as iniciais deles."

"Mas não seria divertido", ela explica, sorrindo.

"Obrigado", digo, enquanto meu namorado ri.

Viro a caneca nas mãos, imaginando Cindy a fazendo para mim no seu estúdio. O esmalte é lustroso e vivo, ela parece larga e sólida nas minhas mãos. É linda, e receber esse presente da mãe de Jamie se assemelha a conseguir uma carteirinha de membro de um clube do qual realmente quero participar.

Viro a caneca de ponta-cabeça para ver se ela assinou. Tem alguma coisa escrita no fundo rústico. Tenho que apertar os olhos para conseguir ler.

Querido Ryan, obrigada por fazer Jamie feliz. Ele te ama muito, e nós também. Bem-vindo à família.

Cacete. Sinto a garganta queimar e me concentro para devolver a caneca à caixa. Passo mais tempo que o necessário colocando o papel de seda em volta com o cuidado de um neurocirurgião. Quando finalmente estou pronto para levantar os olhos, a mãe de Jamie está me esperando. O olhar carinhoso em seu rosto faz a sensação na garganta piorar ainda mais.

Tento abrir um sorriso casual, mas não consigo ser convincente. Ninguém nunca me disse nada tão doce. Com exceção de Jamie.

Como se eu o tivesse chamado, sinto uma mão quente na parte inferior das minhas costas. Ajusto minha postura ligeiramente, me inclinando na direção de sua mão.

Cindy continua nos olhando. Ela dá uma piscadinha que sei que é só para mim. Mas logo seu rosto muda. Ela bate palmas. "Muito bem, pessoal! O peru tá no forno, mas ainda tem muita coisa pra fazer! Preciso que alguém salteie os legumes pro recheio. Preciso que alguém aqueça a grelha. Preciso de duas pessoas pra bater o creme! O resto de vocês pode cair fora da minha cozinha."

Sem parar de falar, os Canning se movimentam, abrindo e fechando armários e abrindo garrafas de cerveja. Jamie não sai do meu lado. Eu e ele somos o tranquilo olho de um furacão sereno e familiar.

E eu só espero que essa tempestade nunca passe.

TIPOGRAFIA Adriane por Marconi Lima
DIAGRAMAÇÃO Osmane Garcia Filho
PAPEL Pólen Soft, Suzano S.A.
IMPRESSÃO Gráfica Bartira, julho de 2021

A marca FSC® é a garantia de que a madeira utilizada na fabricação do papel deste livro provém de florestas que foram gerenciadas de maneira ambientalmente correta, socialmente justa e economicamente viável, além de outras fontes de origem controlada.